文苑华章
西北大学学生优秀文学作品选

戏剧卷

主编：段建军

本卷主编：高字民

西北大学出版社

西北大学"创新创业"教育改革项目资助成果
西北大学"双一流"建设项目资助成果
教育部人文社科重点研究基地(培育)建设成果

文苑华章丛书编委会

编委会顾问 / 贾平凹
编委会成员（以姓氏音序为序）
　　　　曹明明　曹小晶　常　江　陈然兴　陈晓辉
　　　　段建军　方蕴华　高字民　谷鹏飞　姜彩燕
　　　　姜　宇　雷武锋　李邦邦　李　彬　李芳民
　　　　李　浩　刘炜评　沈文君　王尧宇　吴振磊
　　　　杨遇青　张阿利　张文利　张亚蓉　赵　强
　　　　赵小刚　赵小雷
主　　编 / 段建军
执行编辑 / 杨遇青　高字民　陈晓辉　陈然兴
　　　　　　王理鹏　王晋华

文思并重立基调,薪火相传奏华章
——《文苑华章》序

西北大学素有培养作家的传统,百余年来,名家迭出,为中国现当代文学做出了重要贡献。在2016年9月12日举行的"坚定文化自信,讲好陕西故事"陕西文艺工作者座谈会上,陕西省省委书记娄勤俭同志高度肯定了西北大学文学学科取得的成绩,认为"西北大学作家群",是中国当代文学与陕西文学的一个奇迹。

20世纪80年代以来,西北大学文学院曾成功举办了四届"作家班"。当年毕业于西北大学、起步于西北大学的一大批文学青年,现已成长为文学创作和文艺批评领域的卓然大家,在中国文坛具有举足轻重的影响。当代中国文坛亲切地将其称为"西北大学作家群",而将活跃在中国当代文坛的这样一种创作现象称为"西北大学作家群现象"。这个群体的代表性人物:诗歌方面,有牛汉、雷抒雁、刁永泉、薛保勤、朱文杰、商子秦等;小说方面,有贾平凹、迟子建、王刚、孙皓晖、鬼子、钟晶晶、熊正良、陶少鸿、李康美、冯积岐、吴克敬、杨少衡、马玉琛、王宏甲、肖黛、董生龙等;散文方面,有杨闻宇、白阿莹、方英文、穆涛、李傻傻、沈宁(美)、和谷、李廷华、骞国政、张书省、张虹、庞烬等;新闻和报告文学方面,有马利、万武义、肖复华、李勇等;剧作家及导演方面,有郑定宇、黄建新、张子良、庞一川、王吉呈、潘飞、王三毛、周友朝、张晓春等;文艺理论和文艺批评方面,有何西来、党圣元、王富仁、张永清、李国平等。"西北大学作家群"不仅人数巨大,而且分布广泛,影响深远,构成了中国当代文坛的一道亮丽景观。于是,西北大学作为"文学沃土,作家摇篮"的美誉不胫而走,得以迅速传播,得到了广泛认同。

"西北大学作家群"的崛起,有诸多历史与文化的机缘,更与西北大学文学学科的学术传统与办学理念密不可分。近一个世纪以来,西北大学文学学科一直倡导教师理论研究与创作实践"两条腿"走路,以理论提升创作,用创作拓展理论,形成了文思并重的学统,产生了一大批理论与创作方面成绩斐然的学者。如郝御风(笔名泠若)教授是朱自清先生的高足,当年在清华读书时就与曹禺、吴组缃并称"清华三诗人",他也是贾平凹、和谷、丁耶、李满江等众多作家的导师;刘持生教授是胡小石先生的得意门生,他的《持庵诗》完全可以和夏承焘、程千帆、聂绀弩等人创作的古典诗词相媲美;董丁诚(笔名千里青)教授利用工作之余写出以《紫藤园夜话》为代表的一批作品,其浓郁的文化底蕴、强烈的人文情愫和生动的形人绘事风格,感染力强,别具一格,被誉为文化散文的代表作。还有刘建军、张华、费秉勋、赵俊贤、冯有源等教授,数十年来从事小说、散文及随笔写作,笔耕不辍,成就斐然。目前坚守在教学一线的李浩、杨乐生、刘炜评、周燕芬、谷鹏飞等亦是活跃在陕西文艺批评和文艺创作战线上的尖兵。如李浩教授不仅是目前唐代文学研究领域中的佼佼者,在教学之余勤于写作,连续推出《怅望古今》《行云看水》《马驹》等文学系列丛书,显示出了过人的写作才华。这种文思并重的学统,奠定了西北大学文学教育的特质与基调,形成了理论与创作互进的人才培养思路,使西大的人文传统薪火相传,绵延不绝。

为了延续这一传统,我们从20世纪80年代以来,定期举办"文苑华章"、"黑美人"艺术节、"抒雁杯"青春诗会暨"诗性印痕"版画联展,以诗歌、戏剧、书法、绘画和演讲等丰富多彩的教学实践活动为平台,以培养德才兼备、通专结合、知能并重、守正创新的人文学科通识型大学生为要务,在文苑的殿堂里汇聚起青春岁月的华彩乐章。

特别是2013年以来,我们积极响应陕西"文化自信""文化强省"战略,成功恢复举办"作家班",成为新时期推进西北大学文学专业特色教育的又一重大举措。2013年,时任陕西省委书记的赵正永同志鉴于陕西当代文学的发展现状和西北大学举办"作家班"的成功经验,在给"陕西社情民意"答复的批文中,建议西北大学恢复"作家班"办学,为陕西文艺培养后备人才。因此,我院立即着手制定恢复"作家班"办学方案,制定培养计划。恢复后的作家班分本科、硕士、高级研修班三个办学层次。每期高级研修班选拔省内外创作成绩显著的中青年作家15人进行为期一月的创作培训。2015年至今,已连续举办两届高级研修班,先后邀请阎晶明、高建群、红柯、李浩、李国平、穆涛等著名作家和学者现场授课。高研班的教学紧紧围绕文学创作,以名作家讲座、导师一对一指导、专题讨论等多种方式进行,教学内容丰富、形式灵活多样,对学员的创作素养、创作技巧和创作灵感进行综合提升。学员学习氛围积极而热烈,授课讲座和研习讨论的文字记录超过20万字。高质量的教学,开阔了学员的文学视野、提升了学员的写作境界。《人民日报》《光明日报》《中国社会科学报》《陕西日报》、人民网、新浪网、搜狐网等多家媒体进行了全面报道,引起了强烈的社会反响。这些中青年作家在大学的校园汇聚一堂,不仅聆听到专家学者的专业课程,也通过文学沙龙、诗歌朗诵会和演讲,深度介入校园文化活动,为文学院的文学创作注入了前沿的思想和新鲜的力量。

同时,我们还增设"创意写作"专业,拓展本科教学新领域。自2012年起,我院在全国高校本科教学培养中具有前瞻性地开设了创意写作专业,这是目前西部高校中唯一一家实施创意写作高端人才培养的单位。我们的基本培养目标是,培养能够具有各种文体写作技巧,拥有较高艺术素养和创新精神,能够承担文化创意、影视制作、出版发行、广告宣传、演艺娱乐、文化会展、数字动漫等文化产业界创造性核心工作的创意写作人才或自由写作者。

《论语》中有一句名言:"学而时习之,不亦乐乎!"这里的"习"就是演习、实习的意思。学习就要既"学"且"习",把理论知识与实践体验结合起来,把知识转化为行动。多年来,西北大学文学院把专业教学的拓展、第二课堂的实践创新和作家班的传承与建设结合起来,以"黑美人"艺术节、文苑华章系列活动、"抒雁杯"青春诗会暨"诗性的印痕"诗歌版画联展为载体,以审美文化为引领,以文化实践为载体,将学生思想政治教育、审美文化教育和素质教育熔于一炉,多渠道地构建中文、影视各学科实践教学的有效路径,形成了专业教师、学生、辅导员、社会共同参与的"四位一体"人才培养模式,取得了可喜成绩。

这次《文苑华章》学生优秀作品选的编撰，既是我们对传统的赓续和致敬，也是对文学院近年来在实践教学探索方面的一次全面检阅。该书分为诗歌卷、散文卷、小说卷和戏剧卷等四部分，萃取了近年来在青春诗会、"黑美人"艺术节、文苑华章等活动中涌现出来的优秀作品。其中小说卷和散文卷来自以创意写作专业学生为主体的各类创作实践活动，诗歌卷是"抒雁杯"青春诗会历届获奖作品的精编，戏剧卷是"黑美人"艺术节优秀作品的汇选，后者特别遴选了一些早期的作品，以展现"黑美人"艺术节悠久的历史传统。当然，这些作品既是丰富的校园文化活动中涌现出的佳作，也是广大师生日常教学与学习厚积薄发的结果。

著名作家迟子建曾回忆说，在西大的求学经历，对其写作的影响是巨大的，"老师们课堂上的精彩讲述，同学们课下的自由交流，古城春时的风沙和秋时的明月，都深深印在我的脑海中"。一样的春风秋月一样的城，一样的三尺讲台，但永远有不一样的诗章磅礴而出。这本作品选里的每一篇文章都是教师、学生与西北大学这片文学沃土相互碰撞的火花。对于所有作者来说，"文苑华章"应是人生中一次重要的相聚和虔诚的出发，或许下一个雷抒雁，下一个贾平凹或迟子建就在我们当中。乐章已经奏响，序曲之后，精彩会接踵而至。

段建军

2016 年 12 月 15 日

CONTENTS 目录

文思并重立基调,薪火相传奏华章 ······ 1

学生作品
冯晓明　旅　馆 ······ 3
王　洵　山　祭 ······ 20
燕　来　文明的碎片 ······ 33
党　勇　窦娥冤·等待戈多 ······ 53
袁　方　人造模特 ······ 74
毛圣明　背　叛 ······ 105
郑　欣　上海夫人 ······ 144
施　鸽　萝卜上有泥 ······ 169

教师作品
高字民　家里的玩偶 ······ 203
孙　阳　送　礼 ······ 225

特别创意单元
高字民　尤　磊　传统和现代 ······ 236
心有千千结 ······ 241
　　王　爽　王　宁　1. 徘徊 ······ 242
　　杨　婷　刘睿子　2. 心门 ······ 251
　　倪惠杰　3. 坠爱 ······ 261
　　王　伟　4. 沉迷 ······ 275
高字民　王瑞雄　莎剧撷英 ······ 288

编后记 ······ 299

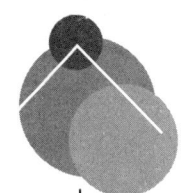

学生作品

冯晓明

女,1970年生,陕西宝鸡人,1988级汉语言文学(影视方向)本科生。现为西安广播电视台高级编辑。在校期间曾编剧、导演话剧《旅馆》《金枝》等多部作品,多次荣获"黑美人"艺术节最佳编剧奖、最佳剧目奖。

旅　馆

人物

姑娘:白衣。
隐忍:黑衣、黑裙、黑纱、罩头。
金老师:咖啡色西装,常加粗大的雪茄。
叶梦:绿衣白裤。

道具

左侧台道具门,门边一凳,凳上一书
右侧台略靠台中,一把长椅
两只面具

第一场

姑娘同隐忍,一同由右侧台出,姑娘兴奋地四下环顾,隐忍高傲、冷漠地看着她。隐忍戴着面具。
姑娘:啊,这地方可真漂亮,那吊灯是水晶的吗?
隐忍:是啊!
姑娘:你一直住这?

隐忍：是的。

姑娘：那你是这儿的主人喽？

隐忍：不，我只是暂时代管。

姑娘：哦，这椅子就是人们所说的黄金做的吧？太美了，真让人羡慕！

隐忍：呵呵。

姑娘：这旅馆叫什么名字？

隐忍：现在。

姑娘：现在？多奇怪的名字，是你起的么？

隐忍：不，不知道是谁起的，反正一直这么叫。

姑娘：啊！光线是这样柔和，空气里有种淡淡的清香，像做梦一样。

隐忍：你还不会做梦，这是白天，白天你是不会做梦的。

姑娘：的确，我不知道做梦是怎么回事，你知道吗？

隐忍：过去也许知道，现在——我忘了。

姑娘：这间房子有点闷热，也许是我刚才走累了，我把窗子打开吧，请告诉我窗子在哪？

隐忍：我们旅馆从来不安窗户。

姑娘：怎么能不装窗户？

隐忍：装窗户会影响客人的情绪，使他们白天胡思乱想，心神不宁，如果您需要的话，我们可以打开空调。

姑娘：这里设备真齐全，可是难道就不能看看外面或者出去散散步吗？

隐忍：不可以，你一进旅店就将会很忙，所有的旅客都不能外出活动，除非——

姑娘：除非什么？

隐忍：除非有一天他自愿打开那扇门。（指右侧台门）

姑娘：门外是花园或者海滩？

隐忍：不知道。

姑娘：不知道？你不是这旅馆的主人吗？

隐忍：我说了，我只是代为管理，凡是出去的人就不会再进来了，所以我也不知道外面到底是什么，或许这里的教师会告诉你。

姑娘：你们这可真是不可思议。

隐忍:请您过来一下,我们对新来的都要做一下必要的登记。

姑娘:好吧。

隐忍:你的姓名?

姑娘:什么姓名?我不知道。

隐忍:当然,这并不重要,暂时用A来代替。你从哪儿来?

姑娘:不知道,是啊,我是从哪儿来的呢?

隐忍:别害怕,这没什么,来这的人没有一个知道他们是从哪儿来的,没人关心这些,登记不过是例行公事。

姑娘:我好像把什么都忘记了。我是从哪儿来的呢?噢,不是你把我带进来的吗?我是从哪个门进来的,你一定知道,而且你一定记得门外的大路所指的方向。

隐忍:你错了。我们这里除了那扇门以外,再没有其他的门了,我不过是在这间房里偶然碰见了你。我怎么知道你是从哪儿来的?这里没人关心这事。

姑娘:不,我好像是走了很长的时间才到这里。我确实是把过去的都忘了。那我又为什么要来这里呢?

隐忍:你来这里,是为了成为这里的主人,就像我一样。

姑娘:那你呢?

隐忍:有一天我会走的,出去,就从那扇门。

姑娘:为什么?难道你觉得这里不好吗?

隐忍:这是规定,到时候我必须出去,你也一样。

姑娘:这里太奇怪了。我怎么越来越弄不懂了?

隐忍:在我们这里每时每刻,一举一动都必须要有规矩。否则你就别想成为这里的主人,只能是仆人,或者出去。你现在觉得这里不好了么?

姑娘:不,不,我觉得这里太美了!就是——

隐忍:那就好,你的天赋不错,所以才选中你做这里未来的主人。

姑娘:那我太幸运了。

隐忍:为了成为这里的主人,你必须——从现在开始学习规矩。这一切金老师会教你的。

姑娘:我一定会尽力的,我现在该做些什么?

隐忍:你现在在这里等着,记住不要随便问过去的事情。

姑娘:好吧。(隐忍欲走)哎——

隐忍:什么事?

姑娘:我们就不能够认识一下吗?

隐忍:我们已经认识了。

姑娘:可我还不知道你长得什么样子,甚至你的名字也不知道。

隐忍:有一天我会告诉你我的名字,至于我长得什么样,这并不重要。

  金老师从左台上。

金老师:她是?

隐忍:目前编号为A,是被选来作为这里未来主人的。(对姑娘)这是金老师,他会负责对你的教育。

姑娘:金老师。

  隐忍退至门边,拿起一本书开始读。

金老师:(慈祥地)你喜欢这里么?让我们随便聊聊,你知道你来这里的使命吗?

姑娘:我知道,我将成为这里未来的主人。

金老师:是的,你将成为现在旅店未来的主人,这里拥有一切你从来没有见过,甚至连想都没有想过的财富,你所有的需要,在这里都会得到满足,你将穿着高贵的长袍,走进这旅店的任何一间房子,玩赏任何一件物件,品赏所有的美味。无数的仆人跪倒在你的脚下,仰慕你听你的派遣,只因为你天生的智慧,你将以你的智慧去役使那些愚蠢的仆人,当然——

姑娘:(打断金老师)当然也可以随便到外面散散步,或许还能领一只小狗。

金老师:(惊奇)你怎么能有这样的念头?外面,外面是什么?只有那些死去的人才知道,他们从那扇门出去就再也不会进来,谁知到外面的事呢?只有此地此刻,才是真实的,你将成为此地和此刻的人,难道这还不够辉煌吗?为什么要出去呢?出去也许你就什么也不是了。

姑娘:那好吧,听您的。

金老师:好,你很听话,这正是你的聪明所在,你会有成就的,虽然现在你还有许多不该有的迷惑,但愿我的教导能使你明白。

姑娘:(迟疑地)但愿您能解答我的所有问题。比如告诉我,我是从哪里来的?因为我实在记不起来了。

金老师:(惊奇)你怎么又起了这样的怪念头?

姑娘:虽然刚才她(指隐忍)告诉我不该问过去的事,但是您既是我的老师,就一定无所不知,所以——

金老师:快不要问这些事情了吧。多么无聊可笑,但愿你天生不是一个执迷不悟的人,也曾有人问过这没用的、愚蠢的问题,并穷追不舍地问到底,结果如何呢?他们都成了神经病,被人们耻笑,像牲口一样被捆绑起来,我们现在旅馆不存在这样的问题,更不需要这样的傻瓜,你是聪明的。

姑娘:可您无所不知,就应该——(迟疑)

金老师:我当然是无所不知,我知道我在这里偶然遇到了你,并发现了你的天才,选你做这里未来的主人,我要雕凿你,去除你先天带来的粗糙,使你能和谐地成为我们现在旅馆的成员。记住,现在旅馆里,只有此时此刻,一切为此时此刻的问题才是有用的聪明的,快打消你那些愚蠢的念头吧!

姑娘:好吧,我想我打消了,打消了愚蠢的念头,请原谅我的无知。

金老师:我们没有选错,你的确有很强的悟性,好,现在我将给你上第一课,请把这个戴上(拿出面具递给姑娘)。

姑娘:为什么要带着个?

金老师:你要记住,不要问为什么,要把这三个字,从你的思维里抹去,多么无用的字眼啊!我是你的老师,我会教你怎么去做,你没有必要去问为什么。(帮姑娘戴上面具)是不是有点不习惯?

姑娘:有点。

金老师:会习惯的,啊!你知道你带上它是多么的高贵,端庄,简直就像一位女王!

姑娘:是么?快拿镜子我来看看,让我看看。

金老师:我们旅馆从来没有镜子,你要学会忘记镜子,你没有必要看见自己,别人会告诉你,你到底是什么样子,记住我的话吧,要相信别人!

姑娘:我为什么非要戴这东西不可呢?

金老师:因为你那没有任何遮拦的脸充满了诱惑和危险。为了增加神秘感,避免被人一眼看破,我们的第一课就是学会自我保护。

姑娘:好吧,我会努力习惯这些的。

金老师:记住你的使命,想着你未来的荣耀吧,为了这一切,你要努力地修炼苦学。你是一个有出息的孩子。哦,太阳落下去了,夜就要来了,我该走了,明天太阳升起的时候,我还会来,我们继续上课,记住不论什么时候都不要把这个拿下来!再见,我的孩子。

姑娘:我会按您的吩咐做的,再见老师。

金老师下,隐忍依然在门边坐着,木然地看书。

姑娘:这里真是奇怪,不过我是多么的幸运啊,我将成为这里未来的主人,整个旅店都将是我的,我会像神一样地在这里走来走去,人们会像仰慕神明一样地仰慕我,只是这东西戴着实在是太憋闷了,不过为了我的前途我会克服一切的。

叶梦,从右侧暗影中出现。

叶梦:小姑娘,小姑娘。

姑娘:你找谁?

叶梦:我找你。

姑娘:我叫A,不叫小姑娘,你是谁?

叶梦:我叫叶梦。

姑娘:刚才我怎么没看见你,你是怎么进来的?

叶梦:我每次总是晚上来这里,天亮就走了,你白天当然看不见我。

姑娘:你说走? 那你是从这个门走的吗?

叶梦:不是,我的来去总是跟随天的颜色。

姑娘:天是什么? 噢,不,请原谅,在这里我不该问为什么。

叶梦:那有什么? 我就爱听为什么,你不知道什么是天么?

姑娘:不知道。

叶梦:天是外面最神奇的,他会从淡紫色变成绯红色,然后变成海一样的湛蓝,到了黄昏他又会像火一样地燃烧起来,晚上又成了一种湛蓝的幽兰,上面缀满了宝石一样的星星,每当这时候我就会到这里来。

姑娘:外面原来这么有意思!

叶梦:当然外面的色彩不断变化,每种颜色都有他的名字,绿色叫作春,红色叫作夏,黄色叫作秋,白色叫作冬。晚上树叶子会轻轻地抚摸着月亮,白天鸟儿发出不同的鸣叫,还有虫子,溪水和许许多多的声音和在一起我们叫他音乐,外面最伟大的是生命,每一种东西都有生命,都充满了希望,在太阳下生长,因为有了生命外面的空气总是律动的,时而像散步,时而像奔跑,噢,人们把这叫作风。

姑娘:生命真的有那么神奇? 你能拿来让我看看吗?

叶梦:当然可以,但不是看而是感觉,生命总是喜欢在音乐里游泳,你听,静静的,听到了吗? 感到了吗?

姑娘:我感到了,我觉得有什么在我的心里长起来。

叶梦:生命,生命。是生命长起来了,我知道你会感到的,因为你是人。

姑娘:人? 这里没有谁这么叫过我。

叶梦:今天就完全明白了。

姑娘:也许是吧,不过我想问你个问题,你说我是从哪儿来的? 这里没有人愿意回答我这个问题,因为他们觉得这没用,而我却总是想着。

叶梦:我不知道你是从哪来的,但我会帮你去寻找你的故乡,不过我想你一定是从外边来的,像你这样有灵性姑娘,怎么生来就在这个讨厌的呆板的地方呢?

姑娘:这地方很漂亮。

叶梦:也很无聊。

姑娘:那你为什么要来?

叶梦:因为你在这。

姑娘:因为我? 为什么?

叶梦:说来话长,现在天就要亮了,我得走了,有很多事等着我呢,明天我还会来的。(叶梦消失在暗影里)

姑娘:他的消失,就像他的到来一样突然。这地方可真是奇怪!

第二场

　　早晨,隐忍走上,高傲地环顾房间。

姑娘:早上好!

隐忍:你怎么知道现在是早晨,这里没有窗户。

姑娘:刚才叶梦说天亮了。

隐忍:噢,我料到了,现在我知道你懂得了梦,可是没有多久就会忘得一干二净的。

姑娘:为什么?

隐忍:(严厉地)这里不许问为什么,你怎么把金老师的话忘了?

姑娘:对不起,我会努力克服的。

　　金老师上,叼着雪茄,笑容满面。

姑娘:金老师。

金老师:你看上去,怎么有点心神不宁,我的孩子?

姑娘:(掩饰似的,偷偷摸摸脸)是吗?

金老师:我知道你昨晚一定有些奇遇,每一个新来的都会这样。这不奇怪,过一段时间就好了。

姑娘:我希望是这样。

金老师:好吧,让我们开始今天的学习。首先你必须克服自己的躁动不安,放弃所有的好奇心,你要记住,你是这里未来的主人,你要以你的威严去征服仆从,所以不能像孩子一样毛糙蹦跳,你必须学会成熟。这是在这个旅馆生存的人追求的最高境界,以你的悟性,你很快就会感觉到的。

姑娘:我希望成熟,可我不知道怎么去做。

金老师:那么按照我的话去做吧,与什么人都要保持一定的距离,对什么事都要无动于衷,不管是可爱的还是不可爱的人,也不管你面对的是痛苦还是欢乐。

姑娘:你是说你让我变得冷漠无情?

金老师:对了,我的孩子,你真聪明,你不觉得当你冷漠无情时你就长大了么？你高于这里所有的一切,并占有这里所有的一切,只有这样,你才真正体会到了成熟,那些总是一团孩子气的傻瓜们终究会成为受人奴役的仆从,只有你,我聪明的孩子,会成为主人,这是你的责任,你要记住它。

姑娘:我一定会记住它的,你觉得我现在的行动够成熟么？

金老师:噢,你还差得远！看看她吧(指隐忍),多么高贵,脱俗的风姿,她是你的楷模和风范。你要学习她的风韵,以便以后取而代之。

姑娘:说实在的,我不太喜欢她,她使我感到,感到,怎么说呢,感到有些不寒而栗,还有些滑稽,她总是坐在门边,像个看门的,不停地看一本书,多可笑啊！(笑)

金老师:不许笑,不许随便笑,除非在规定的时间地点,你必须把那些多余的笑克服,否则它会使你显得像一个平凡无能的仆人,记住你是主人。

姑娘:好吧,金老师,我记住了。

金老师:多好啊,你这听话的孩子,你就会体验到成熟,你要为你的成长感到高兴,你现在是被我的话语浇灌出来的孩子,而不是从乡野的地上跑来的野孩子。

姑娘:您说什么,我是从乡野里来的孩子？

金老师:不不,(含糊地)我不是说你,我是说另外一些蠢笨的人。

姑娘:金老师,请你给我解释一下生命吧,昨晚他从我的心头长起来,弄得我总是心神不宁,告诉我这是怎么回事,让我好打消他,做到成熟！

金老师:生命,生命,呵呵,多么可笑的字眼。在我们的旅馆里,只有那些卑贱的人才会使用它们,忘了这两个字吧,它们没有任何意义,在这里最高贵的就是生存,生存高于生命。

姑娘:这怎么解释？

金老师:这很简单,就是说你要规规矩矩地待在这旅馆里,尽情地使用所有的物品和仆人,而不是随便地打开那门出去,因为你出去就再也不会进来了,我的孩子,你喜欢这里么？

姑娘:喜欢。

金老师:那就按我说的话去做吧。

姑娘：我一定会的，老师。

金老师：太阳又落下去了，就是这样的周而复始，你成为主人的日子，很快就会到来，努力吧，我的孩子，再见。

姑娘：再见，金老师。

（金老师下）

姑娘：什么声音都没有，一切又安静了，我觉得有些疲惫，脑袋里是一片空白。我忘了昨天的我是什么样子。

（叶梦从暗影里出来）

叶梦：小姑娘，小姑娘。

姑娘：又是你。

叶梦：是我，可是你看上去比昨天显得老。

姑娘：是不一样，因为我长大了。

叶梦：长大了？当然我们每个人都要长大，去体会爱情和养育孩子，充满活力和热情，而你看上去像是病了，怎么这样的呆滞和冰冷，不是一个人了。只像是这屋子里的一件物品。

姑娘：不，这是成熟，我是这里未来的主人，我要训练自己的威仪。

叶梦：你是这里未来的主人？你怎么能属于这里？你应该回到你的家里去，这里已经使你病得不轻了。

姑娘：什么？你知道我的家在哪里？

叶梦：知道，我打听到了。我没说错，你的家在外面，你根本就不属于这间令人窒息的房子，你的家在外面，你忘了你曾在黄熟的麦田里奔跑，透过朦胧的麦芒偷看我的窗户。你家门前的石榴裂开了口子，露出了玛瑙般的果实，那里有碧绿茂盛的田野。黄昏时刻，绯红的太阳融化在苍茫的天边，那里的风是流动的，不像这里是用机器制造的，那里的一切粗糙而充满活力，而这里的一切虽然精致高雅，但样样冰冷死板。

姑娘：我的家乡真的那么迷人吗？可我要成为这里的主人，这是我的责任，我的使命。

叶梦：小姑娘，你在这里不觉得孤单吗？不觉得无聊吗？

姑娘：当然，可是为了我的使命，我会克服一切的。

叶梦：可你不知道你的心里已经长出了生命，你没有感觉到吗？他生长了，无论谁都不能消灭他，因为他是从你的心里长出来的，你是人。

姑娘：我相信我的毅力会使我战胜一切。

叶梦：不可能，你不可能，他会长起来的，直到长出爱情，你就会厌恶今天这个呆板的房间。

姑娘：为什么？什么是爱情？

叶梦：怎么说呢？我没法说出那种感受，你真的想知道吗？

姑娘：是的。

叶梦：那么你跟我走吧！我们出去，去看海潮。

姑娘：这怎么可以？明天还要上课，况且这里也没有门。

叶梦：这很简单，只要你把脸上的面具拿下来，只要我在，跟着我，咱们就可以出去。

姑娘：这不行，拿下来是很危险的，这是一种自我保护。

叶梦：这东西使你看上去像一个无生命的木偶。

姑娘：不，我不能辜负老师的希望。

叶梦：谎言，你应该看到真实的你。（冷不防，拿掉姑娘的面具）

姑娘：啊！（忙捂着脸，叶梦用手掰开她的手）

叶梦：多么纯真而自然的美啊，为什么要把它遮掩起来？

姑娘：真的很美吗？

叶梦：你早该看见自己啦。（拿出小镜，递上）

姑娘：是的，是的我没想到，我没想到我是这样的美丽，我从来没有看到过自己，这是第一次。

叶梦：把你的手给我，不要总与我保持一段距离，你要相信生命的温暖，不存在任何冰冷的成熟。

姑娘：可是——（迟疑）

叶梦伸手抓住她的手。

叶梦：温暖，你应该知道什么是温暖，现在天亮了，明天我来接你，我们一起回家去，是到了该回家的时候了。（叶梦在暗影里消失）

姑娘：啊，我就要回家了，他知道我家的方向，而且——（低头抚摸着自己的手）我感到了温暖！

第三场

　　隐忍又上来,例行公事地环视四周。

姑娘:早上,噢,不,您好!

隐忍:(大惊)上帝呀!你怎么敢把面具取下来,你知道这有多危险吗?

姑娘:(猛然意识到,慌忙带上)对不起,请原谅,昨天晚上实在是闷热得厉害,所以——

隐忍:(冷冷地)你不用编谎话了,我知道这面具不是你自己拿下来的。

姑娘:是的,可是你怎么知道的?

隐忍:(阴郁地)我过去也做过梦。(转而冰冷)好了,戴好它,如果你再次把它摘下来,你就没有资格做这里的主人了,准备吧,金老师马上就要来了。

　　姑娘认真地戴上面具,金老师上,隐忍退至门边看书。

姑娘:(鞠躬)金老师。

金老师:你怎么有点慌慌张张?

姑娘:(怯生生地)是吗?

金老师:(威严地)难道我昨天的讲解还没有消除你可怕的骚动?

姑娘:也许是吧。

金老师:让我来帮助你打消它吧!否则迟早它会毁了你的前途,你知道你将是这个旅馆的主人。

姑娘:(无意背诵着叶梦的话)我想不可能消除,因为那种——

金老师:在威仪中凌驾一切,占有一切,就仿佛你就是上帝,为了这个辉煌的目标,按我的话去做吧,我聪明的孩子。

姑娘:我没有忘记我的使命,(迟疑)从来没有。

金老师:好吧,我们今天早点下课,你要休息一下,身体最重要的,那些体弱多病的迟早会被扔出门去,没有福分享受这一派荣华。安心休养吧!生存高于生命,只要能够在这个旅馆,一切就都有了,再见我的孩子,我明天来。

姑娘:再见!

金老师下,姑娘不安地走来走去,隐忍在门边木然的看书。

姑娘:我该怎么办呢?当太阳一落下去,叶梦就会来了,我要回家,我要离开这荒谬怪异的地方。不,也许是我的懦弱吧!受不了受教训的苦役,无法完成使命。不,我要坚强,然而我想回家。

　　　姑娘无聊,空虚,想找人说话,走向隐忍。

姑娘:你总是在读这本书,里面讲的什么,有意思吗?

隐忍:(冷冷地,毫无表情)这是一本关于外边的书。

姑娘:一本关于外边的书,上面怎么说?外面真的色彩斑斓吗?

隐忍:我不知道,这上面没说,只是写着,有一天我们真正感到疲倦的时候,就开门而去,隔壁有一间卧室,我们可以安静地睡眠。

姑娘:我正觉得累了,那就让我进去吧!

隐忍:可是你只要一睡,就不会自己醒来,而且你该什么时候进去,是有规定的。

姑娘:怎么什么都是规定好的?是谁为我规定的,我为什么非服从不可?!

隐忍:因为你是这未来的主人。

姑娘:可你也是主人呀,我看你没有任何欢乐。

隐忍:欢乐是轻浮的。这点你会明白,何况我马上就要走了。要不,也不会选你到这儿来。

姑娘:我隐隐感到承受这种选择不是我的幸运。

隐忍:只能这样,因为你没法选择。

姑娘:的确,我现在就拿不定主意,到底是留在这里还是回家?

隐忍:留下来吧,规定你留下来,把那影子的谎言忘掉吧!那不是真实。最真实的是你根本没有家,他只是想得到你才编出一个家来,留下来完成你的使命吧。

姑娘:不,不能!叶梦说得对,有些什么已经在我心里长起来了。你们谁也消除不了。

隐忍:金老师总有一天会消除它的。

姑娘:为什么?

隐忍:你不该这么问。

姑娘:那么好吧,就让叶梦说服金老师,让我回家看看,再回来。就像放假一样。

隐忍:不行。他们不能见面,如果你还希望多年轻些时候。

姑娘:不,他们要见面,让他们来决定吧,我没法决定我的去留,我总是摇摆不定,我受不来这种犹豫的撕打。让他们去安排吧!

隐忍:听我的话,千万别让他们见面。

姑娘:不,我为什么要听你的?我要让他们见面,他们必须见面!

隐忍:是的,你只能这么做。(近乎歇斯底里地)可怜的,你没法为自己拿定主意,那么好吧,好吧,你去做吧,去做吧!夜幕降临了,可怕的一幕将要再次上演了,去吧,去做吧!

姑娘惊惧地望着隐忍,叶梦从暗影里出来。

叶梦:小姑娘,小姑娘——

姑娘:我正在等着你呢!

叶梦:咱们回家吧,把这面具摘下来。

姑娘:不不不,在你没有见金老师以前,我不能这样做,否则,我就没有资格成为这里的主人。

叶梦:这死一般的旅馆还有什么好留恋的!

姑娘:不管怎么说,我不能辜负金老师的希望!

叶梦:是不能抛弃虚荣心吧,你已经不再是个纯朴的女孩了,你越来越像这间房子,这些冰冷的器具,像这个(指隐忍)没有生命却整天走来走去的人。

姑娘:随你怎么说,可我想回家,回家看看,只要你能见见金老师和他说明原因,就算给我一天假——

叶梦:不不,我不能见他。(惧怕似的)

姑娘:怎么,你害怕他?他是很慈祥的。

叶梦:不行,白天我会离开这里。

姑娘:可你说过,你来这里是为了我,就算为我能回家,也得见见他,你一定能说服他。

叶梦:我当然是为你;但我不能见他。

姑娘:你的生命呢,你怎么忽然变得这样的虚弱?

叶梦:我的生命只有在外面才充满力量,在这间屋子里,只要太阳一出来,我就会变得软弱无力,只能用口来说服,但如果打起来,我是必败无疑的。

姑娘:怎么会打起来呢,金老师一向是和蔼可亲、通情达理的。

叶梦:你太天真了姑娘,你还不明白这里是一间怎样的旅馆?

姑娘:不管怎么说,你要试试,为了我。

叶梦:(凝视姑娘)好吧,我试试,也许我能够说服。

　　叶梦深情地拉着姑娘的手。

隐忍:(突然喊起来)太阳升起来了,可怕的一幕又要重演了。哈哈哈哈哈哈,我该走了!

　　姑娘惊惧,金老师上。

金老师:(见到叶梦,平静而轻蔑)影子,你怎么敢白天待在这间屋里?

叶梦:你应该让这姑娘回家,应该还她精神,给她以自由,你把别人的生命吸食得还不够吗?

金老师:(老成世故)我只是按照规矩办事。年轻人,不要这么激动嘛!这解决不了问题。

叶梦:看看那门边坐着的女人吧,这就是被你吸干生命的躯壳。

金老师:她是一个圣女,所有人都这么说。

叶梦:你这是白日里的掠夺和霸占,我不能看你再掠夺这个姑娘!

金老师:你对她的骚扰已经够多了,你还是这样的粗鲁,没有礼貌,过去你是失败者,现在依然是,你能让这位姑娘不出现在这旅馆里吗?你能吗?我的小伙子。

叶梦:——可我能解救她。

金老师:你没这个力量!

叶梦:那就让我试试看吧。(摆好欲打人的样子)

金老师:呦呵!多么可笑啊,小伙子,我知道你很可爱,(厉声,凶相毕露)过来吧!

　　叶梦出拳被金老师一把抓住,金老师用另一只手给了叶梦重重的一拳,叶梦倒地。

姑娘:(惊叫)啊,金老师,你不会这样,不会这样!

金老师:哈哈,看见了吧,在白天影子是多么不堪一击,行了,一切都完结了。

姑娘：(俯向叶梦)怎么，怎么，那他死了么？他死了吗？(怒向金)你把他打死了？我再也回不了家了。

金老师：孩子，这全是为了你啊，为了你的前途，你将成为这旅馆里最高贵的人，就必须早早地打消这些无用的骚扰，现在好了，一切都过去了，影子的谎言和他一样完结了，只有此时此刻是真实的，孩子，让我们开始上课吧。

姑娘：(惊呼)上课，上课，(惊慌)可我为什么要来这儿，为什么？

金老师：这不重要，没人关心。

姑娘：我要出去，我要回家，要回家！

金老师：不要这么暴躁，要学会无动于衷。

姑娘：我不想做什么未来的主人了，我不要这旅馆，我太累了。我要回家！

（冲向门，隐忍依然安然地坐着，无动于衷，抓住门把手，欲开，忽然又犹豫地看向隐忍）

姑娘：你说过，那是一间卧室，里面有床，我可以安静地睡，永远地睡。

隐忍：是的。

姑娘：我要去那儿，当夜晚来临的时候，叶梦，还会来找我，我们一起回家！

隐忍：你错了，你的叶梦已经死了，你将永远无梦，也不会醒来，而且再也不会进来。

姑娘：死，对面就是停尸间？

隐忍：也许吧。（姑娘犹豫地回来）接受吧，一切都是规定好的，要按规矩办事。

姑娘：也就是说，实际上没有外面，真的没人知道外面到底是什么？

隐忍：没人知道，你现在应该安静下来，坐到椅子上去。

姑娘：(顺从地坐下)原来这就是梦。

隐忍：你再也不会有梦了，也不会睡觉，除非有一天到隔壁去。

姑娘：在规定的时间和规定的地点。

隐忍：是的，现在是我该走的时候了。

姑娘：去哪儿？

隐忍：去睡。（隐忍走到门前，凄然一下）我现在告诉你，我叫隐忍，如今

该你叫这个名字了,现在旅馆的主人。再见!(开门出去)
姑娘:(茫然)她走了,那么我也不再叫A了,叫隐忍。
金老师:好了,现在我们开始上课,记住你是现在旅馆的主人,要学会按规
　　矩办事。
姑娘:好吧,按规矩办事。

　剧终

　*本剧首演于1990年12月,曾获第四届"黑美人"戏剧节最佳剧目奖、最佳男演员奖。

王洢

男,1974年生,陕西周至人。1993级汉语言文学(文学创作)本科,2008年文艺学硕士。省作协会员。发表小说、散文等作品多篇。现为西安经济技术开发区策划宣传局局长(党工委宣传部部长)。在校期间曾编话剧、小品多部,曾获"省发达杯"小品大赛优秀奖,获第八、九、十届"黑美人"艺术节最佳剧目、最佳编剧、最佳导演等多项奖励。

山　祭

人物:

父　亲(林天树):陕北农民,50余岁。大海、英子之父。

林大海:大学二年级学生。

林英子:初中毕业,大海之妹。

根　旺:林天树的邻居。陕北农民,50余岁。

家　琪:大海女友,大学二年级学生。

第一幕

幕启。20世纪90年代。陕北一山村农家。八月底的一个晚上,屋正中放一桌子,上燃一煤油灯。台侧放一木框,上有一中年妇女遗像,遗像前有一香炉,里插三根点燃的香。

父亲蹲在桌子边条凳上,抽着旱烟。英子稍远,坐在凳子上纳鞋底。

英子:(父亲咳嗽,英子抬头关切地)爹,你去歇下吧。

父亲:哎。(抬腿下凳)

根旺从台侧上,兴奋疾走。

根旺:英子!英子!天树哥!快来看,喜事临门呐!

父亲:哟,是他根旺叔,快,进来坐!

根旺:天树哥,你看,这是什么?!(举起手中一张红纸)嘿,咱英子——考上了!

父亲:真的?!(接过通知书,颤抖地读)上海——卫生——学校。

根旺:小英子,你可真行啊!还不好意思呢!

英子:根旺叔,你快坐。

根旺:不了,不了。(转向父亲)天树哥,我屋还有点事,先过去了。等会儿过来喝你的喜酒啊。(说完往台侧下)

父亲:(醒悟过来)哎,根旺,咋说走就走呢?那,等一会,可一定过来,咱哥俩好好喝几盅——

根旺:一定,一定,走了啊。(下台)

　　父亲、英子走回桌旁。

父亲:(再次拿起通知书翻来覆去地看,激动地对着柜上遗像自言自语)淑珍,英子也有出息了。大海考上了大学,英子现在也考上了中专,你可以放心在那边歇着了。(转向英子)英子,给你娘说一声,让你娘也高兴高兴。

英子:哎。(走至柜前)娘,英子考上学了。等我和哥工作挣钱以后,一定买好多好吃的东西,让爹好好地享享福(英子跪下头)。

　　父亲咳嗽,英子急忙起身来到父亲身旁。

英子:(关切地)爹,你咋了?

父亲:没啥,没啥!就是身上有点困。

英子:(为难地)爹,我想跟您说个事?

父亲:啥事?

英子:我不想上学了……

父亲:你说啥?

英子:(大声地说)我不想上学了!

父亲:胡说!(生气地)你怕爹供不起你?!爹就是把骨头砸了,卖了!也要让你上学!(稍顿,语气低沉)唉!爹没本事,把个家弄得稀里糊涂。可爹才五十多,正能干呢!

英子:爹!你别说了。这些年,你干着地里的活,还操着家里的心。自打娘去了后,我和哥一直上着学,没人来帮你一把。我早就想好了,高中一毕业就回来帮你干活——

父亲:可现在,你考上了呀!

英子:原来我不想考的,可那样,就会有人说我英子让考试给吓跑了,所以,我参加了考试而且考上了,说明我英子还行,没给咱林家人丢脸!

父亲:(固执地)不管咋说,这学——非上不可!

英子:爹!

　　根旺上。

根旺:天树哥,我喝喜酒来了。

父亲:根旺,快进来,坐,坐。

　　根旺坐下。

父亲:英子,把那点酒和花生拿过来。

英子:哎(去台侧拿东西)。

根旺:天树哥,你这苦日子可快熬到头了。大海去年考上了大学,英子今年又考上了中专,你可真是功德不浅呀!

父亲:哪呀!都是孩子们懂事用功,也真苦了他们啊!

　　英子上台给俩人斟酒。

根旺:是呀,穷人的孩子早当家。大海和英子在咱们林家沟那可真是没得说。(猛地想起什么)哎哟,你看我这一高兴,差点把正事给忘了。(从怀里掏出一卷钞票)天树哥,英子考上大学,大伙都高兴。这不,大伙凑合凑合,弄了这三百块钱,给咱英子打个盘缠吧!

父亲:(急忙起身推辞)不行,不行!当年大海走,大伙都够破费了,这次,说啥也不能要!

根旺:唉!天树哥,咱老哥俩混了这么多年,谁还不知道谁过的啥日子。嫂子走得早,你拉扯两个孩子做爹又做娘,不容易呀!虽说大伙的日子也比你强不到哪去,可毛主席说了,人多力量大么。这钱大伙一家出一点,也不会把谁饿趴下。咱穷日子穷过,照样红红火火,你说是不?(说着将钱硬塞到父亲手里)

父亲：(感激地)这，这可叫我咋报答大伙呢?！英子快，给你根旺叔看酒。

英子：哎！(倒满一杯酒，恭敬地端至根旺前)根旺叔，我和我哥敬您和大叔大婶们一杯。

根旺：好，好，大叔喝了。(一饮而尽)哎！小英子，你啥时候走呀?

英子：根旺叔，我不上学了。

根旺：(惊诧，站起)咋了?！

英子：哥在西安上学，一年要花家里不少钱，这都让爹操够了心。我再上学，爹咋受得了。爹身体不好，经常生病。我回来帮爹做做饭，干些地里的活，兴许能好些。这样，哥才能安心地念书啊。

根旺：(感动地)好孩子，叔——明白了，可……

父亲：(痛心地)唉，根旺，你说，咱咋能耽误孩子的前程呢?！英子这么小就回来受这罪，我这心里，不忍哪！

英子：爹，地里的活我干得动。

根旺：唉，就是两个人都在地里刨，他也刨不出多少粮食呀，还是缺钱哪！(烦躁地走前，突然想起什么，猛转身，神秘地对父亲说)哎！天树哥，我倒有个门道，就是——(为难地转向英子)

父亲：你说。

根旺：我那大侄子在西安开了个饭馆。前几天写信来，说店里缺个人手，托我在咱这疙瘩找个能吃苦的女娃。一个月除过吃喝，能落个三百块钱。你看咱英子——

父亲：不行，不行！咱山里娃老实，英子又刚出校门——

根旺：天树哥，咱祖祖辈辈都在这山沟里穷踢腾，可日子过得咋样?！咱总不能让娃也在这山沟里圪蹴一辈子吧！

　　父亲默然。

英子：(高兴地)爹，你答应了?！(突然又意识到什么，转而难受)只是我这一走，爹连个说话的人都没有了……

父亲：(低缓地)爹这么多年都过来了，也没啥。只是你这么小年纪，才从学校回来，又要跑那么远去吃苦，爹心里……(痛苦地)唉，都怪爹没本事啊！(哽咽)

英子：爹！

根旺：天树哥，你放心，我会嘱咐我那侄子，让他照看好咱英子的。

父亲：(猛地抬头)来，根旺，哥敬你一杯！

根旺：好！(一饮而尽)天树哥，时候不早了。咱们都歇下吧。赶明，我给我那侄子写封信，到时只管让咱英子去就是了。(起身向台侧下)

父亲：也好。到时我顺便把大海的学费捎过去。根旺，天黑，小心着啊！

英子：根旺叔，慢走啊！

根旺：哎，知道了。

　　根旺下台。

　　父亲和英子回到桌旁。

英子：爹，你歇下吧。

父亲：哎！收拾完了，你也去歇着吧。

　　父亲缓下。

　　英子收拾完碗筷，手突然停在了通知书上。

　　英子拿起细看，捂到胸口，脸上充满了憧憬的微笑。但很快，英子似乎又意识到了什么，捂住脸庞开始抽泣。

　　父亲在房间突然猛烈咳嗽，英子急忙擦干眼泪。

英子：(关切地)爹！

　　英子端煤油灯急下。

　　几日后。城市的一条马路。台正中有一"云大海川菜馆"。屋正中放一张桌子，两个凳子。父亲踉踉跄跄，艰难上台。

父亲：唉，人一老，真是不中用！抽了那么点血，就成了这熊样，唉！(在饭馆前蹲下，从身上掏出烟锅，装上烟丝，点燃)人老了，咋就这么糊涂。200块钱哪！大伙从嘴里一分一分抠出来，托付给我，却让我这不中用的老东西给弄丢了。(悲伤地)亏得英子鞋底装着300块，不然别说卖血，就是卖骨头也凑不够500块钱学费哪！

　　英子背一书包上。

英子：(惊讶地)爹，你咋在这儿？我找了你老半天，就是不知道你去哪了。

父亲：也干不了啥重活，捡几个酒瓶子，好歹能换几个钱。

英子从包里拿出几个烧饼。

父亲:(生气地)是不是拿店里的?!我不吃,送回去!

英子:爹,是我特意给您买的。

父亲:(动情地接过)唉,好孩子。英子,店里下工了?

英子:哎。

父亲:背个包干啥?

英子:在批发市场买了些袜子、鞋垫。听别人说在大学里挺好卖的,我想去试试。

父亲:好、好,爹这儿还有点零钱,带上一些,去了给人好找。

　　父亲从口袋里掏零钱,一张纸条飘落到地上。英子捡起细看。

英子:(震惊地)爹,你——,去卖血了?!

父亲:(愣)没有啊。(下意识地摸口袋,突然看见英子手中纸条,不自然地笑笑)都开学几天了,你哥的学费还没凑齐。爹身体——很结实的嘛。

英子:(含哭腔)爹——!(转身欲走)我去找老板,先借200块钱!

父亲:(生气地)英子!(英子站住)咋还和小孩子一样!(语气稍缓)咱打搅人家够多的了。还没干几天活,就张嘴借钱,让人家咋看咱!(稍停)现在好了,去一趟医院弄了一百多块,就差十几块了。(扶着英子肩头)来,英子,咱爷俩一起干,你去卖袜子,我去拾瓶子,看谁干得美。

　　英子帮爹背上袋子。

英子:(难受地)爹,我走了,你可早点回来啊!

父亲:(爽朗地)哎,爹还要等着你回来,一块去看你哥呢!(两人分头下)

　　大海着西装,叼香烟,携女友家琪上。

大海:家琪,帝国时代这网络游戏不错吧?

家琪:也就那样了。打得我头昏脑涨,以后网吧还是少来一点的好,玩物丧志呀。

大海:(发现饭馆)美女,我肚子饿了,咱们随便吃点东西吧。

家琪:(面露难色)又要花钱——,还是回学校吃吧。

大海:(挽住家琪)就这一次,下不为例。

两人进去,坐下。服务员上。

服务员:两位要点什么?

大海:一瓶啤酒,一瓶冰峰。(服务员下)

大海:家琪,我感觉这两天和我在一起,你总是闷闷不乐,是不是有什么事瞒着我?

家琪:没有。(稍顿,忧郁地)我也不知道怎么回事,现在和你待一起,总是提不起精神,浑身像散了架似的。

两人沉默无语。

服务员上,端上啤酒、饮料等,下。

大海:(猛吸一口烟)本来暑假我是要回家的,可整整六十天,让我离开这个城市,离开你,我做不到。(稍顿)家琪,我希望你明白我的心思。

家琪:我明白你的心思。可有一点我搞不清楚:大一时,你整天忙东忙西,但脸上总带着实实在在的微笑,连你周围的人都感到自己充满了活力,可现在……

大海:可现在?(自嘲)哼,我空虚得如同学校食堂的小笼包子,酸溜溜恰似食堂的岐山臊子面。又酸又虚,是不是?

家琪:大海,难道咱们不能认真地谈一次么?

大海:(低头沉思。抬头,猛灌一口酒)来城里上大学以前,我眼前的事物是那么的单纯美好。可渐渐地,这个蛛网一般散发着铜臭味的社会让我无地自容,我为我的简单幼稚感到羞耻。人往高处走,水往低处流。人么,总是要变的。

家琪:是的,人是要变的,可人的精神应该是永恒的。大海,你的朝气哪去了?你的诗人梦哪去了?现在你一手夹着香烟,一手举着酒瓶,除此之外,我还能看见什么呢?!

大海:(仰头喝酒,激动地)是的,我没有朝气,我是个空想家!在学生会干了半年,坚持不住,我退出来了。那是他们拉帮结派,权势倾轧。难道,让我朝气蓬勃地与他们同流合污么?!(语气低缓)我喜欢文学,喜欢诗,可当伟大的人民币在你的耳边铿锵作响,袜子鞋垫的叫卖声如午后的太阳雨纷然而下,缪斯女神还能做你的情人么?!你说,我该做些什么呢?!(低头痛苦思索)

家琪:我知道,你心里很难受,可总该振作起来的呀!

　　父亲背着袋子上。蹒跚地走到饭店门口突然跌倒。

　　家琪发现后,忙上前扶起父亲。

家琪:(关切地)大叔,您没事吧?

父亲:没事,没事。谢谢你了,姑娘。

家琪:大叔,我帮你捡酒瓶子吧。

　　家琪帮父亲拣起散落在地的酒瓶子。

父亲:(慈祥地看着家琪)姑娘,今年多大了?

家琪:十九了。

父亲:还念着书吧?

家琪:对。念大学二年级。

父亲:哟!我儿子呀,也念大学二年级。(自豪地)我这个儿子呀,干啥都风风火火,大手大脚的。他呀,啥时能能像你这么细心懂事,我就放心了。(掏出烟锅)哎,姑娘,大叔没事,你还是去陪他吧。(指指大海背影)不然,小伙子可要生我的气了。

家琪:(羞涩地)不要紧的。(抬腕看表)哟,大叔,都十点多了,您赶快回家吧,家里人会着急的。

父亲:哎,哎。(蹒跚下)

家琪:(走回大海身旁)唉,看样子都五十多岁了,还要捡酒瓶子供儿子念大学,真不容易啊!

大海:(抬头,喝下一口酒,苦笑)五十多岁,在农村还是壮劳力呢。不在家好好做事,却像叫花子一样四处乞讨。什么供儿子念书?骗你们女孩子的同情心罢了。

家琪:(意外地)大海,你——,你怎么能这样说话?!

大海:(冷笑,挖苦)是的。我不配说这样的话。乡巴佬和阳春白雪在一起,除了自惭形秽,又怎么敢伤害千金小姐那可爱的虚荣心呢。

家琪:(站起,气愤地)你——,我以前怎么看错了人!

大海:这叫盲目崇拜。

家琪:嗨!(跺脚,气愤地跑下)

大海:(气急败坏地)服务员,来瓶二锅头!

第二幕

次日中午。某大学男生宿舍。室内放一桌子,上边放一热水瓶,几只杯子。

大海一手夹烟,另一手举酒瓶子喝酒。

大海:(独白)唉!人常说,人背不能怨社会,命苦不能怪政府。可我的命咋就这么背呢!好不容易跳出农门上了大学,家里却要钱没钱,要权没权,一切都要从头开始,真累呀。唉!人生如梦,抓紧胡弄。

大海仰头喝下一大口酒,很快不胜酒力,伏在桌面打起了呼噜。

父亲和英子精神饱满从台侧上。

父亲:英子,你看爹穿这衣服咋向?

英子:(歪着头,做认真状)嗯,年轻了十几岁。

父亲:(爽朗地笑)嘀,我女儿啥时也会给人戴高帽子了。

英子:真的。好久没见爹这么高兴了。

父亲:(想起什么)哎,英子,给你哥的钱换成整的没?

英子:换好了。

父亲:大学生了,出门办事总不能拿一大把毛票子。哎,英子,给你哥的袜子带了吧?

英子:(佯装不耐烦)带了,带了!挑三双最好的放在包底了。爹,这回你可放心了吧?真是偏心眼。

父亲:(笑)好,好,不说了,不然又要惹我女儿生气了。

英子:爹,我还另带了三十双袜子、鞋垫,卖完后顺便把钱给我哥,让哥买双皮鞋穿上。

父亲:对,对,还是英子想得周到。英子,你哥是住三楼吗?

英子:我刚问过楼下的大妈了,她说中文系都在三楼住的。

英子:(上前两步,冲台侧问)请问林大海住这儿吗?

幕后答:不在,不在。

英子和父亲继续往前走,至台中央。

英子:袜子鞋垫要不要?

大海：(烦躁地抬起头)不要,不要!(稍顿)哎——,进来看一下。

  大海酒气扑鼻,醉醺醺地摇摇晃晃而出。

大海：袜子鞋垫不要,来,要你和我跳个舞!(伸手拉英子)

英子：(惊恐地后退,突然认出了大海)哥!

大海：(愣,又恢复原状)什么哥呀妹呀的。来,跳舞,跳舞。(又伸手拉英子)

  父亲从后边赶上来,认出大海,抽了大海一耳光,大海后退几步,差点倒地。

父亲：畜生,睁开你的狗眼,看看她是谁?!

英子：(深情地)哥!

大海：(如梦初醒)英子?

英子：(高兴地)哥,我和爹看你来了。

大海：(慌忙上前)爹,你们啥时来的? 爹,你先坐下歇会。

  父亲怒气未消,不动。英子上前拉着父亲的胳膊,把父亲拖到桌边坐下。

英子：哥,我给你挑了三双袜子,你看合适不?

  英子从包里取出袜子,大海上前欲看。

父亲：(生气地)不许拿!

大海：(欲上前)爹!

父亲：(生气地)别动! 我问你,什么时候学会抽烟喝酒的?!

大海：(心虚地)没,没有啊……

父亲：(将桌上的烟盒扔到大海脚下)这是什么?!

大海：(更加惊慌,又故作镇定)这,这——。噢,昨天晚上,我去参加系学生会主席竞选,结果没选上,回来后心里难受,就买了这点烟酒。

父亲：(语气稍缓)为这点事情,就又抽烟又喝酒? 亏你还是国家培养的大学生呢! 没选上,说明你不行,以后要多学习。是不是马大哈的毛病又犯了?!

大海：(诚惶诚恐)我今后一定改,一定改。爹,英子,你们喝点水吧。(提水壶,发现是空的)爹,你们先坐,我去打点水。

  大海下,在台侧碰见家琪上。

大海:(诧异)你——?
家琪:怎么,我不能来么?
大海:(回头看看)先进去坐,我去打水。
　　　大海下。
家琪:(进屋,认出了父亲)哟,大叔,是你呀!
父亲:(端详家琪,猛然想起)嗨,姑娘,你给我捡酒瓶子,对不对?
家琪:(快乐地)对,对!
父亲:来,姑娘,快坐,坐。哦,对了,这是我丫头——英子。
家琪:(微笑)你好,我叫家琪。
英子:家琪姐。
父亲:姑娘,你咋在这?
家琪:我找大海。
父亲:你,认识大海?
家琪:认识都一年了。您是他——?
父亲:我是他爹。唉,大海这小子没出息,就为昨晚上没选上啥子主席,就在这又是抽烟,又是喝酒。唉!(无奈地摇头)
家琪:(不解地)什么主席?昨晚我给您捡酒瓶子,他就在那边坐着呀!
父亲:(迷惑,惊愕,醒悟。忽地站起,怒拍桌子)这混蛋!
　　　父亲胸口疼痛,英子和家琪扶其坐下。
　　　家琪焦急地来回走动,向台侧眺望。
　　　大海拎水壶上,未理睬家琪。
　　　家琪感受到屋里气氛的紧张,忙起身告辞。
家琪:大叔,您先休息,改天我再来看您和英子。
父亲:(强作轻松)好,好。英子,送送你姐。
　　　英子送家琪下。
父亲:(猛地站起)畜生,跪下!(大海茫然)跪下!!!
　　　大海不情愿地跪下。
父亲:你,你对得起你的良心么?!
大海:(心虚)爹,咋了?
父亲:你还有脸问,昨晚你干啥去了?!

大海:刚不是说了吗,去竞选学生会主席了……

父亲:(暴怒)胡说!

英子:(跑到大海旁边)哥,给爹认个错吧!

　　大海固执不语,英子和大海并排跪下。

英子:(含哭腔)爹,哥一时糊涂,您就饶了他吧。

父亲:英子,起来。这没你的事!

　　英子无奈地缓缓站起。

大海:(振振有词)爹,我知道,咱家里穷,我不该抽烟喝酒,可现在这社会,和别人拉关系搞应酬,不抽烟不喝酒,行吗?再说,这些东西都是我自己干家教挣的,没花家里一分钱。

父亲:(气愤地身体颤抖着)住嘴!没花家里一分钱!你知道不?英子今年考上了中专,可为了让你在学校安心念书,她不上学了,去饭馆挣钱,供你念书。可你,却在这抽烟喝酒,还说什么关系应酬,没花家里一分钱——,你,你的良心让狗吃了?!

大海:(惊讶,激动)英子,你——?!

英子:(动情地)哥,只要你在学校能安心地读书,英子心里比啥都高兴。(《父老乡亲》音乐渐起)哥,你还记得不?初中时,你在县报上发表过一首诗,题目叫《理想》。(抬头,凝望远方)那首诗写得多好呀!"清晨/露水打湿了我的眼睛/透过迷蒙的雾纱/我看见/理想/就像一位羞红了脸的新娘子/从东方缓缓升起。"(音乐渐落)(转向大海)哥,从那时起,我就相信,你一定会成功。爹也相信,他说有海的地方就一定有蛟龙。

　　大海抽泣。

大海:(以手捶地,抽泣)哥不是人,哥对不住你,对不住爹呀!

英子:(哭,扶大海)哥,你别这样,爹刚卖过血,他受不了呀!

　　大海震惊。缓起,后退两步,突然疯狂地前冲,双膝扑通跪地。

大海:爹!我没良心,我不是人!你打我,你打我呀!

　　《父老乡亲》音乐大作。

　　(大海哭嚎着,打自己耳光)

英子:(上前劝大海,含哭腔)哥!你别哭了,哥——

大海停止了抽打,埋头哭泣。

音乐渐低。

父亲:(语气沉重,说话艰难)大海,你起来吧,爹不想打你。(稍顿)你娘走的时候,嘱咐过爹,让我教你们堂堂正正地做个有出息的人。英子长大了,也懂事,爹放心。可你现在这样,叫爹,咋向你娘交代啊——!!

父亲悲痛欲绝,手捂胸口,突然倒地。

英子:(害怕,惊恐)爹,你醒醒,你醒醒啊!

大海:(哭)爹,你醒醒啊!爹,我再不抽烟,再不喝酒了!

英子:爹!

大海:(痛哭)爹,都怪我,都怪我呀!爹,我记着您的话,一定做个堂堂正正的人。爹,你醒醒啊!

歌曲《父老乡亲》音乐大作。

剧终。

﹡本剧初稿于1994年11月3日,1995年5月获西北大学第八届"黑美人"艺术节最佳剧目奖。

燕来

男,1980年生,山东省烟台市人,1999级汉语言文学本科,2009级公共管理硕士。现为西北大学就业创业指导服务中心副主任。在校期间曾编写话剧多部,多次获奖。

文明的碎片

人物

戴维:子虚国军人,男主人公。
安娜:子虚国人,戴维之恋人。
杜德林:子虚国总统(不出场)。
Rinble:戴维战友。
托马斯:子虚国军官。
拉拉姆:乌有国总统。
阿齐兹:乌有国军官。
乌塔:乌有国人,凯瑟琳之母。
凯瑟琳:乌有国人,乌塔之女。
群众演员:10名,男6,女4。
舞蹈演员:1名(女性)。

第一幕

旁白:请注意这是一个真实的故事。故事发生在公元2300年,子虚国和乌有国这两个信仰不同宗教的国度展开了一场旷日持久的厮杀,并随之演化为两种文明的激烈碰撞。

第一场

场景：医院

道具：一张小方桌，两把椅子，花草的模型，桌上放着视力表

安娜已在桌跟前站好，收拾东西。

画外音：(男声，杜德林)我们的自由正在遭受史无前例的践踏，加入进来吧，勇敢的年轻人；让我们再次组建一支十字军，将世界上的异教徒统统清洗掉！

画外音：(女声)参加体检的先生们请注意，请最后到一号房接种预防疫苗并测试视力。

戴维急上，闯进来，将安娜手里的瓶子撞翻。

安娜：哎呀！(险些跌倒)

戴维：唉，实在对不起，我，我，我太激动了。

安娜：激动？难道你从来就没打过针，测过视力吗？

戴维：不，不，我是听杜德林总统的讲演听的。

安娜：(对观众)男人都是一群神经病，不过这个男人的身段好棒哦！

戴维：(举起胳膊做健美状)护士小姐，你看我这身子骨还用来这套吗？

安娜：你别臭美啊，(举起一支针管)需不需要特别照顾你一下？

戴维：(摇手)不用小姐费心，(深情一望)你的眼睛好迷人呀！

安娜：是吗？(笑向戴维，轻声)把你的眼睛闭上，你便会有一种从未有过的感觉(将针猛地插入戴维胳膊上)。

戴维：嗷！你插到我骨头了！哎呀，太狠了，知道吗，我可以告你故意伤害罪！(开玩笑口吻)

安娜：大男人，别一天叽叽歪歪的(递给戴维一个测量器)，过来测视力。

戴维：你应该明白我的祖父、父亲都是飞行员，我的眼睛肯定没问题，还测啥，盖章算了！

安娜：你祖父和你父亲的事我没有兴趣，我只对你的视力感兴趣(指着表上的字)。

戴维乱指一气。

安娜:My God！你的视力这么差,你还参军？

戴维:(做手势,看周围)小声点,我的姑奶奶,要让别人知道了我的努力可就白费了！

安娜:那你说,你这个问题应该怎么解决呢,是谎报还是实话实说？

戴维:你一定要帮我,成为一名军人是我的理想,你一定要帮我(拉上安娜的手,安娜将手缩回),真的！

安娜:(笑)你这个人还真有意思,很多人都在躲避这场战争,而你却要加入这场战争,我给你盖上"合格"的章子是要受纪律处分的,可把你打发原籍我又于心不忍,算了我就当一回好人吧。(给戴维盖上合格的章子)

戴维:(感动)谢谢你,你真是我的天使！我……

安娜:怎么了？你的目的已经达到了,还有什么好支吾的？

戴维:(吞吐)我,我,我想我是喜欢上你了！真的！你叫什么名字？

安娜:(对观众,心理语言)难道这就是我所要的爱情吗？上帝呀,你为什么让它来得这样突然！难怪眼前这个人我好像似曾相识。

戴维:小姐,你还没告诉我你的名字呢？

安娜:啊,唉,安娜！

戴维:我叫戴维·克劳斯,你就叫我戴维好了。你什么时候下班,我等你……

　　画外音:我说,你们两个调情的时间也太长了吧！后面排队的人,都快排到厕所了。

安娜:(着急)对不起,目前你该离开了,下一个——

戴维:我等你！(下)

　　群众男演员上,做检查状。安娜收拾东西准备下班。

　　画外音:雷声,雨声。

安娜:哎呀,糟糕,我没带雨具,下这么大的雨可怎么走呀！

戴维:(上,撑着雨伞)哈！

　　场上奏《万水千山总是情》的乐曲。

安娜:唉,谢谢(低头)！

戴维：在遥远的中国有一首诗，"撑着油纸伞，独自彷徨在悠长悠长而又寂寥的雨巷，我希望逢着一个丁香一样的结着愁怨的姑娘。"我想，那位结着愁怨姑娘一定就是你了。

安娜：（笑）贫嘴！

戴维：（从怀里掏出一个小酒瓶）你看，这是什么？

安娜：（惊讶）法国白兰地，在战争期间，这可是个奢侈品哪！

戴维：是我从一个朋友那弄的，只可惜没有杯子，不过没关系（把酒打开，喝一口，与安娜坐下），来我们坐下。

安娜：（接过酒瓶，喝一口，咳嗽）这酒怎么这么呛啊！

戴维：（笑）你以前大概很少喝烈性酒吧？

安娜：（佯装嗔怒）人家都咳成这个样子，还取笑人家！

戴维：（急）我，我，我要是取笑你，就让宙斯用惩罚普罗米修斯的办法来惩罚我吧！

安娜：（微笑，捂住戴维的嘴）大白天的，发什么毒誓呀！

戴维：（看天）唉，雨停了，你看，你看天边有一道彩虹（兴奋）！

安娜：（叹气）彩虹虽然美丽，但却不能长久，更何况是这夕阳之下的彩虹。

戴维：（激动）不要悲伤，（站起对观众）欢乐对人生而言总是短暂，重要的是我们能将欢乐铭记！（回去抓起安娜）请原谅我的不敬，安娜答应我好吗？让我用一吻来涤清我的罪孽吧！

安娜：信徒的一吻要祷告神明！

戴维：（做祷告状）请主恩准安娜允许我的一吻！

安娜：（低头）你的祷求已蒙神明允准！

　　戴维吻安娜，灯暗，场上奏刘若英《知道不知道》曲，舞者翩翩伴舞。

第二场

画外音（男声，杜德林）：士兵们，四年的战争已使你们踏遍了世界五大洲，坚强的子虚民族是永远也打不垮的！到前线去，用战争去洗刷你们的屈辱吧！你们的灵魂将

　　　　　在天堂得以安息。
　　安娜在场上焦急地等待着。
戴维：(从另一侧上)安娜！(奔过去,拥抱)
　　(场上奏《罗密欧与朱丽叶》曲)
安娜：(对观众)为什么相聚总是这样短暂,为什么两个相爱的人却不能相守！为什么？
戴维：(仰天)"悄悄是别离的笙箫,夏虫也为我沉默,沉默是今晚的蓝桥！"(抱安娜)噢！我本来有千言万语跟你说,可为什么今晚连半句都说不出来,我,我,我这是怎么了！
安娜：(哭)戴维,还记得吗,一个月前我们就是在这里看那天边的虹！
戴维：是啊,正如你所说的,彩虹虽美,岂能久长！(抓着安娜的手)安娜,月有阴晴圆缺,人有悲欢离合,此事古难全,等我回来好吗？我一定要活着回来！
安娜：你,你,真的要走吗？
戴维：成为一名军人,为国而战是我一生的夙愿,还有就是认识了你,是我一生的幸福,虽然它只是昙花一现！原谅我好吗？
　　安娜哭,做呕吐状。
戴维：(吃惊)安娜,你,你怎么了,来这里风大,我们找个风小的地方。
安娜：(摇头)我没事,集合时间快到了吧,(从怀里掏出相片)睹物思人,今后你看见了它,也就如同看见了我一样,你,走——吧！
戴维：(接过相片)不,你一定有事,请你告诉我,不然我就是走也不会心安的！
安娜：(含泪)我,我怀孕了！
戴维：什么？
安娜：你是孩子的父亲……
戴维：(惊喜,站起)感谢上帝,我,我,我就要当爸爸了！安娜,你愿意留下他吗？
安娜：爱人,你放心去吧！我会把咱们的孩子抚养成人的,我起誓！
戴维：安娜(抱,哭,旋即又痛苦),噢,孩子,我是个不负责任的爸爸,在你还没有出世,你爸我就……(哽咽)

火车汽笛响。

戴维:(握住安娜的手)答应我,要好好活下去! 等我回来!

安娜:(点头)保重!

　　戴维下。

安娜:(喊)戴维——!!!(戴维停步,又走)

第二幕

　　场景:乌有国元首府

　　道具:一个凳子(包银纸),一张长桌,四把好椅子

　　拉拉姆和阿齐兹上,场上奏《霸王别姬》乐曲。

阿齐兹:(端一个盘子,递上)元首,这是德国的熏肠,这是意大利的比萨,这是日本的生鱼片,这是中国的大闸蟹,您尝!

拉拉姆:(吃完,用牙签剔牙)哎呀,这些东西在现在可都是些奢侈品呀,你小子还挺能折腾啊!

阿齐兹:为元首效劳,这是我的本职工作! 为元首冲锋,死而无憾!

拉拉姆:拿瓶人头马来,叫寡人漱个口!

　　阿齐兹挥手,群众演员甲上,捧一盘子,盘子上放一酒瓶和毛巾。拉拉姆漱口毕,阿齐兹递上一条毛巾,拉擦完,放到群众演员甲盘中,群众演员甲下。

拉拉姆:寡人的军队现在在哪?

阿齐兹:我的元首,目前我国的前锋部队正跟子虚国军队争夺波斯湾的控制权,战争很激烈,我们……

拉拉姆:(回头)我们什么?

阿齐兹:我们,我军死伤惨重啊!

拉拉姆:(不耐烦)死人的事我不关心,我关心的是世界的霸权!(大手一挥)只要有了波斯湾的石油,可以说就有了整个世界!(大笑)

阿齐兹:那是,那是。

拉拉姆:(对阿齐兹)你要告诉老百姓要大炮,不要黄油! 哼,只要老百姓的裤腰带勒勒紧,什么都出来了!

阿齐兹:小的明白!

拉拉姆:接见、拍照的事情办得如何啊?

阿齐兹:回元首的话,已经一切妥当,只要这段录像往全世界一播,那——您可就成为整个地球的解放者啦!

拉拉姆:(得意一笑,点燃一支雪茄,拍拍阿齐兹的肩膀)小阿子,你把握我的意思还是把握得很到位嘛。(弄领子)

阿齐兹:(拿一把巨扇,扇)我的元首,我已派人将拉齐石油公司的股份划归到您的名下,这样您可就拥有一国之富啦!

拉拉姆:拥有一国之富算什么,我要的(做手势)是整个世界!(对阿齐兹)你这就派人把拉齐石油公司董事会的那帮人,嗯(做杀戮手势)!

阿齐兹:(对观众)真是无毒不丈夫!

拉拉姆:嗯!

阿齐兹:(举大拇指)妙!我对您的敬仰之情有如滔滔江水连绵不绝,又如黄河泛滥一发不可收拾!

　　拉拉姆点头。

拉拉姆:(照镜子)你看我这怎么样?

阿齐兹:哎呀,真是绝了,这一身穿在您身上就跟皇帝的新衣一样般配!

群众演员甲:(上)报告!

拉拉姆:进来。

群众演员甲:拍照已准备妥当!

拉拉姆:那就叫他们进来!

群众演员甲:(立正)是!

　　拉拉姆由阿齐兹扶着站在凳子上。

　　群众演员乙、丙上,丙拿一个照相机。

群众演员乙、丙:(敬礼)元首!

　　拉拉姆伸出脚,群众演员乙、丙吻脚。

阿齐兹:(做手势)来来来,向我们伟大元首行三跪九叩礼!

　　众人行礼。

拉拉姆:(笑)众卿平身!(对阿齐兹)接见开始。

  拉拉姆俯身与群众演员乙、丙握手。

拉拉姆:快照,快照!

  群众演员乙上前行刺。阿齐兹和群众演员甲拦住,逮捕。

群众演员乙:暴君,你这个暴君,你的罪行流恶难尽!我们宁可与你同归于尽!

拉拉姆:(指着群众演员)狗奴才,你敢!

群众演员乙:(往前冲)老百姓恨不得吃你的肉,喝你的血!

拉拉姆:(急)快把他拉出去砍喽!

  群众演员甲将其托下。

拉拉姆:(做手势)慢,就这样让他死太便宜他了,先将其关入死牢,通知处级以上官员后天早晨到拉拉姆广场观看斩首行动,看谁今后还敢行刺寡人!

阿齐兹:是,是!

群众演员甲:报告!

拉拉姆:进来!

群众演员甲:(敬礼)元首,波斯湾战事,我,我军——惨败!

拉拉姆:什么!(对阿齐兹)快,召开高级军事会议,快!

阿齐兹:嗷,是,是!(下)

  拉拉姆在前台踱来踱去,群众演员甲收拾。

群众演员丁、戊、己:(上,卫兵搜身,敬礼)元首!

拉拉姆:诸位请落座!

  众坐下。

拉拉姆:诸位对当前战事有何高见?

群众演员丁:(站起)元首,当前战事对我军十分不利,我军在幼发拉底河遭到子虚国军队的伏击,几乎全军覆没,余部现正在往首都方向溃逃。

拉拉姆:共和国第五卫队、第六卫队在哪?不忠!不孝!他们为什么不来解围!

群众演员丁:元首,这场战争实在是不能再打下去了,我们的资源几近枯竭,我们的军队已溃不成军,我们的百姓死伤无数!

拉拉姆:(咆哮)坚强的意志战胜强大的敌人这在历史上是屡见不鲜的,目前我需要飞机、大炮,需要扩充兵员,而不是什么死人的消息,前方的军队只有两条路,要么胜利,要么死亡,别无他路,凡是叛逃者,逮捕归案后一律处死!

群众演员丁:(含泪)元首,国家现在因为战争满目疮痍,我们——

拉拉姆:(拔出手枪)你这个叛徒!吃里爬外!(连开七枪)

画外音,枪声。

拉拉姆:(转头对阿齐兹)将他拖出去,会议照常进行(对其他人)这是他一人私通敌国,与诸公无关,来来来,会议继续进行!同意将这场战争继续进行下去的举手!

全部举手。

拉拉姆:一致通过!(挥手)散了,散了!

众下。

拉拉姆:阿齐兹,赶快颁布征兵令,凡是15到65岁的男人一律当兵,有抗命者就地处决!我就不信了胳膊还能拧过大腿!

(画外音:雷声)

阿齐兹:您就瞧好吧!

第三幕

场景:凯瑟琳之家

道具:一张小方桌,两把椅子,一个盆子,一条毛巾,一套餐具,一根拐杖。

乌塔眼瞎挂着拐杖在椅子上坐着,一瘸一拐地走,咳嗽。

乌塔:(叹气,摸)掀开餐具(锅盖),唉,没有一粒粮食!战争啊,战争,你让我们忍饥挨饿,你让我们远走他乡,你让我们妻离子散,你让人类互相残杀!(做手势)真主啊!拉拉姆真是您派到人间的使者吗?这就是您倡导的圣战吗?这就是您倡导的世界共荣吗?(钟声响)凯瑟琳你怎么出去这半天还不回来,不会是——?

凯瑟琳:(张望,上,敲门)妈妈!妈妈!

乌塔：(激动)是她,是她,(蹒跚着开门,拥抱)亲爱的女儿,你出去这半天可把我给急坏了!(哭泣)

凯瑟琳：(从怀里掏出吃的)妈妈,你闻,我带什么回来了!

乌塔：(惊喜)黑面包!我的宝贝,你,你,你是从哪弄得?

凯瑟琳：妈妈,饿坏了吧!你就别管那么多了,赶快吃吧!

乌塔：(狂吃,转过头)亲爱的女儿,你也吃呀!吃呀!

凯瑟琳：(含着泪)妈妈,我不饿,你吃!(走到盆子跟前,拧毛巾,给乌塔擦脸)(画外音:飞机轰炸声)妈妈,小心,快,快到地下通道里!(扶着乌塔在场上绕了半圈,坐下)

凯瑟琳：(看天花板)妈妈,为什么我们的国家会是这个样子?这难道就是我们的命吗?

乌塔：(叹气)和其他乌有国老百姓一样,咱们曾经是一个幸福的小家庭,那个时候你的爸爸有一个农场,咱们的家乡遍地都是石油,人人安居乐业……可是,自从拉拉姆上台后(摇头)一切都改变了,改变了!

凯瑟琳：妈妈,那我爸爸他现在在哪?为什么你一直向我隐瞒。还有,还有你的眼睛,你的腿,这一切,一切……

场上奏《二泉映月》。

乌塔：(哭)孩子不是妈要瞒你,而是——

凯瑟琳：(急,拉扯乌塔)到底怎么了?

乌塔：(摇头)你很小的时候,你的父亲就被拉拉姆政权强拉去当兵了。因为那时你还小,我不想在你幼小的心灵留下永远的伤疤,所以就一直瞒着你。我就每天站在咱们村口盼呐,盼呐,日久天长这眼睛也就不好使了……我心里一直认为你父亲很快就会回来,(哭)可是谁又能料到这一去就是十三年杳无音讯,后来我听说他已经……

凯瑟琳：(扑到乌塔怀里)妈妈,为什么我们的命这么苦啊!

凯瑟琳喂乌塔吃东西,做动作。阿齐兹、群众演员甲上,场上奏《好汉歌》。

阿齐兹：位不在高,捞钱就行;学不在深,拍马则灵;白手起家,照样发达;一人之下,万人之上。(得意地笑,手一挥)走,奉旨抓丁,顺便

（对观众）也捞点银子！

群众演员甲：是！

画外音：要是那家没有男丁呢？

阿齐兹：那就抓女的，不分老幼，老的拉去做饭，年轻的嘛……（回头）

群众演员甲：拉去给弟兄们劳军！

画外音：要是那家没有银子呢？

阿齐兹：那就抄家，什么值钱拿什么！

群众演员甲：（做动作）是啊，是啊，我们抄家抄得好热啊！

　　两人在场上绕一圈。

阿齐兹：哎呀，说到就到（指天花板），先搞这家！

　　画外音：砸门声。

阿齐兹等喊：开门，开门，开门！

乌塔：（做惊慌状）哎呀，不好，那帮吃人不吐骨头的东西又来了！当年你父亲就是这样被抓去当兵的！（急忙躲藏）孩子，快，快，先躲起来，我不想再失去你，我的孩子（哭）！

　　凯瑟琳暂避。

阿齐兹等喊：再不开门就砸门了！

乌塔：（走上前）来了，来了！（做开门状）

群众演员甲：（做推搡状）老不死的，你腿上灌铅了！

乌塔：（躬身）老总，实在对不住，我老了，耳朵不好使。

阿齐兹：（挥手一巴掌）瞎了你的狗眼！喏，看看，我们是什么的"干活"！

　　（从怀里掏出一面旗）奉旨抄家！

乌塔：（惊慌）老总，我家已经没有男丁了，求您发发慈悲放过我家吧！

群众演员甲：你家就剩你一人？

乌塔：嗷，我丈夫早都投身"革命"了，就我一人。

群众演员甲：那就对不住了，你跟我们走一趟吧！

凯瑟琳：（从隐蔽处冲出来）妈妈！（抱住乌塔，指着阿齐兹等）你们这群狗仗人势的东西，好好的国家就是让你们这群卑鄙小人给糟蹋了！你们敢碰我母亲一下，我就和你们拼了！

群众演员甲：（指着乌塔）老不死的，你不是说你们家就你一人吗！（一脚

将乌塔踹倒)

凯瑟琳:(冲上前)放开我妈妈!

群众演员甲:(捂脸)还是个烈货!先以扰乱元首令罪拉出去游街,再把她拉去给弟兄们劳军吧!队长,弟兄们好久都没碰过女人了!走!

凯瑟琳:亲爱的父老乡亲们你们看呐,这就是我们自己的国家!我们美丽的祖国竟被掌握在这帮无耻之徒手中,我悲痛欲绝啊!

阿齐兹:(做沉思状,对观众)这个娘们竟如此刚烈,万一激起民变可不好收拾!

阿齐兹:(转身扇甲一巴掌)放肆!伟大元首——拉拉姆的精神,往往就是让你们这些废物给曲解了。(转身对凯瑟琳)小姐,你受惊了,你要跟这帮东西一般见识,那还不得把你给气死?我们是奉命行事,特来此地广招兵勇,保家卫国呀,现在的形势十分严峻啊!子虚国正在践踏我们的祖国母亲和她的儿女,所以,就需要我们舍生取义,为国家的敌人而战!

画外音:又是骗人的宣传战,又是骗人的心理战。

凯瑟琳:(坦然)我同意参军,但绝不是去劳军!还有一点……

阿齐兹:什么?

凯瑟琳:希望我们伟大的政府,能够赡养我的母亲!

阿齐兹:这个要求嘛,可以满足!(回头对群众演员甲)按军队上士标准每月定期供给黄油100克,黑面包10千克。

群众演员甲:是!

乌塔:(含泪,摇头)孩子,你,你真的要参加这场战争吗?你真的要弃我而去吗?

　　场上奏《江河水》。

凯瑟琳:(给乌塔叩头)妈妈,女儿不孝,不能再在您跟前侍奉您啦,你一定要坚强,要善待自己,等战争结束我一定会活着回来!(往反方向走)

阿齐兹:为我们伟大的元首而战,是无比光荣的!我相信,在未来帝国的丰碑上,会记录下你这位巾帼英雄的姓名的!

凯瑟琳:(轻蔑)我是为我的祖国,为乡亲父老而战,不是为独裁者而战!
乌塔:凯瑟琳!

  凯瑟琳回头。

凯瑟琳:妈妈,原谅女儿吧,在沙场女儿将为您祷告真主!(下)
阿齐兹:(对乌塔)你就放心吧,到时候帝国的红旗会插遍全世界的!(挥
   手)撤!(下)
群众演员甲:哎,等等我!(下)

第四幕

  场景:战场
  道具:一副扑克,2~3个木制的垛子(可以用方凳糊纸解决),2个小酒瓶,1张照片,3支枪,一个玩具对讲机
  旁白:五年后
  戴维手里拿着信,踉跄上台。安娜读信,哭。场上奏《罗密欧与朱丽叶》。
  爱人:
  请原谅我的不忠,当你看到这封信时我已经订婚了!你走后不久我们的孩子就因难产而死,我当时简直痛不欲生,我是多么企盼你的归期啊!家乡的白桦林绿了又黄,黄了又绿了,可为什么?总是迟迟没有你的任何消息?……爱人,你现在到底是人还是鬼啊!为什么在战争年代我们相爱了,为什么战争的结束还遥遥无期?!
  后来,迫于家族的压力,(冷笑)迫于母亲所坚持的家族的尊贵与地位,我不得不与一个叫托马斯的军官订婚,我是多么的自私啊!但,请你相信,认识你,是我莫大的荣耀与幸福,我们相爱的每一个瞬间都在我心中烙下了永远的印记,能拥有这些,对我一生而言已经足够了,足够了!
戴维:今夜,没有星空,但我愿化作天空中最明亮的星为你照耀,为你祝
   福,你能感应到吗?忘了我吧,你应该找到一个真正属于你自己的
   幸福,我只期待我们来生与共。最后一个吻,安娜……
  戴维从怀里掏出女友的照片。

Rinble:(上,从戴维手中拿去照片看)呦,真是身量苗条,体格风骚!

戴维:(夺过照片)别来烦我!

Rinble:这是你爱人?

戴维:现在已经不是了。

Rinble:哎,如今这年头水性杨花的女人实在太多……

戴维:(怒)不许你这样诬蔑她,这不是她的错,这不是她的错!

Rinble:是啊,要怪,只能怪这场该死的战争。(笑)等这场战争一结束,我就回迈阿密老家重操旧业。

  场上奏《乡愁》。

戴维:(笑)重操旧业?

Rinble:是啊,自我祖父起,我们家就世代以捕鱼为生,(自我陶醉)那个时候每天打的鱼,多得你现在想都想不到,像鲍鱼这样的昂贵海鲜一律管够!我小的时候经常随父亲坐船出海捕鱼,那种在大海上自由航行的感觉至今仍令我回味无穷!唉,可这场战争,把一切全改变了!

戴维:你还有家人吗?

Rinble:(兴奋)当然有啦!告诉你,我祖父身体还很硬朗呢,而且我们家是三代单传,他们可疼我呢!

戴维:(摸 Rinble 的头)呦,看不出,你这个臭小子还挺吃香的啊!

Rinble:开玩笑,那当然!(从怀里掏出一瓶酒,喝一口,递给戴维)给,尝尝!这可是纯正的家乡白兰地,这玩意可真不错,它既能让你醉生梦死,又能让你的痛苦全消!

  戴维接过酒瓶,一口气喝干。

Rinble:(抢过来)唉,这年头你还想把这玩意喝饱呀!真是!

戴维:(从 Rinble 的身上掏出扑克)这是什么?

Rinble:噢,是裸女扑克。

戴维:呦,想不到你还有这嗜好!

Rinble:这玩意,可是我们当兵的精神食粮呀!你都参军参了这么长时间了,你还不知道这些?不过也难怪,你是军官嘛。(感慨,摇头)我都25岁了,到现在我连女人身上是啥味儿都不知道!

画外音:飞机轰炸声,炮声。

戴维:(站起)快,快,快到战壕里去!

Rinble拿起枪扫射,画外音放枪声。

戴维:(拿起对讲机)2号高地呼叫总部,2号高地呼叫总部,请回答,请回答!

画外音:总部收到,总部收到!

戴维:我部遭到敌军突袭,损失惨重,损失惨重,急需火力支援,急需火力支援!

画外音:目前火力还无法及时支援,总指挥部要求你部死守2号高地,死守2号高地!不得陷落,不得陷落!

戴维:(愤怒)我们需要的是飞机、大炮和子弹,而不是需要在这儿死守的命令!(挂电话)

Rinble:连长,快,快,快进……

画外音:一声巨响(爆炸声)

Rinble:(一声惨叫)啊……

场上奏《十面埋伏》。

戴维:(冲上前)Rinble,Rinble——

Rinble:(喘气)我的腿,我的腿——!

戴维:Rinble,要坚强,坚强,你一定要挺过来(从身上掏出绷带给Rinble包扎)

Rinble:(气喘得更厉害)啊,啊——我,我不想死——

戴维:(哭,抱住Rinble的头)不会的,不会的,Rinble,挺住,挺住——

Rinble:(连哭带喘)我,我家还有爸爸、妈妈,我要,我要,回——家——(手下垂,做死亡状)

戴维:(拼命地摇晃Rinble):Rinble,Rinble,Rinble!(怒,端起枪)啊,我跟你们拼啦——

画外音:枪声,一声巨响,炮声震耳欲聋。

戴维:(一声惨叫)啊!(应声倒地)

凯瑟琳上,绕场一圈,看到戴维,用手摸了一下戴维的鼻孔并从他身上搜出一张照片,凯瑟琳从身上拔出手枪,拌动扳机,准备将戴维枪毙,但看了照片后将手枪收起。

凯瑟琳:又是一个被战争摧残的家庭!

  凯瑟琳从身上取出包扎带和水壶为戴维包扎,并给其喂水。

戴维:(慢慢苏醒过来)你,唉!(要起身,身上疼)唉哟!

凯瑟琳:别动,你伤得很厉害!

戴维:你,你是乌有国士兵吧,你们乌有国怎么女人也上前线了?

凯瑟琳:(扶戴维坐起)我们国家的男人因为战争死伤惨重,我的父亲就死在你们的枪下,可战争还要继续,没有办法!兵员不足,女人就当兵了。

戴维:那你为什么还要救我?我可是你的敌人呀!

凯瑟琳:(站起身走到前台)敌人也是人!我看到了你身上装的照片,我想你一定有过一个很幸福的家。我不想因为我的一枪,将世界越来越少的美好事物又减少了一个!

戴维:(撑起身,站起)你心真好,(叹气)可惜那个曾经温暖的巢穴,如今已经人飞鸟兽散了!

凯瑟琳:其实我们大家都一样,战争摧毁了一切,也改变了一切!

  场上奏《乡愁》。

戴维:(环顾四周)你听,你听!(激动)这是家乡的歌声,这是家乡的歌声!那美丽的密西西比河畔,那才是我的家。唉,对了,你的家乡呢?

凯瑟琳:(转头)我的家乡,蒙真主恩赐,我的家乡曾经是一块富饶的河谷,(叹气)但那已经是十多年前的事了,现在它已成为死亡之谷的代名词。倘若我某一天战死或被俘,我最挂念的,就是我那可怜的母亲(眼圈含泪),她现在一定还在忍饥挨饿,一定还在到处躲避战火……

戴维:(拽住凯瑟琳的手)你的国家,很快就要沦陷了。军人被屠,首当其冲!这已是大势所趋,脱下这身军装跟我走吧!

凯瑟琳:(挣开戴维的手)请放尊重些,在我们的宗教教义里男人是不可以这样的!

戴维:(愤怒)你们的宗教,你们的宗教让人丧失自由,丧失人权,丧失自我!

凯瑟琳:(争吵)住口,你有什么资格对我们的信仰横加指责?一个人,一个民族首先要被别的人、别的民族所尊重,平等相待才能再谈其他。这难道,就是你们天天标榜的自由吗?

戴维:(手抚摸胸前)噢,很,很抱歉,我,我太鲁莽了……我从你身上看到了你们民族的脊梁。(摇头)是的,每个人都应得到应有的尊重,上帝啊!(做祈祷手势)我们进行的这场战争到底是要解放人类还是去压迫我们的同类……

凯瑟琳:(从身上解下一个袋子,扔到戴维手中)这里面有三天的口粮还有药,我必须要回部队了,希望下次再见时我们不要已成为对方的刀下鬼了,愿真主保佑你!

戴维:(伸手)唉,姑娘,你的名字?

凯瑟琳:(回头)凯瑟琳。(下)

第五幕

第一场

场景:乌有国首都广场

道具:一个纸制雕像(乌有国元首拉拉姆的雕像)、一个稍高一些的木质台子、一根文明棍、一双白手套、一杆长枪、一支手枪、一副担架

旁白:六个月后。

场上奏《命运》。

画外音:经过15年艰苦卓绝的浴血奋战,我们子虚国人民赢得了这场正义战争,并且解放了被奴役的乌有国人民,这是世界上正义力量战胜邪恶势力的伟大胜利!

两名群众演员抬担架上,上躺一名群众演员丁,女群众演员甲扮护士上,托马斯上。

群众演员丁:啊,我受不了啦,你干脆杀了我吧!你杀了我吧!

女群众演员甲帮其包扎,止血。手忙脚乱,手抖。
托马斯:这是什么人?
女群众演员甲:将军,这是您军队中的一位下士,他受了重伤!
托马斯:他还有救吗?
女群众演员甲:(摇头)怕是没救了。
群众演员丁:你快杀了我吧!
托马斯:(举起枪)在天国里你的灵魂将得到安息,上帝与你同在!
　　枪响,群众演员丁毙命,托马斯做手势,女群众演员甲及那两名群众演员下。
托马斯:抬下去,将其厚葬!
戴维:(抱头)不,不!
　　托马斯悠然掏出一支烟抽起来。
画外音(杜德林声):我的乌有国人民们,你们曾经被一个独裁、邪恶的政权所利用,为了捍卫世界上的自由国家和人民,为了将你们从水深火热中解放出来,我们子虚国人民义不容辞,勇敢地挑起了解放世界的重任,因为子虚国有领导全世界的义务和责任。如今,你们自由了,你们享有上帝赋予每一个人的最根本的人权!
　　画外音:众人的欢呼声。
托马斯:呦,这不是戴维少校吗,很高兴我们都还能活着参加今天的典礼!
戴维:(疑惑)典礼?
托马斯:(笑)一个是表演,一个是本将军的婚礼!
　　戴维做茫然状。
托马斯:(对观众)下面首先进行的是精彩表演,敬请观看!
群众演员乙:(上)报告!
托马斯:讲!
群众演员乙:截至目前,已枪决拉拉姆分子20万人。(托马斯点头)
戴维:(跑上前,跪下)托将军,不能再杀啦!
托马斯:站起来,堂堂子虚国军官在占领国首都广场下跪成何体统!
　　群众演员乙将凯瑟琳(一头散发)带上来。
戴维:(冲上前)凯瑟琳,凯瑟琳——(转向托马斯)你们,你们,你们不能杀她！
托马斯:(怒)戴维,你要考虑你这样做的后果！这可是要定通敌罪的呀！
戴维:(护在凯瑟琳跟前,哀求)求求你托将军,发发慈悲吧！
托马斯:(恼羞成怒)信不信,我会连也你一块儿给毙了！(指示卫兵)来,看住他！
凯瑟琳:(笑)谢谢你,戴维,你是个好人,不要再为我做这些无谓的牺牲了,我的祖国虽然亡了,但我想将来它一定会复生！
群众演员乙:托将军,这个娘们姿色不错,要不先让弟兄们尝个鲜再……
凯瑟琳:(正色)我死可以,但决不受辱而死,这就是你们所谓的天赋人权吗？你们动手吧！
托马斯:(大笑)有骨气！乌有国完啦,说吧,还有什么要求？
凯瑟琳:哼,乌有国是完啦,可是你子虚国又会有几天呢。(唾托马斯脸上一口唾沫)
托马斯:(抹脸)来人！宰了她！
　　凯瑟琳应声倒地,画外音:雷声,雨声……
托马斯:真邪了门了,刚才还烈日炎炎,现在就下起了暴风雨,走,先撤(做手势)。
群众演员乙:那戴维少校……
托马斯:让他好好清醒清醒吧！
　　戴维抱起凯瑟琳下,场上奏《知道不知道》。

　　场上奏《婚礼进行曲》。托马斯携安娜的手上,在舞台中央站定。
　　画外音:托马斯先生,安娜小姐请在上帝面前宣读誓言吧！
托马斯:我起誓(拽着安娜的手)履行婚约的承诺！
　　画外音:很好,托马斯先生,你愿意娶安娜小姐为妻吗？
托马斯:愿意！
　　画外音:那安娜小姐,你愿意与托马斯先生结婚吗？
安娜:(低头)愿——意——
戴维:(冲到前台)安娜！
安娜:(回头)啊,戴维,(拉住戴维)请快离开这里,这,这不是你来的地方！

戴维：嗷，我只求看你一眼，只要你过得幸福就好，就好！

托马斯：（怒，揪住戴维）戴维！刚才的事差点就被你搅了，你现在又来搅我的婚礼，我真后悔，刚才没一枪毙了你！（掏出枪）

安娜：（拦住）托马斯，他是无辜的，请放过他，我求你了！（哭）

托马斯：（扇了安娜一巴掌）无辜！呦，他可真是你的心肝儿啊！（对戴维）你要是再敢这样，可别怪我六亲不认！（对安娜）还留恋什么！走！！（两人下）

戴维：（发疯了，癫狂大笑）我不知道我是天神还是魔鬼？是勇士还是懦夫？是英雄还是无赖？上帝啊，这场战争为什么让我一无所有，你能告诉我这一切都是为什么吗？

画外音（托马斯）：戴维，你是一名军人，为国家牺牲是你应尽的责任与义务！

戴维：（愤怒）为国家牺牲？可是国家，是否考虑过我们？我们需要的，是过正常人的生活！

画外音（托马斯）：看来，戴维先生疯了，真的疯了！

画外音：十五年的战争结束了，凭借着强大的军事实力，子虚国最终赢得了战争并且占领了整个乌有国。但是，和其他侵略者的结局一样，这样一个自恃世界领袖的王朝，它的最终结局，又会是怎样的呢？

场上跳芭蕾舞《天鹅之死》，一片忧郁和伤感的气息，弥漫着整个舞台。

剧终。

*本剧首演于2005年，获当年"黑美人"戏剧节最佳编剧，最佳男配角等奖项。

党勇

笔名西毒何殇,男,1981年生,陕西府谷人。2000级汉语言文学本科。现从事文化、影视行业。在校期间曾编话剧数部,曾获第六届奥林匹克国际戏剧节陕西赛区高校单元"最佳编剧"。

窦娥冤·等待戈多

人物

在本剧中,人物在很大程度上属思想概念的符号,与角色没有很固定的联系,一个角色可由甲承担,加诸丙也未尝不可。舞台上的演员只起传声筒的作用。这是一出观念先导的戏,不能按现实主义的戏路去理解人物,演绎角色。

角色共十人,窦娥、刽子手甲、刽子手乙、诗人、小男孩、众人五名。

服装:除窦娥着红色T恤,其余人皆着白色T恤。刽子手甲T恤胸前画黑色圆圈,内写黑色字"甲",刽子手乙写"乙",众人五名、小男孩、诗人依次为"窦娥冤等待戈多";窦娥红色T恤胸前画白色圆圈,内写白色字"窦",画"X"。

(一)刽子手的抒情

旁白:第一场,刽子手的抒情

音乐起,包括诗人、小男孩的众人排成一列,军步上场,站定,向左转;刽子手甲、窦娥、刽子手乙排成一列,军步上场,站定,向左转。停顿,刽子手甲乙军步走到前台,立定,开始朗诵。

刽子手甲:在这个阳光灿烂的日子里,野花开遍荒郊的日子里。

刽子手乙:在这个风雨全无踪迹的日子里,孤冢翠绿欲滴的日子里。

甲:我们将呈现一组目击一个女人死亡全过程的场景。

乙:而你们将如上帝般高高在上,欣赏它难以抗拒的残酷的美。

甲:我以上帝的名义向您祈祷。

乙:我以上帝的名义向您请求。

众:宽恕这个柔弱的女流之辈,让她的仇恨如烟云般飘散,让她的诅咒如浮冰般解冻,让她的美丽容颜如鲜花般,不,如太阳般永远灿烂!

甲:因为我们相信你们的仁慈会像上帝那样永恒。

乙:因为我们相信你们的眼睛若天空那样蔚蓝。

甲:但,我不能——

乙:但我也不能——

众:因为我们是刽子手,我们中间的每一个都是刽子手。

甲:看看我鲜血淋淋的双手,它砍下了多少闭不上眼睛的人头。

乙:当然,还不只是人头,还有——

甲:但我们不能停止杀人,我们要忠于职守。

乙:我们也不能忏悔,忏悔会让我们心慈手软而丢掉饭碗。

众:因为我们是刽子手,我们要忠于职守。

甲:今天,有一个女人将死于我们的刀下。

乙:死于我们的眼光里。

甲:死于我们的讥笑里。

乙:死于我们的嘲讽里。

甲:死于我们的诅咒里。

众:死于我们共同的手里,我们乐见她的死亡,我们乐见刀口镶嵌进她的脖子,我们乐见鲜血汩汩流淌,我们以看戏的方式乐见她的死亡,(停三秒)乐见又一个生命在眼前消逝。

　　甲乙向后转,军步走回。灯光灭。

(二)窦娥的诅咒

　　旁白:第二场,窦娥的诅咒。

　　灯光亮,锣一下。

监斩官:下官监斩官是也。今日处决犯人,着做公的把住巷口,休放往来人闲走。(锣三下)

甲:(迈前一步)行动些,行动些,观众等候多时了。

窦:(碎步出)没来由犯王法,不提防遭刑宪,叫声屈动地惊天!顷刻间游魂先赴森罗殿,怎不将天地也生埋怨。

众:唉——

窦:有日月朝暮悬,有鬼神掌着生死权。天地也(一声霹雳,急骤音乐开始),只合把清浊分辨,可怎生糊涂了盗跖颜渊!为善的受贫穷更命短,造恶的享富贵又寿延。天地也,做的个怕硬欺软,却原来也这般顺水推船。地也,你不分好歹何为地?天也,你错勘贤愚枉做天!

众:地也,你不分好歹何为地?天也,你错勘贤愚枉做天!(音乐骤停)

窦:唉,只落个两泪涟涟——

甲:快行动些,误了时辰也。

窦:则被这枷扭得我左侧右偏,人拥得我前合后偃,我窦娥向哥哥有句言。

乙:莫多说,快些行动。(说完三人定格)

众:说了再动,说了再行。(三人动作恢复自然)

甲:你有什么话说?

窦:前街里去心怀恨,后街里去死无怨,休要推辞路远。

乙:你如今到法场去,有什么亲眷要见的,可叫他过来,见你一面也好。

(三人定格)

众:见你一面也好。(动作恢复)

窦:可怜我孤身只影无亲眷,只落得个吞声忍气空嗟怨。

甲:难道你爷娘家也没有?

窦:只有个爹爹,十三年前上朝取应,至今杳无音信,早已是十多年不睹爹爹面。

众:可怜啊,可怜!

甲:你适才要往后街里去,是何主意?

窦:怕则怕前街里被我婆婆见。

乙:你的性命也顾不得,怕见她怎的?

窦:俺婆婆若见我披枷带锁赴法场餐刀去,枉将她气杀,枉将她气杀。告哥哥,临危好与人行方便。

众:天哪,兀的不是我媳妇儿!(众人同时围上前来)

甲:(甲乙紧张,横刀挡人)婆子靠后!

窦:(先欲躲避,然后坦然)既是俺婆婆来了,叫她来,待我嘱咐她几句话。
(甲乙紧张有所缓和)

乙:那婆子,近前来,你媳妇要嘱咐你话哩!

众:孩儿,痛杀我也!

窦:(窦随之双膝一跪)婆婆,那张驴儿把毒药放在羊肚汤里,实指望着药死了你,要霸占我为妻。不想婆婆让与他老子吃,倒把他老子药死了。我怕连累婆婆,屈招了药死公公。今日赴法场典刑,婆婆,此后遇着冬时年节,月一十五,有瀽不了的浆水饭——

众:怎么着?

窦:瀽半碗儿与我吃。

众:哦——

窦:烧不了的纸钱,

众:怎么着?

窦:与窦娥烧一陌儿。

众:哦——

窦:念窦娥葫芦提当罪愆,念窦娥身首不完全,念窦娥从前已往干家缘,婆婆也,你只看在窦娥少爷无娘面,念窦娥服侍婆婆这几年,遇时节将碗凉浆奠,去那受刑法的尸骸上烈些纸钱,只当把你亡化的孩儿荐。(泣不成声)

众:孩儿放心,这个老身都记得。天哪,兀的不痛杀我也!

窦:(速起)婆婆也,再也不要啼啼哭哭,烦烦恼恼,怨气冲天。这都是我做窦娥的没时没运,不明不暗,负屈衔冤。(愤)

甲:兀那婆子靠后,时辰快到了也。(众人退回)

窦:(干脆跪)窦娥告哥哥,有一事肯依窦娥,便死而无怨。

乙:(不耐烦地)又有什么事?你说。

窦:(边说边起)要一领净席,等我窦娥站立;又要丈二白练,挂在旗枪尖;若是我窦娥委实冤枉,刀过处人头落,一腔热血休半点洒在地上,都飞于那丈二白练!

甲:这个就依你,打什么紧!

窦:不是我窦娥罚下这等无头愿,委实冤情不浅,若没些灵圣与世人传,也不见得这湛湛青天。我不要半星热血红尘洒,都只在这八尺旗枪素练悬。等他四下里皆瞧见,这就是咱苌弘化碧,望帝啼鹃。

众:(京腔道白)我不要半星热血红尘洒,都只在这八尺旗枪素练悬。等他四下里皆瞧见,这就是咱苌弘化碧,望帝啼鹃。

乙:你还有什么话说,此时不与众人说,几时说那?

窦:诸位街坊邻居,如今是三伏天道,若窦娥委实冤枉,身死之后,天降三尺瑞雪,遮掩了窦娥尸首。

众:这等三伏天道,你便有冲天的怨气,也召不得一片雪来,可不胡说!

窦:你道是暑气暄,不是那下雪天,岂不闻飞霜六月因邹衍?若果有一腔怨气喷如火,定要感得六出飞花滚似绵,免着我尸骸现,要什么素衣白马,断送出古陌荒阡!

众:(京腔道白)若果有一腔怨气喷如火,定要感得六出飞花滚似绵,免着我尸骸现,要什么素衣白马,断送出古陌荒阡!

窦:(再跪)诸位父老乡亲,我窦娥死得委实冤枉,从今以后,着这楚州亢旱三年!

众:打嘴!哪有这等说话!

窦:你道是天公不可期,人心不可怜,不知皇天也肯从人愿。做什么三年不见甘霖降,也只为东海曾经孝妇怨!如今轮到你山阳县。这都是官吏们无心正法,使百姓有口难言。

风声起。

甲:怎么这一会儿天就阴了?

乙:好冷风也!

窦:(急骤音乐起,灯光狂闪)浮云为我阴,悲风为我旋,三桩儿誓愿明题遍。婆婆也,只等待雪飞六月,亢旱三年,那期间才把你个屈死的冤魂这窦娥显!(窦左突右冲,甲乙胆战随窦左挪右移;众人被风吹摇摆不定状)

众:浮云为我阴,悲风为我旋,三桩儿誓愿明题遍。只等待雪飞六月,亢旱三年,那期间才把你个屈死的冤魂这窦娥显!(众冲到前台,奋力抛出纸钱。随音乐高亢至巅峰转为舒缓,灯光侧面打出,众人定格。与此同时,窦娥被甲乙追上抓住,在前台一角摁倒在砧板,但窦娥随着音乐至巅峰,不屈地昂头怒视前方。舒缓音乐止)

　　灯光灭。

(三)不能承受之轻

　　旁白:第三场,不能承受之轻

　　灯光亮

　　旁白:《等待戈多》是诺贝尔文学奖获得者,爱尔兰剧作家塞缪尔·贝克特的两幕荒诞剧,1952年用法文发表,1953年首演。上演之后在法国连演300多场而不衰。该剧由爱斯特拉刚和佛拉季米尔的对话组成,他们一直在等待一位叫戈多的神秘人士的到来,此人不断送来各种信息,表示马上就到,但是从来没有出现过。1957年11月19日,《等待戈多》在美国圣昆汀监狱上演,1400名囚犯被深深地震撼了。50年来这部世界剧坛最匪夷所思、神秘莫测的话剧一直在全世界巡回演出,曾经有无数的剧作家用各种感性的、理性的、荒诞的、哲理的手法来诠释这出戏剧。今天我们给大家呈现的是《窦娥冤·等待戈多》。

　　灯光灭,灯光亮。

　　众:(其中一人)午时三刻到——

　　三声追魂炮响。

　　甲举刀向窦,窦抬头受死。

乙:住手!

众:住手!

甲:为什么?(看乙,收刀)

乙:(走开来)按律,监斩官未到,不能处决犯人!(窦丧气垂头)

甲:可午时三刻已到?

乙:那也不能动手。处决犯人时监斩官应目击每一个环节,从刀嵌入脖子开始到人头落地犯人断气为止,其中任何一个步骤的进行都必须由监

斩官亲眼落实,否则便是违规。违规者,轻则丈击八百八,重则当场丈毙!(画线处:众出三人,一跪,一砍,一目睹)

众:轻则丈击八百八,重则当场打死他!打死他!打死他呀么打死他!打——死——他!(众人边说边响指边跺脚,最后三字举拳砸下。同时,甲随节奏逐渐哆嗦,乙先不理睬,后也有些哆嗦。)

甲:那该怎么办?

众:怎么办?

乙:等监斩官来呀。

众:对呀,等吧。

  乙坐下,甲躁走。配乐起,甲随节奏越走越快,而乙则随甲步子点头。众人亦前后台躁走,边走边说"怎么还不来?"至音高欲破之际,众人回,甲一屁股坐下。

乙:你不舒服么?

甲:又不是我等死,我有什么不舒服。

乙:那你为什么走来走去?

甲:上帝才知道。

乙:上帝!(站起)服务员的上帝是顾客,演员的上帝是观众;(众人拍两下手,开始随乙说)妻子的上帝是丈夫,父母的上帝是儿子(拍两下手);作家的上帝是读者,妓女的上帝是嫖客(先拍两下,再三下);医生的上帝是病人,警察的上帝是罪犯(先三下,再三下);老师的上帝是学生,屠夫的上帝是猪……(甲不自觉地站起随乙RAP,突然醒过来)

甲:(气急败坏地)住嘴,你给我住嘴!

乙:(不满意地)我知道你不舒服,把衣服脱下来凉快凉快吧!

甲:(边说边解纽扣)来,快过来帮我把这个该死的纽扣解开。

乙:不能,别人会误会的。

甲:我们可是最好的拍档,你能帮我杀那么多人,也应该帮我解开这颗纽扣。

乙:正是因为如此,我才不能帮你解纽扣。和你一起杀人,大家会夸奖我讲义气,但帮你解纽扣,别人会误解我们是同性恋。

甲:我们决不能让别人误会,误会是很可怕的,我理解你的选择,我自己慢慢解开它吧。

乙:对,这就对了,妈妈说,自己的事要自己干。

甲:妈妈……妈妈……妈妈……(哭,众人哭)

乙:你想妈妈了么?(手足无措)

甲:小时候,我家院子里有棵树,在下雪的夜,它会跳舞,并似有小孩的笑声,妈妈在院子里,抱着我,看雪,听那银铃般的笑声,看翩翩的舞蹈。有一次,树上的一个小鸟窝掉在地上,小鸟全摔死了……(难过)妈妈埋了它们,在树下垒起了一座小小的坟,夜里,那棵树哭泣不止,树叶落了一院……过了一年,我家搬到城里。走的时候,妈妈带了一片树叶,是干枯的。(配乐)(众人动作)

乙:后来呢?

甲:妈妈在我十五岁时死去。

乙:你真该当个诗人的。

甲:我是想当个诗人的……

乙:你不能。(众人)

甲:为什么?

乙:我们要等监斩官。(众人)

甲:谁?

乙:什么?

甲:你们讲的都是些什么?(略停)等谁?

众人:监斩官。

甲:为什么?

乙:因为他们不肯救她。

甲:救她出地狱?

乙:傻瓜!救她的命。

甲:我还以为你刚才说的是救她出地狱哩。

乙:救她的命,救她的命。

甲:嗯,后来呢?

乙:后来,这个女人准是永堕地狱、万劫不复啦。

甲：啊！（停顿）你能肯定是在这儿么？

乙：监斩官应该到处决犯人的地方（甲乙望窦娥）。你还能看到有别的犯人要处决么？

甲：她犯了什么罪？

乙：我忘了。但人们，你看，看那帮闲人，他们都盯着她，盯着她笑，他们的眼光里都是怜悯和幸灾乐祸，她就有罪，罪加一等，罪该万死！（指着观众）

　　众人盯着窦娥，幸灾乐祸状。

甲：（指观众）你们还怜悯，你们是不是以为自己很有资格怜悯别人？你们自己就清清白白没有罪么？一个个人前温文尔雅、风度翩翩、西装革履、衣冠楚楚，暗地里却男盗女娼，卑鄙龌龊，欺骗亲人，陷害朋友，偷别人的老婆，你们什么事没做过？（愤怒地来回走动）

　　众人大怒，欲打人状。

乙：（讥讽语气）你们还幸灾乐祸？你们幸哪门子的灾，乐哪门子的祸？你们不要高兴得太早了，不是不报，时辰未到，等到山花烂漫时，哗（砍刀状），我叫你知道花儿为什么这样红，看你还笑不笑？（众人也随着乙的语气蔑视状，随着"哗"，一惊，接着又做欲打人状）

甲：现在午时三刻已过，就算他来了，也杀不了人了。

乙：要是他不来呢？

甲：咱们明天再来。

乙：然后，后天再来。

甲：可能。

乙：老这样下去——

甲：问题是——他必须在午时三刻来，然后才能斩首。

乙：那他为什么不来？

甲：我不知道，你打个电话问他吧。

　　灯光灭。

（四）黑暗中的回音

　　舞台一片黑暗。

旁白：第四场，黑暗中的回音

电话铃声响起……喂，来电话了。

录音：您好，我是监斩官，现在我不在家，请您选择以下方式与我联系：1. 打手机 14444444444；2. 发 Email：jianzhanguan@shanyangcountry.gov；3. 写信：楚州山阳县县衙 1 号信箱；4. 留言；5. 其他服务。

需要我监斩者请按"1"。斩百姓每人次 1000 元，斩五品以下官员每人次 2000 元，斩五品以上官员每人次 5000 元，斩藩王侯爵每人次 1 万元，斩皇亲国戚每人次 5 万元，斩皇后嫔妃每人次 10 万元，斩皇帝，这类事不干。

请我拍电影者请按"2"。文艺片每部 3 万元，三级片每部 5 万元，广告每部 10 万元，性爱电影演出价格面议。本人英俊潇洒，身手不凡，可出色扮演婴幼儿，大中小学生，老师，白痴，日本鬼子，流氓，恶棍，大侠，政客，警察，小偷，农民，艺术家，诗人，外星人等角色。

需要我打人者请按"3"。打地痞流氓每人次 2000 元，打贪官污吏每人次 5000 元，打好朋友每人次 1 万元。声明：因为我特别讲义气，一般不打好朋友，除非是为了钱。

需要办理证书者请按"4"。国家英语四级合格证书每册 50 元，优秀证书每册 80 元，国家英语六级合格证书每册 120 元，优秀证书每册 150 元，全国各大高校本科毕业证书每册 200 元，学位证书每册 250 元。硕士以上学历证书正在进行制作技术攻关，现不予办理，请您稍后与我联系。您好，我是监斩官，现在我不在家，请您选择以下方式与我联系……

（五）劫法场的浪漫

舞台还在一片黑暗之中。

旁白：第五场，劫法场的浪漫。

甲：监斩官不在家。

乙：等吧。

诗人从众人中出，划火柴依次点燃众人手中的蜡烛。众人开始朗诵，每人一句。

　　黑夜给了我黑色的眼睛,我却用它来寻找光明。

　　我爱光,我爱,于是便有了光。

　　如果大地的每个角落都充满了光明,谁还需要星星。

　　我爱普罗米修斯,我爱普罗米修斯盗取火种,照亮人间。

　　我想在大地上,画满窗子,让所有习惯黑暗的眼睛,都习惯光明。

　　我不相信天是蓝的,我不相信雷的回声,我不相信梦是假的,我不相信死无报应。

　　众人一齐吹灭手中蜡烛。

灯光亮,诗人上,在前台散步,不时张望。

乙:嘘——看那个人

甲:(低声)是他么?

乙:嗯……(想不起)

甲:监斩官。

乙:是他。

诗人:我来自我介绍一下,我是一个诗人。

甲:你不是监斩官?大人?

诗人:(大声)我是诗人!(停顿)诗人!(停顿)这个称呼你们听了难道毫
　　　不在乎?我说,这个称呼你们听了难道毫不在乎?

　　　甲乙面面相觑。

甲:(假装思索)死人……死人……

众男:死人……死人……

乙:诗人……诗人……

众女:诗人……诗人……

乙:(讨好地凑上前去)我过去曾认识一个僧人,他庙里还养了两个小尼
　　姑,嘻嘻……嘻嘻……

诗人:监斩官是什么人?

甲:监斩官?

诗人:你们刚才错把我当成监斩官了?

乙:真对不起,诗人,我们正在等监斩官。

诗人:你们等监斩官干什么?他有什么用么?

甲:我不知道,但律例让我们等。

诗人:你们不用等了,因为你们不用杀人了。

乙:为什么?(众人)

诗人:因为这个女人我要带走。

甲:什么?(众人)

诗人:因为我是个诗人,诗人就应该是侠骨柔情,见义勇为,打抱不平,英雄救美。我不能眼睁睁看着鲜花枯萎,恒星陨落。

乙:那与我们有什么关系吗?

甲:我们是在等监斩官。

乙:对,我们只是在等待监斩官。

甲:我们继续去等,诗人已经来了,监斩官还会远吗?

乙:走,睡觉去。(拉着甲退后睡觉)

诗人:(叹息)在这个人妖时代,诗人的作用就是阻止美的毁灭。(诗人向窦娥走去,窦娥呆滞万分)

诗人:窦娥——

窦娥疑惑地抬起头。

诗人:窦娥——窦娥——

窦:这位相公,你是谁?怎知我窦娥名也?

诗人:我是诗人,我来救你逃出这法场,回家与婆婆团聚或与我远走高飞,漂泊四海,浪迹天涯。

窦:这位相公,窦娥已是将死之人,你就不要再取笑奴家了。

诗人:我怎敢取笑你,我是诚心想帮你。

窦:你若诚心想帮我,就去请求剑子手哥哥快些将窦娥斩首。到那时浮云为我阴,悲风为我旋,三桩儿誓愿明题遍。婆婆也,只等待雪飞六月,亢旱三年,那期间才把你个屈死的冤魂这窦娥显!若不然,我的誓也白发,愿也空许,岂不让楚州父老讥笑。(众人有气无力诵读,有人做打盹状)

诗人:娥啊,我翻过千山万水,穿越密林沙漠,从那遥远的地方来到这里,一心想把你从剑子手血淋淋的刀下拯救,就像耶稣从众人的乱石下救出将要被砸死的女人。
窦:这位相公,我不能走,我发誓要做一个被冤而死却被后人反复吟唱的第一个女人,如果因为一念之差随你去了,何日才再有这种千万人为我送葬的机会。
诗人:娥,你就跟我走吧,我是个生性胆小的人,这次好不容易鼓起勇气来做这件事,我容易么？娥啊,我求你跟我走吧!
窦:相公,我求求你,了了我这桩心愿吧。
诗人:我是诗人,诗人是很固执的,我要用我的诗来感动你。
窦:你不要坚持了,我是不会走的,现在我最大的心愿就是早些被斩首。我的理想就是死。
诗人:(音乐起)娥,咱们快些儿/收拾行李/走吧/远远的/他们在大街上/都鄙视我/躲避我/我没有得罪他们/从来也没有/我告诉你/娥,我只喜欢一个人/只一个人/在人多的地方/慢慢走路/可目的地总是在到达不了的地方/我太累了。
窦:你别说了,我只想以自己的死来成就这千古一冤。
诗人:娥/我紧张极了/时间的手卡在我的心上/一下又一下/用我的疲倦上弦/我疲倦到了极点/他还不放松/还在奔跑/还在啃咬/我告诉他/我想吃一小块面包/也不敢在路上做片刻的停留/不敢讲出来/他把我彻底看透了/他完全可以制止我生命的方向/他太可怕了/我的娥/我不会忘记/他们始终都是凶恶的/刀子干干净净/好像/未用的砧板/没有见过人似的/无辜地笑着/娥/你对我说:我爱你/别听他们的/这林林总总的一切/临近结束时/都是一副模样/我想开了/当我再次无法逃脱的时候/我就不再挣扎了。
窦:(泣不成声,呆呆看着诗人,又使劲砸着锁链)
诗人:娥,我不想得罪任何人/也不想与他们争辩什么/太麻烦了/翻来覆去的/我娘知道/我是个好人/生活的谨慎/没害过别人/他们说谎/还鄙视我/天会惩罚他们的/现在我只敢这么说/人都聪明了/一脑子的经验/我诅咒他们/我想我应该这么做……娥/我们走吧/远远的,远远的……
窦:(异常冷静)这位相公,但凭你口生白莲舌若巧簧,我也不能走,我已发下三桩誓愿,第一要素旗枪鲜血洒,第二要三尺雪将我埋,第三要三年旱示天灾。咱誓愿委实大,若走了会让众人笑话,他们乐见我的死,我也铁定心肠做这个千古第一大冤妇。(做烈士状)

诗人:天哪,这岂不让我一番苦心化作滚滚护城河东逝水,这个女子可真是执着。

窦:这位相公,你就先走吧,你这番苦心,窦娥来世再报答。(转向甲乙)两位哥哥,为何还不动手,你们既然要杀我,却又迟迟不动手,眼看着我泪眼枯干,悲壮散去,你们以为这个游戏很好玩么?

甲:(缓慢起身)兀那诗人,不要再在这里磨蹭,那女子既然决意不走,你就不要勉强人家了。

诗人:(仰天长叹)当子夜梦魂已残,当午夜梦魂难寻,我将越过那千山万水沙漠密林,重新做一片孤云……娥,我要走了,你让我所有的勇气化为云烟,让我美丽的诗句黯然失色。待你人头落地,红颜褪尽之时,我再为你长歌送别……

窦:相公,一路走好。

诗人:轻轻地我走了,正如我轻轻地来,我挥一挥衣袖,不带走一片云彩……(灯光灭)

(六)祈求死亡

旁白:第六场,祈求死亡。

灯光亮。

众人朗诵,每人一句。

人固有一死,或轻于鸿毛,或重于泰山。

人生自古谁无死,留取丹心照汗青。

人最宝贵的是生命,这生命给予我们每个人只有一次。当他回首往事的时候,不因虚度年华而悔恨,也不因碌碌无为而羞耻。

砍头不要紧,只要主义真。杀死夏明翰,还有后来人。

有的人活着,他已经死了;有的人死了,他还活着。

卑鄙是卑鄙者的通行证,高尚是高尚者的墓志铭,看吧,在那镀金的天空中,飘满了死者弯曲的倒影。

  我,站在这里,代替另一个被杀害的人,为了每当太阳升起,让沉重的影子像道路,穿过整个国土。

  灯光灭,再亮。

甲:兀那女子,你不要急,等监斩官来了,我们只需一刀,你便人头落地了。

乙:对了,人头一落地,血流出来就像鲜花一样绽开,一片春光灿烂的大好景象。

甲:现在是夏天。

乙:对,是夏天,但是我们为什么不在春天杀人呢?

甲:因为大人判决要在夏天杀人。

乙:可是为什么不在夏天杀人再让鲜血在春天流出来呢?

甲:是啊,为什么不呢?(做思考状)

窦:二位刽子哥哥,我窦娥发下那三桩誓愿,但求早死,请两位看在我孤苦伶仃的份上,看在我早日死去的娘的份上,看在我尚未同房的丈夫的份上,早些将我斩首示众吧。

甲:是呵,看她如此可怜,我忍不住扑过去把她一刀斩首,省得让她受这份罪。

乙:但是你知道我们不能。律例规定,斩杀犯人必须有监斩官在场。

窦:二位哥哥,那监斩官什么时候到?

乙:不知道。(众人重复)

窦:他会不会不到?(众人重复)

窦:如果他今天不到呢?

乙:明天再来。(众人重复)

窦:那他明天也不来呢?

甲:后天再来。(众人重复)

乙:一直等到他来为止。

窦:天呐,——(跌坐于地上)想我窦娥处心积虑要做一个好人,却被冤枉判为死刑,而现如今我处心积虑要成就一个千古冤案,想不到却落个生死两难,倒悬于人世与鬼门关之间,这没时没运,不明不暗,负屈衔冤之事为何偏偏落在我身上,叫我一个柔弱女子怎生受得了此折磨。

甲：兀那女子，你……你……你……（不知说什么好）

乙：咱们是不是可怜可怜她，帮她个忙，看她如此让人心烦。

甲：怎么帮？

乙：咱让她死了算了。

甲：不是有监斩官才能杀她吗？

乙：监斩官！？万一他是个包工头！欠薪的老板！欠薪的老板？欠薪的老板！哦，我的天我的地，我的心肝脾肺，哦，还有还有我那虚弱的腰子，他是个欠薪的老板，完了，全完了。

甲：怎么了老伙计？

乙：一个欠薪的老板，怎么可能还回来呢？他也许已经被警察抓起来了，也可能被农民工打死了，或者就是跑到国外了，反正他是不会回来了。

甲：（绝望地）不会的！不会的！可我想，他也许，真的不会来了。

乙：这样看来，我们是杀不了她了。让她自己去上吊吧！

甲：对，上吊。

乙：上吊。

甲：好，上吊。（两人大笑，众人亦大笑）

甲：兀那女子，咱们已经等了好几个时辰，你想不想做点别的事情，比如吃饭呵，去厕所呵，上吊之类的事？

窦：（双眼瞪圆，起身迫视）上吊，你们别做梦了，我要死，但决不会用上吊这种窝囊的死法。我要看着闪亮的刀锋镶嵌进我的脖子，听见刀刃与颈骨的铿锵撞击声，那一刻我要天地含悲，日月失色，鬼神惊乱，星宿移位；我要我沸腾的鲜血染红八尺旗枪，漫天的飞雪掩埋我无头的尸体，楚州三年大旱渴死的生命祭奠我的亡灵，我要让这件事成为千秋万代传诵的感天动地的窦娥冤。

乙：那我们就没有办法了。

甲：没有了。（众人重复）

乙：我们不能杀人。

甲：不能。（众人重复）

乙：我们只有等待。

甲：等待。（众人重复）

乙：等待监斩官。

甲：监斩官。（众人重复）

窦：两位哥哥，你们就了了我这唯一的心愿吧，我来世做牛做马也要报答两位的大恩大德。

甲乙：不行，这事办不成。（众人重复）

窦：两位哥哥，我求求你们，就给我一刀吧。

甲乙：（叹息）唉——（众人重复）

窦：我就求求你们了，只是轻轻的一刀，你们只是举手之劳。

甲：说什么也不行。

乙：我们公人要执行律例的。

窦：我给你们跪下了，我求求你们了，杀了我吧，求求你们了——（哭声起，村妇求人似的哭）

窦：二位哥哥，我窦娥从小没了娘，爹爹进京应考又杳无音讯，本以为待年月够了学人家夫妻恩爱厮守，想不到尚未同房丈夫又死去，独自伴年老婆婆这些年，今日又含冤负屈担上这药死公公的罪名，我自知命苦，不求申冤，但求一死，就请二位刽子手哥哥成全，杀人一命，胜造七级浮屠，我窦娥给两位叩头了，只求你们，一刀杀了我！（哭腔道白，小孩哭诉式）

甲：（举刀劈向窦，被乙拦住）

乙：你疯了吗？

甲：我冲冠一怒为红颜。（大吼）

乙：可是你不为家里的老婆婆想了吗？如果你违规将会被杖毙，就算不杖毙，这件事情也会记入卷宗，影响你评定高级刽子手职称。（严肃、真心地劝解）想到这些，你还会砍下这不负责任的一刀吗？

甲：哎——（扔掉手里的刀子，抱头长叹）

乙：兀那女子，我们实在是帮你不得，你另请高明！（江湖语气）

窦：（长啼）老天呵，你为何要为难一个弱小女子，尚不惜一死以成大冤，你们丈二男子身，为何如此在乎利益得失，不敢违一次规成全我，你们还算不算男人？（泣后无力）

乙：兀那女子，你的思想为何还如此滞后，现在是人妖时代，哪里还有敢承担责任的男人呵。不要说我们还尚敢杀人,更多的男人们在哪里?是什么样?你知道吗?他们扭动水蛇腰,走着猫咪步,皮肤白嫩,唇口微张,娇笑连连,微喘吁吁,唱心太软,呼唉呦呦,呼之即来,挥之即去,哪里还有你陈旧观念里的男子汉呀,这可是名正言顺的人妖时代。(众人模特表演)

窦:当真如此?

甲:千真万确,现在的确是优雅成灾、小资成病的人妖时代!

窦:那我也不能怪你们,但在监斩官来了之后,你们下手一定要狠,砍死我就像砍死万恶的旧社会,用尽你们的力量,一刀送终。(郑重地恳求)

乙:这个当然。(窦娥点头)

甲:我们决不会让你失望。(窦娥点头)

  甲乙不动。长久的静默,窦娥坐在地上呆滞如石像。

  灯光灭。

(七)等待,继续等待

  旁白:第七场,等待,继续等待

  灯光亮。包括甲乙窦,众人排成一列跳山羊。之后坐下来南无弥陀佛,继之吃黄瓜。再之后抽烟。

  配乐响起,灯光灭。

(八)永恒的悲剧

  旁白:第八场,永恒的悲剧

  灯光亮。众人朗诵。

  众男:当蛛网无情地查封了我的炉台,当灰烬的余烟叹息着贫困的悲哀,我依然固执地铺平失望的灰烬,用美丽的雪花写下:相信未来!

  众女:告诉你吧,世界,我——不——相——信。纵使你脚下有一千名挑战者,那就把我算作第一千零一名。

  灯光灭。惊天动地的咳嗽声。

灯光亮。

甲：谁？

乙：是不是他？

甲：谁？

乙：就那个……那个……（想不出，万分焦急）

甲：监斩官？

乙：对，监斩官！

　　一小男孩从观众席上，哼小曲。

甲：小弟弟，你好！（被乙使劲拉开）

乙：小弟弟大人，给您请安了！（两人做请安动作）

甲：大人，您一向可好？

男：你可是在说我么？

甲：是啊，大人！

男：两位刽子手。

甲乙：在。（立正）

　　众人效仿，也立正。

男：（被吓了一跳，怯生生地）我来这里是有重要事情的。

甲乙：谨听大人训示。（众人重复）

　　小男孩被吓得不知如何是好。

甲：（缓过来）你害怕么？

男：我害怕，先生。（怯生生地）

乙：你害怕什么？害怕我们？

甲：我知道你害怕什么，你一定是害怕时间！

男：先生，我除了害怕时间，还深深地害怕着人群。

乙：你不害怕杀人么？

甲：用刀子杀人。

男：我害怕人群用目光杀人，用语言杀人，用微笑杀人，用温情杀人，用亲吻杀人，用爱恋杀人，用善良杀人，用威严杀人，用权威杀人，用可爱杀人，用可笑杀人，用可怜杀人，用忧伤杀人，用他们自己的标准杀人！

　　甲乙一直做用刀砍头状。众人依次杀人倒地，两句一刀。男结束后，甲乙声音渐起,每人一句。

甲:一百五十一,

乙:一百五十二,

甲:一百五十三……

男:(突然醒悟)先生,我是来送信的,有关他的消息……

甲:谁?

乙:谁?

(众人"谁谁谁……"渐多渐高,渐少渐低)

甲:(想出来)监斩官!

乙:监斩官,监斩官怎么了?

甲:监斩官怎么了?

甲乙:告诉我们,你怎么知道监斩官的消息,你不是监斩官吧!(众人重复)

男:(大声)我只想告诉你们——

甲乙:什么?(众人重复)

男:朝廷已经下令取消了监斩官这个官职!(大喊)

    静场,配乐响起,甲乙茫然动作,众人茫然动作。

甲:你的意思是说,我们等不来监斩官了。

乙:不,你没有听懂他的话,他的意思是我们不用等监斩官了。

甲:不等监斩官我们等谁?

乙:是啊!孩子,你告诉我们。

男:不,先生们,那是你们的事情,我的事情已经完成了,我要走了,两位请节哀顺变。(哼曲下)

甲乙:哎——你别走啊——哎——

甲:我们该怎么办?(众人)

乙:回家吧,我累了。

甲:但是我们还要杀人。(众人)

乙:是啊,我们还必须把那个女子斩首示众。

甲:但是没有监斩官我们不能杀人。(众人)

乙:可是朝廷已经取消了监斩官。

甲:我们还是不能杀人。(众人重复)兀那女子,你听见了么?已经没有监斩官了!
窦:(由呆滞到喜悦)那么,你们是不是能杀我了?
乙:不能,我们依然不能,我们要按规定办事。
甲:按规定办事。(众人重复)
窦:不就要你们动动手嘛,仅仅是熟练的一刀,你们不是杀头如割草嘛。(哭腔诉,累极了)
甲:你不要说了,我们不能。
窦:(歇斯底里)求求你们,求求你们,求求你们了!!
乙:哥,你累了么?
甲:我累了,你也累了吧?
乙:我们到那边歇歇吧。
甲:今天,这天气怎么这么好啊!
乙:就是啊,这样的天气等人再好不过了。

　　两个人坐着闲谈。

　　灯光灭。

窦:冤枉啊——求求你们,杀了我吧——冤枉,冤枉啊——(余音久久不绝,配乐响起)

　　众人走上前来,转圈,拉起窦娥,最后拉起甲乙,快步下台。

　　剧终。

＊本剧2004年首演于西北大学"黑美人"艺术节,获最佳剧目、最佳女主角等四项大奖。后在西北大学曾被多次复排。2014年,该剧经编剧党勇等人改编后,由西安文理学院《窦娥冤》剧组排演,入围第六届国际戏剧奥林匹克陕西分赛区的比赛,并获得最佳编剧奖。2015年该剧入围第十四届北京"金刺猬"大学生戏剧节,并获得优秀剧目奖。

袁方

男,1985年生,北京人。2004级汉语言文学本科,2008级文艺美学硕士,现于国际顶尖体育新闻传媒集团ESPN任高级编辑、记者。在校期间一直积极参加话剧编导活动,大一、大二连续两年导演话剧《小王子》《切·格瓦拉》,获得十八届和十九届西北大学"黑美人"最佳剧目奖、最佳导演奖、最佳女主演奖。大三时再次改编《切·格瓦拉》,获陕西省首届大学生戏剧节优秀剧目奖、优秀导演奖,剧中七名演员全部获得优秀演员奖。大四时创办小黑戏剧工作室,并在后续三年中带领小黑排演大戏八部,举办小戏小品节两次。

人造模特

人物

江若晨:著名青年服装设计师。
缪　馨:江若晨的女朋友兼业务助理。
路晓颖:江若晨的前女友。
人造模特:人造的塑料模特,通灵,可以和人对话。

开幕。
场景一,舞台灯光在明亮与昏暗间中速切换,一个人造模特摆放在左侧舞台,灯光最后停在三分之二亮度,只亮右侧舞台。
歌手:我是一名歌手,我的工作就是用歌声给人们讲故事。我偶然间发现了一个秘密,今天忍不住,告诉大家。很多次我抱着吉他,随意拨动几根弦,就像这样(拨弦),你听,我的吉他在和我说话。(再拨弦)你再听,他说,世界上的每一个存在都是有灵魂的。(再拨弦)你听你听,他说只要有心,你,你,你,你们,都可以听到灵魂的故事。

灯光黑,歌手下场。稍后灯光亮,江若晨和缪馨携手上台,走入房间。

江:来,缪馨,请进,这儿就是我家。

缪:呦,大设计师,您这家……

江:怎么了?乱?还是简陋?

缪:呃,不不,挺好的挺好的。我这一进来,就被屋里的艺术气息给呛了一口。

江:呵,别损我了啊,我家什么样我自己还不清楚?来来,别嫌弃我啊,坐这儿,这椅子看着破,其实木质特好。我这儿的东西啊,你不能单单从表面分析,每件都是看着有点破,其实还不错。(说着去给缪馨找一次性纸杯倒水)

缪:我真没觉得破,我真觉得挺好的,像你这种风格的房间布置,在现代都市里,打着灯笼都找不到。

江:我房间的样子十年没变了,我痛恨所谓的装修装潢,那些充满甲醛的材质会杀死人的艺术细胞,让我设计不出衣服来。(倒好了水递给缪馨)

缪:(接过杯子发现漏水)这杯子从表面分析真不错……

江:哈哈,对对对,省得你洗手了。我给你换个杯子。

缪:若晨,我问你。

江:嗯?

缪:我们在一起这么久了,你为什么一直不带我来你家?

江:你这话说的,你现在在哪呀?

缪:我是说之前。

江:之前我家里有鬼,一直没除干净,怕吓着你。

缪:别侮辱我智商行吗?

江:真有鬼!

缪:你就是鬼!

江:不信是吧?我跟你说每个天才设计师身边都有鬼,像我这种天才中的天才,身边往往是厉鬼缠身,所以才会迸发出各种各样凡人无法拥有的创造性火花。

缪:哎呀,真怕死我了!平时那些鬼是落在你屋里啊,还是趴你身上?

江:在我脑子里!我怎么说你都不会明白的!我脑子里有鬼!藏在每一个沟回和脑细胞里,你看我的图纸和笔,它仅仅是图纸吗?它是鬼的灵魂。你认为鬼没有灵魂?那你就错了。普通的服装设计师在设计时只是一味地去寻找灵感。灵感,那完全是末流艺术家才倚重的东西,天才艺术家进行创造的时候,不是在寻找灵感,而是在见鬼。

缪:说得不错,看来你时常见鬼。那为什么现在我可以来你家了?鬼走了?你准备改行不干设计师了?

江:我不干设计师也行,给你们公司当售货员。

缪:你别岔开话题。我们公司衣服全是你设计的,你要真愿意自己站商场里售货,我们求之不得呢。我再问你一遍,为什么一直不让我来你家?

江:因为我不想太早和你上床。

缪:哼,这个时候我该怎么回应你?是该对你嗤之以鼻呢,还是该依偎到你怀里说,哦,你真是一个好男人!

江:都不用,只要你别再问我为什么之前不带你来我家就行。

缪:随你便,反正我现在来了。

  灯光骤暗,江若晨走到左侧舞台台前,左侧面光亮,右侧全黑,缪馨坐在椅子上不动。

江:我叫江若晨,我是一名服装设计师,著名服装设计师。我的工作就是把各种各样的奇思妙想变成真实的衣服,穿在你们每一个人身上。我简直太爱我的工作了!设计服装,让我有一种操控灵魂的感觉。你们每一个人,每一个人,都是虚伪的,谁都不要站出来说"哦不,我很单纯我很真实"……收起你们的自欺欺人!我的工作说白了,就是助长你们的虚伪,帮助你们掩饰自己。男人女人,不同时间不同场合不同心思,搭配不同的衣服,干不同的事情,或公或私,或高雅或苟且,不靠别的,就靠衣服。不可能有人穿着时装去菜市场买菜,正如不可能有人穿着睡衣在迪厅里泡妞,男人想让自己看起来成熟,第一件事就是要穿上一件带领子的衬衣;女人想让自己的美丽得到绽放,第一件事就是要让自己的乳沟微微露出;有地位的男人不会轻易穿短裤,如果穿一定要配上别致又淡雅的鞋子;有身份的女人不会轻易穿短裙,如果穿一定要配上惊艳又沉稳的丝袜。人的灵魂就是虚伪的代名词,身体服从于灵魂,灵魂可以为所欲为。当你的灵魂认为晚宴很典雅,它就会让你选择盛装;当你的灵魂认为会议很正式,它就会让你选择正装;当你的灵魂认为郊游很放松,它就会让你选择休闲装。而你的身体什么都不知道,你的身体没有真正的思维,衣服对于身体而言,只是用来遮羞,用来挡风避雨。身体只会感到冷暖而不会知道人心世情,身体冲在最前线与无数同类摩擦接触甚至交往交锋,而灵魂却永远躲在后方,颐指气使。无论高低胖瘦美丑老幼甚至生死,灵魂都会有它可笑的讲究。而我需要做的,就是了解你们每一个人的灵魂,婉转地说,我是在迎合灵魂的喜好,直白地讲,我早已经操控了灵魂。你们的灵魂要什么?我太清楚了!他们要风度要格调要华美要品味;他们要气质要风韵要地位要华贵;他们要苗条,他们要壮硕,他们要丰满,他们要简约,他们要繁杂,他们要色彩;他们要青春,他们要沉稳,他们要叛逆;他们打着美丽的招牌把身体装扮得自以为很得意,他们披着花哨的面纱把人生变成一场接一场的时装走秀。衣服,是除了生存之外,人类社会所有虚假和丑恶的根源。衣服,汇聚了人类灵魂千万年来的可笑与愚昧。人类灵魂最热衷的事情,就是让其他灵魂臣服于自己,为此它必须要做的一件事就是让身体穿上各式各样的衣服,用衣服的材质,用衣服的外观,用衣服的品牌,看似悄然实际嚣张地体现出自己的存在与价值。至于什么材质好?怎样的外观独一无二?哪个品牌最有面子?我说了算!因为我是服装设计师!著名服装设计师!我随意动动我的脑筋,无数虚伪的灵魂就要争先恐后来抢购我设计的服装;我随意调一调我的颜料板,无数愚蠢的灵魂就要把调出来的颜色当成什么可笑的流行色;有时候我吃饱了撑的,随便做个布兜子纸片子什么的,居然还被他们奉若珍品,说是什么前卫造型后现代着装,哈哈……有的灵魂听我这么说可能有点儿不服气,他们认识不到自己的可笑,他们据理力争说他们没有被我控制,他们说他们在做爱和洗澡的时候,不用穿衣服。可惜他们忘了,他们做爱时用的情趣内衣也是我设计的!哪儿该一览无余哪儿该若隐若现,我早想到你们前面去了,你们还不承认被我控制?!洗澡?洗那么干净还不是为了换新衣服？那正是你们迫不及待地想被我控制的证明！不过有两种灵魂我还真控制不了，一种是和身体完全分离的灵魂，身体可能葬在土里也可能泡在福尔马林溶液里；另一种，他待在浴室里洗一辈子澡不出来，我只能放弃。只要你暴露在阳光下以氧气为生，你就必须受我的控制。作家是人类灵魂工程师？放屁！我才是！我是伟大的服装设计师！

　　灯光全暗。一段二十秒左右的音乐起。江若晨下场，音乐停，右侧舞台灯亮，缪馨起身。

缪：我叫缪馨，江若晨的女朋友，我们谈恋爱一年多了，因为种种原因，还没有上床，不过我并不为此而担心。女人总是喜欢控制男人的身体，纠结于他和别的女人之间曾经发生或将要发生的肉体关系，这完全没有意义。他爱你，爱你爱得发疯，爱你爱到每分钟都要对你说一遍他爱你，其实就是为了让你也爱上他，然后和他上床，可是你千万别以为你可以和他上到地老天荒。女人可以做到独守空房，而男人绝对不会单单守着同一张床。靠身体吸引过来的男人非但靠不住，还很有可能反被他靠。反正我是很看不起那些积极献身的女人，她们自以为很成熟，很懂得怎样控制男人或者被男人控制，很熟悉男女之间的情爱规则。其实她们很单纯，她们就从来没想过其他更高明的方法，甚至没有想过把男人用在她们身上的伎俩原封不动地用回去。江若晨有一套自己的理论体系，有点儿唯我独尊，这可能是所有艺术青年的通病。他有点儿自私，他作息时间混乱，他有时是工作狂有时又像个流浪汉，他神经质，他游走于常人之外……可不能否认的是，他是这个时代第一流的服装设计师。只要江若晨愿意，他完全可以让他的个人喜好成为这个时代的风向标，他今天随便从自己衣服上剪下一缕布条，明天恨不得所有服装品牌公司都要在自己产品相同的位置也剪上一刀。他说红色让他看起来感觉有点刺眼，半年内你很难买到主色是红色的衣服。听起来夸张，但事实如此。他，是已经被反复认可的天才服装设计师。他过往的无数创意和设计每天都要被上千个服装品牌公司研究、模仿甚至盗用，但渴望第一时间拥有他最新设计款式的消费者在过去五年和未来十年只能从一家品牌公司获得，那就是我所在的服装公司。我们的老板五年前发现了他,他的所有设计版权全归我们,他和我们签了十五年。其他公司可以偶尔获得一个他的特别设计版本,当然,他们要为此付出巨款。江若晨的个人资产多到没处花,他甚至数次打算个人掏巨款给某些服装公司,求求他们把盗用他设计做出的服装质量再提高一点。三年前我当上了他的助理。他只有一部手机,里面存了三个电话,一个是我的,一个是我们老板的,还一个是楼下送外卖的。仅仅在这个城市,他就拥有六幢别墅,里面住满了保姆,可他自己却只待在这个十几年没有变过样的出租房里,并且坚持不买下产权,坚持按月交租,他从不接受媒体的任何采访,所有人都穿过他设计的衣服却很少有人认识这张脸,想和他产生联系有五种方式:一,往他的银行卡里打款;二,穿他设计的服装;三,去他家楼下送外卖;四,在生活的某个角落和他偶遇然后擦肩而过;五,联系我。我感觉我上辈子很可能是观音菩萨,不然没理由让我今生修来这样的福分。我拥有这样的男人,别无所求。你嫉妒吗?对不起,你压根儿就无从嫉妒。我会用生命捍卫我的身份——江若晨的女朋友,兼助理,不惜一切代价!我的事业和我的生活完全重合,这是多么完美的状态!我一点儿都不急着和江若晨躺到一张床上去,我要的不是和他上床,我要的是他给我一张只属于我们俩的床,在我们俩的卧室里,一旦我拥有了那张床,他是否继续夜夜睡在旁边我根本不会强求。如果我强求就太过于苛刻,一天有24个小时,那几秒钟的颤抖夺不走我的男人,一生有好几十年,抓住几个关键的时间就等于上了保险。让他迷恋你很简单,让他对你好太容易,但男人对一个女人的爱迟早会像他的前列腺一样不断出现各种问题,没了前列腺,功成名就的男人依然可以活得很风光。没了男人的爱,占住位置的女人也一样可以无忧无虑,况且情况也不会突然一下就变得糟糕。只要你有足够的心智,早晚一天前列腺也可以移植。爱,亦能永存。总之,我爱江若晨,我十分爱江若晨,我真心爱江若晨。

以上两段长篇的台词,演员绝不能单单以独白的方式表现,而是要调动各种肢体语言并借助场上道具进行充分乃至夸张的演绎。

灯光全暗。背景音乐为简单的伴奏旋律,二十秒后,全场灯亮,恢复到场景一。

江:来,喝水喝水,套了俩杯子,绝对不会漏。

缪:呵呵,漏就漏吧,我就当作这是你对我的"滴水"之情。

江:(一把搂过缪馨)别把我说得这么吝啬啊,才给你几滴水。

缪:你给我几滴水的爱情,我就已经很满足了。

江:我可以送你一个大大的、清澈见底的水塘,旁边再种满柳树,你躺在低垂的柳叶下面,穿着我为你特别设计的夏日乘凉装,闭上眼睛……一阵微风吹来,哗——哗哗,柳叶上的蚜虫全部掉到了你的身上,他们黑黑的黏黏的,瞬间就钻进你的皮肤里,流出恶心的唾液……(极力引导缪馨去感受那种恶心的感觉)

缪:(跳出怀抱)哎呀,讨厌死你了,就不能对你温柔!

江:嘿,你跟温柔有关系?

缪:我不温柔吗?

江:嗯……你很温柔……我要把你的这种温柔记录下来,然后把你这种温柔融进衣服里,哎让我想想啊……你的这种温柔……嗯……温柔,适合……适合做成……温柔,你的温柔,衣服……有了,孕妇装!把你的温柔做成孕妇装,我记得我前年设计过一款孕妇装,那款的创意来源太普通了,天生存在缺陷,你说我怎么就没想到你的温柔,全宇宙独一无二的温柔!(说着就跑到桌前,拉开图纸就要画。)

缪:(赶紧把江若晨从书桌旁拉开)哎哎哎,您歇歇!歇歇!公司今年没有做孕妇装的计划。

　　江若晨被缪馨从书桌前拉到书桌左侧。江若晨就站在那里,用手在空中比划着,明显还在思考孕妇装该如何设计,缪馨连着推了他几下用手在他眼前晃动他都置之不理,缪馨无奈,只能让江若晨继续入神着,她在江若晨的家里四处走走看看。缪馨最后走到江若晨书桌前的人造模特旁边,打量了一下,伸手去摸,刚要碰到时,江若晨突然回过神来,大喊:不许动它!

缪:干什么?吓死人啊?

江:(两步上前把缪馨从人造模特边拉开)我跟你说不许动它!

缪:怎么了你?为什么不能动?

江:不能动就是不能动,它是我的图腾。

缪:呦,就这玩意儿还图腾呢?走,跟我回公司库房,那有两万个图腾。

江:那是别人的图腾,只有这个是我的。

缪:啊,得得得,这个是你的图腾,对不起,我碰了你的图腾!(生气,甩开江若晨的手,转身坐在椅子上)

江:缪馨,你别生气,也怪我进门没嘱咐你,这个屋子,从今以后也是你的屋子,我钥匙都给你配好了,但唯一有一条,这个人造模特,你不能碰。

缪:行,没问题,我肯定不碰,改天我找别人把它搬走。

江:那我就把你们全杀了。

缪:哼,用你的大剪刀?

江:缪馨,我在很认真地和你说话,你是第一次到我家,虽然你也算是这个家的主人,但我这个老主人的习惯你总应该尊重吧?

缪:不是我不尊重你,你有什么习惯你提前说,大不了我给它做个防护栏拉条警戒线,但是你犯得着那么喊我吗?这主人我可当不起,我还是老老实实给你当助理吧。

江:好好我不该冲你喊,对不起!那你以后别碰了好吗?

缪:唉……到底是我比你实在智商差得太远,还是你有间歇性神经病?

江:缪馨你听我说,我要给你好好讲讲这个人造模特背后的故事。

缪:人造模特背后的故事?我想听人造模特胸前的故事,或者头顶的故事也行。

江:你严肃一点,缪馨。

缪:应该你严肃一点好不好?我今天替你结了上个季度的账,替你把下个季度的设计单下给所有工厂,帮你接了53个电话回了上百封电邮,就差手把手地给你喂饭了,现在我很高兴你能和我说会儿话聊会儿天,却一点不想听故事。

江:(沉吟片刻,没有理会缪馨,自顾自地开始说)我一出生就没有爸爸,妈妈一个人带我长大。她是天下最好的母亲。她是个裁缝,她带着我,在这个城市经营一间店铺,卖布,卖衣服。我从小就喜欢把一卷卷布打开铺在地上,然后我从这头滚到那头把自己包在布里面,妈妈为此没少打我。她总说男孩不能手笨,手巧才能心灵,心灵就走到哪都不怕,于是妈妈教我剪裁教我缝纫,可那是女孩子才做的事情。当年那一条街上的小男孩儿都笑话我,他们可以帮爸妈干许多男孩儿才能干的事情,而我只能无聊地把妈妈裁剪过后剩下的废布东拼西凑织在一起,然后晚上披在店里的人造模特身上,再然后被妈妈生气地训斥说我不好好学手艺,只会缝破布,是在瞎胡闹。可我不知道为什么出奇地迷恋缝破布,迷恋把缝好的破布披在人造模特身上,妈妈后来也就不再管我,任我乱拼乱缝,渐渐地我开始可以自己缝制许多样式的衣服。有一天妈妈对我说:人造模特不会说话,但它们其实很爱美,如果你给它们披上的衣服不好看,它们会很难过,而如果你给它们穿上漂亮的衣服,它们会高兴地和你说话。所以若晨你要记住,人造模特一天不和你说话,就说明你的破布缝得不够好看。后来又有一天,是晚上,我和妈妈睡在店里。夜里,着火了。再然后我什么都不知道,我什么都不知道!我再没有见到过妈妈,那些大人们不让我看妈妈的样子,我疯了一样踹他们咬他们我要扑到我妈妈身上,我还没来得及给我妈妈缝一块儿可以穿的破布……她就走了,我仅仅只是睡了一觉,还没醒呢,妈妈就没了。妈妈的店也没了,那么多好看的衣服也没了,那一卷卷带着颜料味儿的布也没了,人造模特还有它们身上穿的破布衫也没了……那年,我七岁。

缪:(站起身来,变得不自然起来,但很明显并非是因为江若晨的话而感伤,只是很不自然,甚至露出一丝稍带无奈和不解的笑。她在努力寻找并酝酿着合适的情绪以迎合江若晨的话)若晨,你别说了,说这些过去的事都没有意义,我们应该向前看。

江:(定睛看了一眼缪馨,微微摇了摇头)向前看?向前看?我说妈妈啊,你在哪里你在哪里你在哪里啊?!你知不知道我这么多年来很孤独,我没有人教没有人管,我有几千平米的大房子大别墅可我不敢住,我怕我住进去会找不到你,我亲爱的妈妈!我们的店铺没有了,那条街道没有了,我上完学回到这座城市,发现这里变成了出租房,我租下了它。我住在这里十年了,每天我都要把类似这样的思念对你说一遍,只要我住在这个屋子里,我就能感觉到你。

缪:哎呀天啊……伯母你好伯母你好……我叫缪馨……是若晨的女朋

友……伯母好伯母好……

江:缪馨,妈妈会看到我们的。

缪:哎呀若晨你别吓唬我了……你不会改讲鬼故事了吧?(钻到若晨怀里)

江:(搂着缪馨,情绪仿佛有所安定)我已经想不起没有妈妈以后的自己过得有多惨,我被送进孤儿院,整夜整夜地哭,哭到最后连院长老奶奶都受不了了,跟着我哭,后来我说奶奶你能去帮我找一个人造模特吗?奶奶问我什么样的?我说随便什么样,就是一般卖衣服的店里摆着的那种,顺便给我全套的裁缝用具好吗?

缪:原来你是这样成为一名服装设计师的……

江:后来那个人造模特陪了我许多年,我给它做了许多许多衣服,它的脸上永远挂着一个大大的微笑。我想它一定很开心,可是它却从来没有和我说过话。

缪:(从若晨怀里出来)它当然不可能说话了……

江:不!它会!妈妈说了它会说话!它一定会!只是我给它的衣服始终不够漂亮,它才始终缄默不语。作为一名服装设计师,无论在我默默无名时,还是功成名就后,我最看重的东西就是人造模特。它是我设计工作中必不可少的一个工具,又是我生活中很喜欢的一件物品,更是我生命里一个难以取代的图腾。

缪:这么说我还可以理解。

江:什么画笔图纸针线剪刀,我统统都可以不要,把它们换成树枝土墙石器,我也一样可以做出最好的设计,可如果把人造模特从我的身边拿开,我就什么都不会了……

缪:不可能,这是你自己的心理暗示而已。

江:我给你说过路晓颖。

缪:嗯,你念念不忘的初恋。

江:我和她分手以后,有一天,这间房子失窃了。

缪:那个贼可真笨,那会儿你浑身上下除了器官没什么可偷的了。

江:所以那个贼很恼火,进来搜一圈一无所获,就把我屋子里的东西砸得稀巴烂。我抱着断成几截的人造模特睡了几夜,后来努力省下一笔钱,找到意大利一家全球最好的做模具的公司让它们帮我修复。说来奇怪,人造模特不在的时日里,我一件衣服都设计不出来,满脑子都是纯纯的空白!我夜以继日地盼望它回来。它终于回来了,像新的一样,但我看见它的第一眼心就莫名地痛了,那种痛我刻骨难忘,一定是它在责怪我的不小心,责怪我差点失去了它。后来的事情你比我熟悉,我的成名作,金色丝绸翻领的黑色条纹女装系列,就是我用那种一生只一次的痛融汇而成的。

缪:这些跟那个路晓颖有什么关系?

江:没什么关系,只是这些事恰巧和我们分手接连发生。

缪:你和路晓颖分手,你家失窃,人造模特被砸坏,然后你失去设计能力,人造模特被修复,你找回设计能力并且神灵附体,设计出一款风靡全球的服装系列……这么看来路晓颖间接立功啊!

江:我只是恰好提到她,你别借题发挥。

缪:我发什么挥啊……切……

江:我后来去找过路晓颖,怎么也找不到了。我花了好长时间才打听到,她疯了,被她爸妈带出国了……

缪:你不早说!哪国?我去给你订明天的机票!

江:我不知道,只知道在外国,传话的人怎么也不肯告诉我具体哪个国家。我也不想知道了,都过去很久了。今天只是恰巧提起,你别介意,我爱的是你。来,这是我给你配的我所有家的门钥匙,你不嫌弃,这以后也是你的家。汽车钥匙懒得配了,反正我也不怎么开,公司车库里停的那几辆你随便用吧。

缪:(把钥匙接到手里,百种情绪计上心头,一时语塞,甚至忘记收手,江若晨又把她的手往回推了一下,她良久方才恢复正常)若晨,永远别离开我,你也是我的图腾,没有你,我就什么都不会了。

江:那怎么可能,你说笑了!

缪:若晨你不信我吗?我爱你,我爱你爱到发疯,爱你爱到每一分钟都想要对你说一遍我爱你!我所有的一切付出,根本不是为了你的这串钥匙,我就是想让你像我爱你一样爱我!

　　江若晨没有说话,只是把缪馨抱在怀里,闭上眼睛。而被抱着的缪馨,脸上悄然闪过一丝难以捉摸的微笑。她把手里的钥匙提起来又看了看,"唰"的一声,牢牢抓在掌心。

  灯光闪动一下,先变暗再变亮。背景音效为倒带声,两名演员从拥抱状态分开,模拟慢动作回放,重演最后一个片段。

缪:若晨你不信我吗?我爱你,我爱你爱到发疯,爱你爱到每一分钟都想要对你说一遍我爱你!我所有的一切付出,根本不是为了你的这串钥匙,我就是想让你像我爱你一样爱我!

  江若晨没有说话,只是把缪馨抱在怀里,闭上眼睛。而被抱着的缪馨,脸上悄然闪过一丝难以捉摸的微笑,她把手里的钥匙提起来又看了看,"唰"的一声,牢牢抓在掌心。

  灯光全暗,十秒后亮,路晓颖在灯黑时上台,站在拥抱着的江缪二人身旁,微笑着直视前方。片刻后,再次倒带,这次江若晨走开了几步,看着缪馨一个人重复最后一段台词,一个人做出拥抱以及拥抱后的所有神态和动作,最后保持拥抱姿态定格。江若晨看了看定格的缪馨,走开几步。

江:不对……哪里不对……那一刻我抱着心爱的缪馨,我愿意像她爱我一样爱她,可我听到了一声金属的异响,就一刹那,我忽然明白了什么。我……想起了路晓颖,我的初恋。

  江若晨话音一落,站在一旁的路晓颖就一下蹦到江的身前,二人开心地面对面拉起手。

路:若晨,永远别离开我,你是我的图腾,没有你,我就什么都不会了。

江:那怎么可能,你说笑了。

路:若晨,你不信我吗?

江:我信你什么?

路:我……我……你信……我……我……

江:哎呀你怎么又说不出话了?

路:我……我……

江:你怎么了呀?

路:我……你……永远别离开我……

江:路晓颖,我爱你!我爱你爱到发疯,爱你爱到每一分钟都想要对你说一遍我爱你!来,拿着,这是我给你配的我家钥匙,我就只有这一间房

子,吃喝拉撒睡全在这里,你不嫌弃,这以后也是你的家。(这次掏出的是一把钥匙,而不是一串)

路晓颖愣住,松开江若晨的手,迟迟不敢接,江若晨又往前送了一送,路还是不接。

江:你不要?

路:我……呃……是,我不要……

江:你……嫌这里不好?

路:不不不,我……我太喜欢这里了!

江:那你拿着钥匙啊!你不懂我什么意思吗?

路:若晨,你吓到我了……这……这钥匙我怎么可以拿?我还没有嫁给你,怎么可以拿你的东西。

江:呵呵……傻丫头,我没有别的东西给你啊,就算把钥匙给你,你也搬不走这个房子啊。我给你我的房门钥匙,意思就是说,从今以后你也是这个小房子的主人,我是男主人,你是女主人!

路:我是男主人,你是女主人……

江:我——是男主人!你——是女主人!

路:我,女主人,你,男主人……

江:对啊!快拿着!

路:不……我不要……如果我是女主人的话,我是不需要拿钥匙的,因为男主人永远都在家。

江:男主人会出门的,女主人没有钥匙怎么进门?

路:(接过钥匙,和江若晨拥抱在一起,脸上是幸福的微笑)男主人出门去哪里,女主人就跟到哪里。钥匙在我手里,我只能用它打开你的房门,钥匙在你手里,你却可以打开我的心。还是你拿着吧。(她拿起钥匙看了看,塞回到江若晨的口袋里)

全场灯黑,演员全部下场,现场吉他弹唱,弹唱曲目为原创歌曲《委屈》。

弹唱结束后,全场灯亮。江若晨和路晓颖已经站在台上,时间回到数年前,江若晨的家基本没有大的变化,细小的道具可以有一些变化,比如画板上的设计草图。

气氛显得有些凝重,江若晨站在书桌前的人造模特旁边,双眉紧锁,很明显在思考决定着什么,路晓颖站在一旁,欲言又止。

江:晓颖,你让我说什么好?

江:晓颖,你让我怎么办?

江:晓颖,我真的不想伤害你,可我也不能和我自己过不去!

路:对不起!对不起!若晨对不起!

江:我们不要把生活变成烂俗的电视剧好吗?你是路家的千金,我只是一个孤儿,只是恰巧拥有姓名,只是恰巧闯进你的生命,我们再相爱,也只能是这样的结局!

路:若晨,你不要乱说话,不是这样的,不是这样的!

江:那还能是怎么样?你说爸妈,哦不,你说你爸你妈不是那样的人。好啊,我完全相信。可是他们有的我一辈子都不会有!他们有地位,有名望,是社会的财富!我却是社会的累赘,活在社会的边缘,年纪轻轻却无所事事!

路:他们其实……

江:好了!为这个问题我们已经吵了两万次了难道还不够吗?!我江若晨没本事,我设计的衣服没有人会欣赏没有人会穿,我不能把我的设计图变成钞票存进银行换成存折再给你爸妈看!

路:我爸妈不是要钱,他们根本不在乎钱。

江:对!他们要一个门当户对积极向上的有为青年!而我,连工作都没有。

路:若晨,我们在一起这么久了,你怎么就不相信我?

江:我现在明明是不相信我自己!

路:那你相信我好不好?

江:晓颖,你还有大好的前程!你是名牌大学的大学生,你以后可以有各种各样的深造机会,可以出国,可以有自己喜爱的工作,你现在和我在一起,只是因为你暂时还用不到那些我不能给你的东西。

路:我……我不是这样的……我……我……

江:我我我你你你!你就不能把话说利索?

路:我……我……

江：我不爱你了！我不想和你在一起了！

　　江若晨突然说出分手后，自顾自地开始工作，收拾桌子，画图纸……路晓颖冲上前去从江若晨手里夺下东西，不让他工作，想拉他，想抱他，却都得不到他的回应。

路：若晨你说什么？若晨你再说一遍！

江：路晓颖，我江若晨不想再和你一起生活了。

路：为什么！为什么！你告诉我为什么！（路晓颖情绪陡然激动起来）

江：因为我不想再被你爸你妈看不起！我要是也有爸妈，他们不会看不起你的，我要是有爸妈……我要是也有爸妈……我要是也有……

路：若晨！

江：我要是也有爸妈……

路：若晨！我今天本来是要告诉你一个决定！我想好了，毕业后我不会去做我爸妈给我安排的工作，我更不会和他们出国，我只和你在一起，无论去哪里都跟着你！

江：（不解地看着路晓颖）你以为你做这样的决定就能改变一切？

路：难道这样还不行吗？我再不会逼你去迎合我的父母，再不会让你为难让你不开心！我跟着你学服装设计好不好？

江：我自己都设计不出来，你跟着我能干什么？！

路：你设计的服装是天下最好看的！

江：我设计的不是服装，我设计的是灵魂！

路：对！你设计的是灵魂！你是灵魂的掌控者，你不能离开我啊，你离开了，你让我的灵魂去哪里？

江：你爱去哪去哪，你的灵魂我不管！

路：若晨！我只想跟着你一个人！我不会让我的父母毁掉我的爱情！

江：你根本就搞错了问题的关键！

路：那你告诉我关键是什么？

江：关键在于我们俩不合适！关键在于我们之间没有共同语言！关键在于你只知道永远永远和我在一起却不知道和我在一起做什么事情！

路：我……就想跟着你……跟着你……就好了……

江：这个城市这么繁华，有那么多人，你跟着谁都行，偏偏跟着我干什么？

路:你是我的爱人,若晨。

江:我是你的爱人?

  灯光变暗,音乐起,路晓颖从江若晨身边走到台前。

路:没有爱人,这里再繁华也只是一个人的城市。

江:有了爱人,城市的繁华再也不会入我眼中。

路:没有爱人,这里再热闹也只是没有人的人群。

江:有了爱人,人群的热闹再也不会扰乱我心。

路:没有爱人,故事再曲折也只是一场独角戏。

江:有了爱人,没有故事也会是一场曲折的戏。

路:没有爱人,相聚与分离再频繁也只是一种孤独。

江:有了爱人,即使因分离而孤独也还是拥有相聚的希望。

  路晓颖和江若晨缓步走到舞台中央,相对而立,路晓颖慢慢地拥抱江若晨,江若晨无动于衷,呆滞地看着前方。

路:若晨,我不能没有爱人。

江:还会有别人来做你的爱人。

路:若晨,我不能没有你。

江:可我已经不是你的爱人。

路:若晨,你知道我有多爱你吗?

江:我也曾经爱你。

路:真的不能再给我机会了吗?

江:这无关机会,你没有做错什么,是我的错。

路:你别说是你的错,我丢了你的爱,就是我错。

江:你这么说我会很愧疚。

路:你这么走我会很难受。

江:我必须离开你,一刻都不能多留,对不起!

  路晓颖缓缓放开江若晨,往后退了几步,开始在舞台上随着音乐缓慢地围着江若晨做一些简单的舞蹈动作或者应景地踱步,同时说台词。

路:那年春天,我遇见了你,江若晨。黑皮肤,短头发,精干的眼神,你从我身边走过,我的世界就卷起了台风。我好不容易认识了你,有了你的电话,我有幸能在你身边,靠你的肩,拉你的手,做你的女朋友。而现在,我要向你道歉。对不起,若晨。对不起!我始终不能贴近艺术家的心灵,对不起,我终归无法走进你的世界。我不懂你画板上纵横的线条,不懂你桌子上杂乱的工具,我答不出你问我的问题,我想不到不同颜色背后蕴藏的意义,我听不懂你口中调侃又温柔的声音,我摸不透你每一个眼神动作背后的心情。那么多次,我让你的喜悦与激动变成无奈的冷静;那么多次,我让你的狂野和不羁孤单地前行;我来不及看清你一个人快步奔走时留下的背影,但我知道那是你在为了梦想努力地前进;我没能力时时刻刻保护好你看似强大实则脆弱的心灵,但我知道无论别人怎样说我都还会一直陪着你。我有足够的勇气,我有足够的决心。若晨,你总是怪我不懂说爱你,我也恨自己在你面前为什么那么不机灵,我一见到你就不会说不会做只会牢牢地盯住你记住你给我的每一个表情,但我不敢以此作为借口,我猜我说了你也不会相信。

若晨,我要变成一架飞机,载着你去全世界旅行,看所有好看的风景,在每一个象征爱情的地方合影;我要变成一条小鱼,游荡在你蓝色的心里,狠狠吞掉你所有的不开心,吐出让你永远快乐的氧气;我要变成你的精灵,窝在你的衣服里,和你一起成长一起呼吸。你跳我也跳,你停我就停,拥有同一条生命;我要变成你身边最亲密的物体,无声又无息,不引起你的注意,却永远在你的生活里固定。可是若晨,我不要再做你的爱人,你的爱今天燃起烈火烤焦大地,明天又飘起飞雪冰封万里。爱情两字,究竟是什么词性,为何时而有情有义,时而却又无影无形?

若晨,我是你的爱人!

　　最后路晓颖跪倒在江若晨身前。江若晨呆若木鸡,最终还是选择离去,江下台,路晓颖跪着抽泣。

　　现场弹唱《分手的瞬间》,唱完灯黑。

　　灯亮,江若晨站在舞台中间,路晓颖站在舞台左边,缪馨站在右边。

江:我的生命截至目前,一共出现过三个女人,妈妈、路晓颖、缪馨。妈妈主动离开了我,放我一个人在这偌大的世界活了这么多年,(跑向人造模特,追光照亮人造模特,扶着模特说话)我始终在等着我的人造模特对我说话,我猜那也许就是妈妈的声音,我特别特别想妈妈,想告诉她我现在已经是一名功成名就的服装设计师,我想为她做一件衣服,让她穿上以后永远年轻。后来,我主动离开了路晓颖,(追光照亮路晓颖,江若晨回到舞台中间)伤透了她的心,她因为我变成了神经病,又出了国和我失去了音信,我不确定我是否真的愧疚,是否一样伤心,她是我的初恋,我曾经的唯一,可她听不懂我讲话,触不到我的心情,还有她那该死的父母,现在我拥有的他们想都不敢想,但我不会和他们一样看重这些东西,我对财富和地位予取予求。不过说真的,我也特别想路晓颖。和她分手的那一幕,我逼着自己赶快忘记,可是我无能为力,我再也没有找到过路晓颖,再也没有和她说一声对不起,而她好像总是活在我身边,像妈妈一样,偶尔俯在我耳旁,哈(吹气声),向我吹一口气。路晓颖,我是你的一场遭遇,而你是我永恒的咒语。

　　现场音乐《最浪漫的事》起,江若晨跑到舞台左边,"激活"路晓颖,舞台左侧灯亮。

江:这儿真美!你在这里长大,真好!

路:要是小时候也认识你就更好了!

江:那要怪老天没把我投胎过来。

路:现在过来也不晚啊!

江:晓颖,你说前面那条河有多深?

路:啊?我不知道啊。

江:你看,所有的小孩儿都是趟过去的,说明河不深,可是所有的大人却都要乘摆渡过去,为什么?

路:这……我怎么知道。

江:那些大人是害怕自己的衣服被弄湿弄脏吗?

路:嗯,应该是吧。

江:不是……小孩子的心简单透明,刚好和那条小河的心交相辉映,两颗清澈见底的心碰到一起,自然就会融合起来。

路:小河怎么会有心呢?

江:小河当然有心!和人一样!

路:噢……

江:大人很虚伪,他如果趟过河去,河水会浸泡出他做过的所有坏事,那样他就会被所有人看不起,所以他一定要坐摆渡过去。

路:嗯……

江:走,咱们去趟过那条河。

路:咱们?过河?为什么?

江:哎呀,我说你哪那么多为什么?走!

　　二人表演出前行去过河的样子,脱掉鞋子,挽起裤管,拉着手过河。

江:走喽!过河喽!喔!

路:慢点慢点,我跟不上你。

江:哎哎哎,停!让我看看你是不是虚伪的人!

路:嗯?怎么看?

江:看河水啊,刚才不是给你讲了,来,你看你看,这水里照着你的心。

路:哪里有啊?我看不到啊……

江:那你先看我的心。

路:怎么看?

江:哦……天啊……拜托你能不能调动一下你的想象力?

路:我没不相信你啊,你说有就是有,只是我真的看不到啊,那你帮我看看。

江:唉!好吧,我帮你看。来,你看,这上面这么写的,路晓颖,你好。

路:嗯……你好……

江:我是这条河的河怪,我显灵啦!

路:若晨你别乱吓唬我……

江:我看见了江若晨的心,他的心说,他爱一个叫路晓颖的姑娘!他还说他以后想娶路晓颖!

路:哎呀讨厌……这么多人呢小点声!

江:(大声喊)我看见了江若晨的心,他的心说,他爱一个叫路晓颖的姑娘!

路:讨厌讨厌!

江:他还说他以后想娶路晓颖!就是不知道路晓颖答应不答应!

路:你讨厌死了!

江:快！河怪问你呢,你答应不答应？

路:答应什么？

江:答应河怪问你的话啊？

路:河怪问我什么？

江:你脑子进水了？

路:我……没……我……我不好意思……

江:你脑子结冰了！

  舞台左侧灯黑,背景音乐《西班牙斗牛士进行曲》起,江若晨跑到舞台右侧,右侧灯亮,江若晨和缪馨一起随着音乐,表现出看斗牛时的兴奋神情。

缪:噢噢噢！

江:哇哦！（二人欢呼,惊叫）

缪:加油加油加油加油加油加油加油！哎！哎呀！

江:哎！就差一点！

缪:若晨,你看刚才那牛,像疯了一样。

江:太震撼了太震撼了！这才是让人叹为观止的人类文明！

缪:嗯,的确！欧洲让我感觉到一种无声的震撼。

江:其实真不是我崇洋媚外,就说服装设计吧,咱们和欧洲能是一个级别的吗？

缪:整体而言,当然相差甚远,可就你而言……

江:不算我,天才没有真正意义上的国籍。

缪:好好好,你是世界人！刚刚还说"咱们"和欧洲不是一个级别,现在立马就没有国籍了！

江:哎呀(挥挥手继续下个话题)……都知道意大利和米兰,都知道那里一年四季的时装发布会,可那么多公司派人过去参加发布会是为了什么？

缪:为了抄呗！

江:服装和所有艺术品一样,都是艺术家自己生命的衍伸。你抄别人的,最多拿到别人的半条命,却缺少整个灵魂,没有存在的意义。

缪:得了,别批判了。不是每个设计师都像你一样,你也是从默默无闻走出来的,你也曾经吃不饱饭。

江:不是每个能设计出衣服的人都能被称作是设计师。

缪:反正你自己是不就行了!看个斗牛看出你这么多感慨来!公司派人去米兰参加季度时装发布会,那是想把握住流行。你来了这么多次欧洲,你敢说你自己没有从中捕获到你所需要的潮流元素?

江:我就是当今潮流的引领者好不好?

缪:没说现在!说之前呢!说你还没成为引领者之前!现在你多牛啊,你要下去跑两圈,西班牙的斗牛士全下岗。

江:切,你还调侃我!

缪:其实,若晨我觉得现在对你而言已经不需要再那么卖命那么殚精竭虑地去搞设计了,属于你的经典已经太多了,你只需时不时地把同属于你的不同经典互相混搭,重新排列组合,就足够让所有设计师耗尽一生都难望你项背了!你啊,还是稍微学着点儿怎么做一个正常人,怎么像一个正常男人一样对待自己的女人。

江:你真是话题能手,三句话不出必然想把我套进去。把我过往的设计混搭拼凑是个很好的想法,不过我个人没兴趣,你随便把这个单子下给其他设计师吧,那些设计师一定会善待这个设计的生命,因为他们丢了太多灵魂。

缪:我认真提醒你不要小看混搭产生的效果。你是伟大的服装设计师,你更应该是……

江:我是伟大的人类灵魂工程师!

缪:啊对,您是伟大的人类灵魂工程师!可我不是啊,我是迫切渴望被伟大的人类灵魂工程师改装重建的人类灵魂残次品!您两眼一睁,排满了灵魂等你构造,我两眼一闭,去您眼前加塞儿排队去了。

江:你现在充其量也就是个半成品吧,还没资格定优良残次呢。

缪:我知道你对艺术本身的那种追求。可我认为你不应该只是一名天才设计师,你还应该是以后的服装业巨头,你应该有实力领导起整个产业,创造一个属于你自己的奇迹。

江:我对你说的完全没兴趣!当设计师已经让我对自己满意到极致。

缪:我总怕你会孤独,你身边只有我一个人陪着,如果有一天你对艺术的情感突然变化了,你会找不到其他发泄的出口,我希望你可以打开你的全部潜能,抓住那些更富有挑战的机遇,不要把所有生活都堆在同一个地方。

江:我的孤独正是源于我的自由。有了自由,就什么都有!我现在很自由,这足够了。

缪:我明天去趟纽约,找自由女神谈判,她应该付给你巨额代言费。

江:以后别再提这些,我只想自由地活在我的世界里。

缪馨无奈地摆摆手。舞台右侧灯黑,江若晨重新跑回左侧,背景音乐《牵手》响起,左侧灯亮。

江:路晓颖,你坐在我旁边整整一个小时,期间飞过了十八只苍蝇九只蜜蜂,我还帮你打死了两只蚊子,有五十五人从我们身边经过,其中,放学回家的中小学生二十一名,下班回家的成年人十九名,居委会大妈一名,社区保安两名,乞丐一名,为躲避城管纠察而逃跑的小商小贩八名,城管两名,遛狗人一名,狗一只。而你,一句话都没有说。

路:你终于和我说话了!

江:我……(无奈抓狂状)

路:若晨你就别逼我了……

江:我这真不是逼你!我就想听你跟我告个白,怎么就这么难啊!

路:我……

江:我跟你说,今天你要不跟我告白,我就跟你死磕,不跟你说别的话,你也别走。

路:你干吗非要我说那句话……

江:人家谈恋爱都说!怎么我就没这命啊!

路:我还从来没说过呢!

江:可我跟你说了啊,而且我也只和你说过啊,公平起见,你也得说吧!

路:我不说……

音乐声音加大,二人继续沉默。

江:路晓颖,在又过去的一个小时里,地球上新增了一万五千人,其中一百四十人取名叫路晓颖,六千三百人取的名字中带有晓颖二字,有五十六个人取名叫江若晨,全是天才,分布在五十六个不同行业里。而你,还在和我死扛着。

　　音乐继续。

江:路晓颖,在最新过去的一个小时里,全世界有十亿名男人对他的女人说了我爱你,有十亿名女人对她的男人说了我爱你,也就是说,一共有四十亿人口享受到了告白带来的幸福,而你,正在和全世界为敌。

　　音乐继续。

江:路晓颖……我爱你……你说出来你能死吗?

路:我……永远在你身边……

江:天啊!永远?你在我身边三个小时,我就已经疯了!

　　舞台左侧灯黑,江若晨回到舞台右侧,背景音乐法国歌曲《伊莲》响起,右侧灯亮。

江:感觉怎么样?

缪:感觉好极了!真不敢相信我们现在就站在埃菲尔铁塔的顶端。

江:能站在这是我三十几年来的几大梦想之一。埃菲尔也是一名设计天才,和他相比,我差得太远。

缪:你是设计衣服的,他是设计建筑的,两回事儿。

江:设计衣服和设计建筑没法比。衣服是人类灵魂虚伪的追求,而钢筋水泥顶起的,才是真正的人类社会。越是雄伟的建筑,越有一种细致的关怀。

缪:若晨,这年头,什么艺术,什么美,那都是为了钱服务。只有赚不到钱和赚了太多钱的人才天天喊着追求艺术,而真正能够掌控艺术评判艺术的还是有钱人,你是天才设计师,可如果没有有钱人认可你买你的衣服,你什么都不是。所以你一定要变得现实一点,你要想一生都占住你现在这个位置,绝对不能只当设计师,我这真是为了你的前途。

江:你就这么不放心我的前途?

缪:你现在钱多得用不完,这很好,但是你还没有真正的权力和地位,只要你想,你可以有的!

江:笑话!我不需要那些东西,拥有那些,需要我付出代价。

缪:付出代价又不是坏事!

江:对我而言就是坏事!

缪:算了,反正怎么说你也不听我的,那你就安心设计,其他的事,我去帮你搞定。

江:你又要张罗什么事?

缪:我要张罗的事多了,我要让你进公司董事会,你现在的资产可以买进公司将近百分之二十的股份。我打算只买百分之十三,剩下的钱还可以买进咱们的竞争对手百分之十左右的股份,这样,你转眼就可以成为翻云覆雨的人物。

江:你脑子里是不是整天就只有股份啊产业啊翻云覆雨啊?

缪:我脑子里整天都是你!

江:我和那些东西有关系吗?

缪:没有那些东西你还是现在的你吗?

江:算了不说这些了,你随便吧。(低沉片刻,马上转换愉悦的心情)缪馨,来这边看,这下面就是塞纳河,那是凯旋门,远处那一片大大的绿荫应该就是卢浮宫。

缪:若晨,我爱你。

江:我也爱你。

  灯黑,音乐停。江若晨来到舞台中央,灯亮。

江:我生命中的第三个女人,是缪馨。(追光照亮缪馨)按理说,我应该很爱她才对……不对!一定是哪里不对!是我错了,是我错了!我之前那么痛恨路晓颖,痛恨她的父母,痛恨她跟我的不合拍,我希望我的女人可以和我说很长时间的话可以理解我的想法。我一直以为缪馨就是这样的女人,可我错了,她根本不是,根本不是!可我又没有了路晓颖……再没有她……不不不!我有!我还有我的事业!她们都和我不是一路人!她们都不懂艺术!我要设计服装,我要操控灵魂,我还是找我的人造模特,她懂我,她会冲我笑,她会找我说话!

  背景音乐《两个女孩》响起,舞蹈。舞蹈结束,全场灯黑。

  灯亮后,缪馨卧坐在舞台右侧的床上,抱着枕头,一副幸福的样子;江若晨坐在桌子上,手扶在人造模特肩上,和人造模特四目相对,像在思考着什么。

缪:医生告诉我,我怀孕了!

江:我分手了,你告诉我,我该不该和缪馨分手?

缪:医生给我拍了B超,黑黑的一片,上面有一个小小的白点,那是我的孩子!那是若晨和我的孩子!

江:我不洗头不洗脸,因为我的心已经乱了很多天,我越来越难以找到自己曾经的笑脸,因为我的爱情已经离开了很多年。

缪:我头晕我呕吐我全身无力!可我偏偏就是在妇产科里发现了爱情的真谛!

江:我一直以为我一定可以和她白头到老!而现在我能做的只是对自己重复地嘲笑!

缪:我一直以为幸福就是找到一张可以在五星级餐厅无限吃饭的饭票,我一直以为爱情从它开始时其实就已经进入了最后的读秒。

江:我发现我再也忍受不了她的现实,她已经拥有了大部分女人想都不敢想的东西,却还在名誉利益的道上一路飞驰,她的魅力背后藏着的是庸俗的意识。

缪:这个孩子,就像一朵从黑暗中突然绽放的鲜花,我在一片鲜艳与芬芳中变成了妈妈!

江:无论生命过了多少轮,无论爱人留下了多么难忘的吻,无论时间给了我怎样的伤痕,我都是一个永远不屈服于现实的人。我宁愿被世俗碾压为灰尘,也绝不在我的有生之年为单纯筑坟。

缪:若晨,医生说,我们的孩子再过六个月就会出生,我一直忍着没有把这件事告诉你,我想给你一个不一样的惊喜,我想我们应该举办一场最幸福的婚礼,把我们的故事写成没有终点的爱情。

江:缪馨,我特别矛盾要不要和你分手,有太多我们过往的欢乐无法从我的心中被赶走。

缪:其实我不敢告诉你还有一个原因,因为我很早就觉得你看我的眼神不像从前那么亲近,我把我的顾虑讲给宝宝听,你知道吗?宝宝立刻就给了我无声却最肯定的回应。宝宝是我和你的,从此,我们不再是设计师和助理,不再是恋爱中的男女,而是永远都要生活在一起的血亲!如果你确定要离开我,我不能牵绊住你——我的爱人,我的亲人。

江:我一度愚蠢地想,如果我和她结婚,如果她有了我们的孩子,她会不会发生改变,会不会把心思只放到爱情本身、放到生活本身。可我又马上想到路晓颖,我不离开她,她不会疯,可她也不可能和我生活到一起,让一个人改变真的太难了,我不该有那样不切实际的幻想。

缪:若晨,宝宝像一面魔镜,我从中看见,你的单纯与简单是那么干净透明,我的庸俗和现实是这么令人唾弃。连我自己都一度不敢相信,我不知不觉间竟然变成了一个那么可悲的人,我居然爱上了你的金钱和地位。

江:这么多年,只有你,我的人造模特,只有你永远不发一言却快乐地陪在我身旁,只有你让我这颗和世俗格格不入的心没去流浪。没有人懂得你对我的意义!你不会说话,却给了我所有问题的答案,你不能行动,却为我指出所有向往的方向。现在我要你告诉我,我该怎么办?我以为我可以用服装掌控所有人的灵魂,却就此犯下了最最愚蠢的错误,我居然忽略了爱情,我居然不知道爱情才是上帝,爱情才是命运,我自己的灵魂,已经完全被爱情吞噬而尽!

缪:这么多年,只有你,江若晨,只有你陪在我身边,只有你从来不在乎我的着装是否得体或惊艳,从来不品评我的相貌是否性感或美丽,从来不要求我的身材,从来不要求我的话语,从来不问及我的出身,我怎么就没有意识到你给了我最珍贵的简单和自由,怎么就没有意识到简单和自由才是真正的幸福。

江:人造模特,二十年了,我都没有给你起过一个好听的名字,就一直叫你人造模特。我问了你那么多问题,和你谈了那么多次心,却从没有谈到过爱情。

缪:若晨,我错了。我要的那些东西根本都是虚无,人都是一个人来,一个人走,在过程中,能够有你陪伴一程,是我生命的奇遇。我以前只是一味地想往前进,想不断追寻,心里说要珍惜,嘴边挂着真心,到了相遇时,却空留真心变无心,把珍惜变叹息。请你一定相信我,我会是一个好妻子,好妈妈。如果你的肚子里也能有我们的孩子,如果你的身体里也能有两颗跳动的心脏,你一定会相信我的,若晨,我从前很爱你,现在,我很珍惜你!

江:人造模特,你说缪馨为什么那么轻易就离开了我?我说分手,她愣了不超过五秒,说好,转身,离开,辞职,消失。

缪:江若晨!我很珍惜你!我珍惜你的自大自满,我珍惜你的不拘不束,我珍惜你的狂妄狂野,我珍惜你的散漫随性,我珍惜你的不切实际,我珍惜你的与世隔绝,我珍惜你的怪异性格,我珍惜你的话不投机,我珍惜你的好高骛远,我珍惜你的幼稚可笑,我珍惜你的天才狂想,我珍惜你的不可理喻!我珍惜我对你的珍惜!

江:她不爱我。她从开始就不爱我。可能一切的一切,就这么简单而已。

　　全场灯黑。

　　舞台左侧灯亮,缪馨一个人走进江若晨的房间。

缪:若晨,我带宝宝来看看爸爸的房间。(在房间中四处转着看了看,最后拿出一串钥匙放在江若晨的桌子上)拿到这串钥匙时,我还什么都不懂。钥匙,与其想要它打开幸福,不如用它来终止悲伤,若晨,钥匙还给你,自由还给你。(难过的扶着桌沿缓缓蹲下,刚好蹲在人造模特身前,抬头看着人造模特,半晌,对着人造模特笑了起来)呵呵,你好啊,人造模特,你是若晨的图腾,我也要跟你说声再见。

人造模特(以下简称人):你好,缪馨。

缪:(愣住,四下回望)谁?若晨你回来了?

人:是我,缪馨,不是若晨。

缪:谁?谁?(手足无措地四下寻找声音的来源)

　　舞台右侧灯微亮,路晓颖走上台,坐到了右侧的床上。

人:缪馨,不用找了,是我,人造模特。

缪:(跑到人造模特身边使劲端详)江若晨你给我出来,别装鬼!(又检查了一遍房间里的角落看有没有人藏着)

人:缪馨,真的是我在和你说话。

缪:你是人造模特,你是东西,你怎么可能说话?我在做梦吗?

人:你可以认为你是在做梦,反正再过一会儿你什么都不会再记得,等于是做梦。

缪:天啊……江若晨难道真是天才?他的房间难道有魔法?

人:江若晨只是设计服装的天才,又不是魔法师,他听不到我说话的。

缪:那我为什么可以听到?

人:因为你的心伤透了。

缪:我的心伤透了?

人:是的。有两种人可以听到我说话,一种是可以控制自己灵魂的人,一种是灵魂出窍的人。

缪:啊? 那我是?

人:你是灵魂出窍的人。

缪:我我我……我死了?

人:灵魂出窍指的不是死亡,而是指你的灵魂和身体因为某种原因分开了。你因为江若晨而伤透了心,一个人的心被伤透了,他的灵魂就会离开身体,去化解悲伤,待悲伤泯灭,再重回身体。

缪:我……我……那你是什么东西?

人:我是路晓颖。

缪:啊?! 江若晨说天才艺术家的创作过程是见鬼的过程,难道我也要变成天才了?

人:我是路晓颖的灵魂。

缪:路晓颖死了?

人:我当然没死,刚刚和你说了,灵魂和身体是可以分开的。

缪:这……这怎么可能……

人:缪馨,你和江若晨的故事我都知道,若晨他认定你是那种庸俗可恶的女人,所以离开你,可他心里其实也很舍不得你。

缪:他舍不得我?

人:当然。若晨的心与常人不同,看似坚硬而难以理解,实则软弱得连他自己都难以保护自己,他是犯了错而跌落到人间的天使,他是失了足而坠陨到地球的彗星,让他离开心爱的人,比让他爱上一个人要难许多。

缪:可是他终归离开了我,他会回头吗?

人:我想你已经想明白了,真正的爱情是简单的,是透明又清澈的,是只有一条路可走的,真正的爱情,要不然就不转头,转了头就不会再回头。因为至爱和至痛其实是一条连在一起的单行道,走过去了就无从改变。

缪：你真的是路晓颖的灵魂。

人：呵呵，缪馨，你其实是个比我强许多倍的女人，当年的我和你比起来，实在没有资格得到若晨的爱。我和若晨的世界离得太远，我们跨过天涯海角走到一起相爱，却终归不能敌过沧海桑田。

缪：你和若晨的故事我听他讲过，他其实心里也一直给你留着一个位置。

人：所以，我才会一直在他身边，就算他走得再远，累了回头，我就在他的身边，我就是他的图腾。

缪：我听不懂……我在做梦？

人：缪馨，下面我要给你说的话，是每一个像我们这样为爱而伤透心的女人都会听到的一番话，一生只能听到一次，听过后就会忘记，你要听好哦。

缪：你说……

人：灵魂和身体是两个完全不同的世界，身体不能控制自己的灵魂，灵魂却可以控制自己的身体。一个女人，如果全心去爱一个男人却无法成为他的爱人，那么你会获得一次选择的机会，让你选择忘掉那个男人，或者付出自己的一部分灵魂变成一件常常陪在那个男人身边的物品。在生活中，我们常看到失恋的女人神不守舍甚至精神失常，那其实是因为她的一部分灵魂还在陪伴着她心爱的男人。如果那个男人有一天获得了真正的幸福，或者女人的灵魂终于可以释怀时，那件物品就会以合适的方式消失，女人重新拥有完整的灵魂，拥有新生。如果女人对男人的爱实在无法消解，她也可以选择付出自己的全部灵魂，也就是生命！如果这样，生活中的女人会因意外而死去，她的灵魂同样会变成一件物品，不同的是，这次，她会在那个男人身边陪伴一生。这一切的一切，生活中的女人自身永远都不会记得，她们不会记得曾经发生过这样灵魂的选择。灵魂是单独存在在这个世界上的。

缪：真的有这种事情？

人：灵魂通过大脑控制身体，选择之后，你会忘掉这件事情，所以不存在后悔，也无所谓真假。

缪：可以陪伴他一生？

人：可以，那需要你的全部灵魂。我只是路晓颖灵魂的一半，路晓颖的身体和另一半灵魂现在在美国的一家精神病院里。

缪:我一会儿会忘记?

人:是的。我知道,这听起来不可思议,很荒谬,但每个为爱而伤心的女人都做过这样的选择,现在到你了。

缪:那你呢?你就打算这么一直陪着若晨吗?

人:若晨从小没有父母,孤苦伶仃的他唯一拥有的财产和朋友就是人造模特,他习惯和人造模特说话,习惯用人造模特安慰他的寂寥与悲痛,他甚至还在苦苦等着人造模特和他说话,人造模特对他而言,象征着母亲,象征着童年,象征着早早就离他而去的无忧无虑。与其做一个不能和他共度一生的女人,不如默默无言永远在他身边。

缪:我又何尝不想如此。

  全场灯黑。现场弹唱起。弹唱曲目为原创歌曲《守望》。

  弹唱结束,灯亮,江若晨正拿着手机打电话。

江:李总,你再说一遍?!你再说一遍!!!缪馨她怎么可能自杀!?她怎么可能跳楼!!!她什么性格我能不知道!?她如果有了我的孩子我怎么可能不知道?!

  背景音交杂着放着路晓颖和缪馨两个人的声音。

  江若晨直接咆哮地扔掉手机,疯狂地奔到舞台右侧将床单被罩全部掀起胡乱抛开,最后他高高举起人造模特往地上狠狠砸去……全场灯黑。

  剧务举一个牌子,上书:两年后。

  全场灯亮。

  江若晨坐在书桌前画着设计草图,房间的布置一如从前,人造模特换了模样,但还摆在原来的位置。

  路晓颖和她的丈夫敲门,江若晨打开门后久久不能说出话来。

路:怎么了?若晨?不认识我了?

江:你……你不是?

路:我是什么?

江:你不是出国了吗?

路:是啊,我去美国了,不能回来吗?先给你介绍一下,这是我的老公,他叫陈乔,美籍华人。我们刚刚结婚,回国来探探亲人,他在美国也搞服装设计,听说我认识世界闻名的江若晨,就缠着要来见你,真想不到你还住在这。

陈:江老师你好,晓颖总提起你,今天能见到你真是太荣幸了!

江:啊……呃……你好你好! 来来来,进来坐进来坐……我这儿简陋,别嫌弃……

路:还有要注意,不要碰你的人造模特。

江:呵呵,可以碰可以碰,现在随便碰,陈先生,你坐啊!

　　现场吉他弹唱起。弹唱歌曲为原创曲目《我说我爱你》。在弹唱的全部过程中,三人继续表演,江若晨招呼二人,反复给陈乔让座,给二人倒水,三人在一起聊天,看江若晨的设计草图,时而严肃时而欢笑,不出声音,只做动作和口型。

　　弹唱结束。

　　缪馨背景音:若晨,一辈子在你身边守着你,真好!

　　灯黑,演员全部下场,片刻,右侧灯微亮。

歌手甲:江若晨有人造模特,我有吉他,你,你,你们,看一看身边吧,一定也会有很多很多灵魂的故事。

　　剧终。

　　*本剧创首演于2009年"黑美人"艺术节,当年曾获第二届陕西大学生戏剧节剧本一等奖。2010年受邀参加第九届全国"金刺猬"大学生戏剧节,在北京公开售票上演两场,获剧目奖。

毛圣明

男,1988年生。河北沧州人,2006级汉语言文学本科。现任公安部道路交通安全研究中心办公室主任助理。在校期间,曾获"黑美人"艺术节最佳编剧奖、最佳男演员奖,是西北大学小黑剧社骨干,曾承担国家大学生创新实验计划项目"小剧场话剧在高校发展潜力和实践模式研究"。创作的剧本,曾获"田汉戏剧文学奖"三等奖、陕西省大学生戏剧节剧本二等奖。

背 叛

序幕:李陵之魂

第一场

(音乐一起)灯大黑。

(音乐二起)追光李陵缓缓走出(旁白:李陵,乃辛卯年五月七日亥时生人,五月之子,精致热烈,不堪,将受其患,命当族灭满门,遭人唾弃)。

李陵:这又如何?

旁白:绝后代,断宗嗣,乃天下第一孤寡之人。

李陵:这又如何?

旁白:难道你还不服从天命?

李陵:魂魄既已摆脱了躯壳,天命即是无稽之谈。你可知李陵虽降,然李陵之心从未改变。你可知李陵虽死,然李陵从未背叛任何一人。

萨满法师:(追光中)李陵啊李陵,你既投降,何不跟我共同联手,报你祖

　　　　父李广之仇。

李陵：为大将者，不苟活于世，叔父这般说，乃是陷我于不义。

单于：不义？（追光左边口）你可知你周遭之人都将因为你而陷于不义，你可知你将失去你所拥有的一切……

李陵：(情绪陡变)失去一切……（灯光控制，舞台上显示着追光司马迁静静地跪在舞台的右前方，李陵回望，司马迁灯灭，左前方，天玄单膝跪地怒指李陵，天玄的前方一美丽女子中箭倒地，李陵前行想要抓住什么。在天玄的左后方公主正以泪洗面，灯灭。）

萨满法师：你看到了吗？你难以逃脱命运的控制，你将背负上千古的骂名。

李陵：(情绪恢复)那又如何，我活过来了，我问心无愧地活过来了——活了整整五十年！！！（所有灯灭音乐二停）

第二场

　　（音乐三起）舞台上红光启。背景大屏幕上显示战争的视频，在灯光的闪烁中，舞台上仍然能淡淡显现，似万马奔腾，百舸争流。大屏幕上现出万人大战的壮阔。大屏幕剪辑出一个万矢齐飞的画面，同时爆发出一个急促却洪亮的声音："李将军，你带玉儿先走，我们丹阳三剑，死也要把他们拖住！来吧，匈奴狗！爷爷不怕！哎呀！"他哼了一声，显然是中箭了。

　　这时，一个少女的声音传来，虽焦切异常，却令人颇感熨帖："叔叔，你，你受伤了。"话语中带了一丝哭泣。只听又一个粗犷的声音道："你这没出息的东西，赶快护着李将军——"紧接着闷哼一声，似乎也中箭在身，突然他一声惊吼，犹如一头在睡梦中遇袭的猛狮："李陵，你这个叛徒！你敢出卖我们，你敢投降！丹阳三剑化成厉鬼，也不饶你！"

　　（音乐三自然而终）舞台上灯渐灭。

第一幕

　　皇帝出场。长安汉王宫的巍峨，几个大字迅速弹过——"公元前99

年,汉武帝天汉二年"。壮阔的音乐三起。

  大殿的布景。灯光渐亮,渐渐显出正中是龙床,床前一张几子,上有大量文案竹编,床后墙上挂一大汉地图。汉武帝后背双手,背朝观众,静默地伫立着,像一尊雕像,看着地图。一位锦袍将军李广利,儒臣司马迁分列左右,竭力掩饰全身的颤抖。音乐三终。

  画面似此定立几秒。

武帝:(终于缓慢转过身来,颇感暗淡,却夹杂着几许无奈)李陵,降了……(突然将声音提高了八度,要以此倾泻自己的极度愤怒,转身大吼)这个叛徒!

臣子:陛下息怒!

  (这时观众才看清汉武帝的脸和他十足的王者气概。那张脸是一张饱经风霜的脸,但顶在他脖子上仿佛擎起了天,显得精明决魄。他的头发大概有半数白了,也只有从此,才能看得出他已是个五十七岁的老人了。他天生令人生畏,一双眼睛既放射出鹰的坚毅,也有狮的杀气)

汉武帝:哼!我最看好的将军竟成了匈奴人的俘虏,他丢的是我大汉的天威!

李广利:陛下,李陵身为朝廷将军,紧要关头竟然目无君父丧兵叛国,公然辱没了朝廷律法所在,臣以为对李陵叛国之罪应予以严惩。

众大臣:(附和)对对对,一定要严惩,不杀不足以平民愤呀,兵败事小失节事大……

汉武帝:(略显不悦)司马迁,君子和而不群,朕观察你半天了,你好像耿耿于怀呀……

  司马迁站起,他是个四十岁左右的大儒,堂堂大汉朝的太史公,他是正宗的方面大耳,一副忠义耿直的面容,彰显了那个时代集中的智慧。

司马迁:谢陛下,臣确有不同看法。

汉武帝:(眉头一皱,微怒)嗯?!

司马迁:(音乐六起)陛下,李陵手下步卒不满五千,但却在浚稽山遭遇匈奴单于、左右贤王共十一万骑的包围(语气有些激昂)。匈奴单于可谓倾全国之众一起围攻。李陵将军率部死战,一百五十支箭镞全部用光,车辕车辐都砍断做了武器。匈奴血战七日竟不能胜。可最后李陵部矢尽道穷而救兵不至,伤亡惨重而血流成河啊。李陵将军,平日极重义气,轻死生,三军将士视之如父,此堪称孙武子再世之才。(音乐六终)

汉武帝:(打断,愤怒)可他成了叛徒!

司马迁:(朝皇帝一揖)陛下,臣心中对此事存有疑问,臣以为此事不可草率定论。(李广利又动了一下,回头斜睨司马迁。司马迁侃侃而谈)

汉武帝:讲!

司马迁:这疑问之一,陛下不曾忘了,李陵将军此次战争的任务是为贰师将军督办粮草军需——(音乐七起)既是督办军需,(看了一眼李广利)必该秘密驻军在偏僻无人之地,以防敌人轻兵偷袭——(李广利又是一震,司马迁仿佛对眼前发生的一切都看在眼里)那浚稽山周遭百里杳无人烟,此地绝密,匈奴人如何找得到?(这句话说完就像引爆火药的威力,三秒短暂寂静后,音乐继续——司马迁似乎一切全然没放在心上)

音乐逐渐激动,皇帝缓缓点头。音乐七停。

汉武帝:(面沉似水,不耐烦)嗯——(李广利又动了一下)

司马迁:疑问之二,此次我大汉与匈奴的战争,乃是主力对主力的大决战,匈奴单于的十一万大军,为何撇下我大汉十万主力,而吃掉李陵这微不足道的五千步兵?这不是贻误战机吗?(音乐八起)

音乐逐渐激动,皇帝缓缓点头。

李广利:(激动而又难掩慌张地)司马迁,你当着陛下的面把话说清楚,难道你以为是我李广利出卖了李陵的行踪?!

汉武帝锐利的目光在二人脸庞划过,似乎要将二人的心思洞穿得透彻淋漓。他等待着,沉默着,等待一场辩论的结局。

司马迁:谁出卖了李陵,现在还没有证据。只是据我所知,李陵将军爱惜士卒,士卒都愿为我大汉捐躯疆场,死不足惜——微臣以为,内部叛徒的可能性,确然不大!(音乐八停)

汉武帝:(思忖一下,缓缓开口)说你第三个疑问。

此时音乐停,全场出现二秒短暂寂静。

司马迁：(面朝武帝)臣这第三个疑问(突然提高嗓音,手指一人)正要问他贰师将军(音乐九、音效)李广利！(全场震惊,音乐再次跳动)

李广利：(他的心仿佛要跳动出来,他动出全身气力,掩饰自己的紧张,反而触电似的颤抖,他像想隐瞒什么,语气软了七八分,皇帝显然用他犀利的双眼洞察了他的心虚,他便更显得不自然)问——问什么？

司马迁：请问贰师将军,你十万大军驻地在何处？

李广利：(稍显镇定)弱水河。

司马迁：(向武帝拱手)陛下请看图(停顿,此时汉武帝想起了地图,回身面朝地图,手指在一个地点定了一下。司马迁面向群臣)弱水河,在浚稽山东北二百里处。(汉武帝顺着弱水河的西南方向一指,似乎到了浚稽山的方向)浚稽山与弱水河山水相望,互为救援,骑兵只需一日便可通达,而李陵将军率五千步兵与匈奴大军血战七日,这七日之间(停顿,手指李广利,饱含愤怒而又正气凛然地)你贰师将军的十万大军哪里去了？(满朝皆惊,皇帝,朝臣,齐刷刷将目光射向李广利,那眼神既渴望真相,又带有点滴杀气,李广利一时语塞,司马迁一字一顿地)燕——然——山——！(音乐九停)

汉武帝：(脸色忽地变得极为难看,他的手开始颤抖,他的手在地图上首先向东北方向滑动,嘴里喃喃地道)弱水河(然后又向东南方向滑动,他停滞了一下,三个字还是从他的嘴里蹦出来)燕——然——山——！

李广利：(仿佛最后的心理防线崩溃了,扑通一声跪下,磕头如捣蒜)陛下,臣该死！臣该死！臣误信人言,中了匈奴人的奸计！

汉武帝：(粗暴地打断)你给朕说实话！

李广利：陛下,臣是得到一名年老士兵的报讯,说是李陵将军在浚稽山被围,但已突围成功,转战至浚稽山东三百里处的燕然山——臣得到消息,立即派人查探军情,果见燕然山上,旌旗四布,尘土飞扬,臣立刻亲率主力骑兵赴燕然山救援,没想到——没想到,燕然山连个人影都没有,旌旗和马蹄都是假的！

汉武帝:够了!

李广利:臣所说句句属实,有军中各位将领作保(突然眼望汉武帝,显出十分恳切的神色)陛下,臣万不敢泄露李将军的行踪,更不敢见死不救,背叛我大汉朝,只是——

汉武帝:(气愤而又失望地)愚蠢!你李广利,也算是打过大仗的人!为大将者,不晓战策,不知兵行诡道,大汉朝的脸都让你给丢尽了!下诏,剥去李广利的兵权,乱我军心折我士气者,此为效尤!

李广利:(叩首)陛下息怒啊!

汉武帝:(神经似乎松弛了一下,但又似乎一下子想到了什么,那沧桑的脸上的松弛便如照到冰山尖上的一束光,转瞬便逝去了,忧心忡忡)司马迁,这些消息,你如何得知?

司马迁:(面不改色,对皇帝的怀疑视而不见)是从一个杀出重围的勇士得知,他还奉李陵将军之命,将一个锦盒进献给陛下。

汉武帝:(微感诧异)锦盒?

司马迁:不错,匈奴左贤王的首级。

汉武帝:(笑)他左贤王可是匈奴的第二号人物,李陵这个功劳也不算小(回到宝座)——呈上来(音乐十起,随从手持锦盒上,司马迁接过锦盒,一名宦侍接过锦盒,上呈汉武帝,汉武帝缓缓打开锦盒。李广利颤抖着微微起身观看,突然,汉武帝脸上的一抹笑僵住了,甚至被一种莫名的恐惧和愤怒占有,好像刹那间他被一种什么力量击中了,他托着锦盒的手开始颤抖,颤抖,像火山爆发前大地的颤抖——而火山终于爆发了,汉武帝愤怒如一头暴躁的狮子的咆哮,将锦盒重重摔到地上,恰好落在司马迁眼前)叛徒!

无论是站立着的司马迁,还是跪着的李广利,都显然对眼前所见大出意料,汉武帝突然由喜转怒已足以令他们惊诧,更惊诧的是,他们看到了从锦盒滚出的不是左贤王的首级,而是一个一尺来长的木头人,一套小小的龙袍包着,头上扎着密密麻麻的针,两人都不由自主地"啊"了一声,迸发出两个字——巫蛊!这两个字就像是一声闷雷,宣示着欲来的山雨。

司马迁:(对眼前的一切难以置信,一刹那木讷了许多,喃喃道)不可能——不可能——怎么会——不!

李广利:(像一个久涉沙漠的人见到绿洲,终于等到翻盘逆势的机会,他的声音现出十分气愤的音色,以衬出他对皇帝的忠心)陛下,李陵叛国投敌在前,诅咒陛下在后,我早就觉得他居心叵测,这个叛徒——(由于过分激动而口齿不清)罪不容诛啊!

司马迁:(还沉浸在一个幻觉的境界,喃喃道)不,阴谋——

汉武帝:("嚯"地从宝座上立起,他全身充斥着被戏耍的愤怒,他完全相信"巫蛊"这样的物什,因而,脸上写满了杀气,并携带一丝恐惧与伤感)传旨,将李陵全家下狱,处死!

司马迁:(终于从幻境中摆脱,他读出了与旁人不同的东西,他的勇气和智慧告诉他要挺身而出)阴谋!陛下,这是天大的阴谋啊!(音乐十停)

李广利:(怒目而向)司马迁!到这个时候你还是替李陵说话,你们到底有什么勾结?

司马迁:(对李广利的言语恍若不闻,只是用恳切的目光望着汉武帝)臣与李陵将军并无深交,只是这件事的前前后后,实在有许多蹊跷之处,陛下,您想,那个为贰师将军报假信的人是谁?他的目的何在?若不查明而妄下决断,何以昭告天下?那个木偶人更是奇怪,李陵全家老小眼下就在长安府邸,倘若真是李陵所送,那他岂不是将他一家人的性命交与陛下宰割?

李广利:这个叛徒想一了百了,彻底断绝与我大汉的关系!

司马迁:(不受影响,继续)臣有许多想不明白的地方,臣以为江充此人来历不明,必有蹊跷,恳请廷尉火速提审江充——

汉武帝:(愤怒地打断)够了!(停顿)等你想明白的时候(拍着自己的头)朕的脑袋,早就不保了!(在殿上踱步)

司马迁:(还想说什么)陛下——

汉武帝:(一摆手)退下(咬牙切齿地)诛李陵全族!一个都不放过!(音乐十一起)

司马迁:(扑通一声跪下,以头抢地)陛下,您,您忘了李广将军,李敢将军是怎么死的吗?您——您忘了您曾经的承诺吗?

汉武帝:(听到这两个名字,心灵猛地一震,似有什么往事倏忽间涌上心头,而他却不愿碰触,阴阴地问)什么承诺?

司马迁:(以将生死置之度外)李广将军冤死军旅,而李敢又死得不明不白——(一顿,此时,汉武帝的脸色变得更加难看)陛下曾说过,大汉朝对不起李家啊——

汉武帝:(直瞪着司马迁)那可对得起你这个大忠臣司——马——迁!

司马迁默然无语,并不作答。

汉武帝:十八年前,李敢将军在甘泉宫出猎之时发生意外,不幸被鹿撞死,朕有言在先,此事谁都不许再提,可你司马迁偏偏好大的胆!(抬眼睨了一下司马迁,见他全无惧色,心下更怒)传旨,司马迁下狱,处死(音乐十一停十二起)

司马迁:(怔住,突然仰天大笑,笑声将心中所有的不忿倾泻)哈——哈——哈——大汉朝马上就要陷于风雨飘摇了!哈哈哈——

李广利:司马迁,你笑什么,你疯了吗?

司马迁:我只笑我大汉自汉祖高皇帝斩白蛇起事至今,百年基业,竟要毁于尔等之手!(指着群臣)你们将面对暴风骤雨!(指着天)风,来吧!雨,来吧!统统倾泻在这大汉朝的国土之上,洗净我们罪恶的灵魂吧!哈哈哈——(正义凛然地被两名士兵押下)大汉朝马上就要陷入风雨飘摇之中了……哈哈哈……(音乐十二停)

李广利:陛下,司马迁妖言惑众,不可轻饶——

音乐十三一直放完,与幕落音乐合并。

汉武帝:(闷哼一声)哼——他读书人不知深浅轻重,给他点教训也就算了。可你李广利乱我军心,折我士气,按律也是死罪吧!

李广利:(叩首)陛下,请给臣一个戴罪立功的机会吧!

汉武帝:(面露笑容)好啊!(突然板起脸,一字一顿地)朕要你不惜一切手段,哪怕是刺客,也要把李陵的脑袋(加重语气)给朕提回来,换你的脑袋!传朕的旨意,只要叛徒李陵胆敢踏入我大汉国土,就地正法者,赏千金,封万户侯!(灯渐灭)

李广利:陛下英明。

音乐起,第一幕终。

第二幕

  音乐一随幕起。大屏幕上显示了一个穹庐的画面，穹庐的金顶彰显着穹庐主人的高贵。穹庐外是一望无际的草原，不时传来几声马嘶声和马蹄的嗒嗒声。一群白羊远远地站着，像是点缀在绿色地毯上的白花。灯渐明，渐现出了穹庐中的布景。一张羊皮地毯安静地躺在地上，一座小小的几子上布置了两壶马奶酒。地毯左侧是一座兵器架，悬着两柄马刀。地毯右侧悬着一张布帘，做成帐门的模样。地毯上站立着一位大汉和一位少女。那大汉身着灰色旧布袍，已微有破烂。身材魁伟，四十来岁年纪，一张四方国字脸，上镶一双炯炯有神的眼睛。他的眼睛总是在释放一种力量，是一种让人不可亵渎的坚毅。

少女：(走近大汉，报以一个灵动可爱的笑)将军，你的袍子破了，玉儿来帮您缝吧！(音乐一停)

  观众这时才看清了玉儿的形貌。她身着一身汉装，虽然并不华丽，但仍十分得体。她身材高挑，一头秀发似瀑布般倾泻而下。一副俏脸生得玲珑俊秀，清逸无比，美丽中央带着几分可爱与纯洁。在那个以瘦为美的年代，她显然是时代的美人。

大汉：(摆手)不——这是我李陵唯一的一件大汉的袍子，我穿着它，心里舒服。

玉儿：(瞪大了眼睛，率真地望着李陵)将军，你的心，你的心永远是向着汉朝吗？

李陵：(豪气陡生胸臆)大汉是我的故乡，是我李陵的家——我李陵就算粉身碎骨，也报答不了家的养育之情啊！这些事，和你这小丫头说了你也不懂。

玉儿：(一撅嘴，假装生气的样子)谁说我不懂？我都十九岁了，(叹了口气)都老啦——

李陵：(微微一笑)你要是算老，我和你三位叔叔岂不是连牙都掉光啦。(忽然想起什么，面色转为凝重)

玉儿：(对他的心事浑然不觉)我还没有长大就已经老啦！(发现李陵凝

重的神情)将军,来到匈奴,你是不是很后悔?

李陵:(无言,摇了摇头,过了几秒,长叹一声)玉儿,你可知我为何投降匈奴?

玉儿:我们被包围了七天,已经打到山穷水尽,真的为大汉朝尽忠了。

李陵:(摇了摇头,无奈)不——不!(渐变慷慨)一名将军的最高荣誉,莫过于捐躯疆场,就是死也不能跪着,哪像我……大汉朝还没有出过投降的将军!(玉儿现出十分诧异的颜色,不明所以。)

李陵:玉儿,你随我已有五年了吧。(玉儿点头)五年之中,我一直把你当我李陵的亲生女儿看待。(玉儿的脸上掠过一丝奇异的颜色)我想问你,在你心中,我是个什么样的人?

玉儿:那还用说,一个顶天立地的男子汉!

李陵:可男子汉如今也苟且偷生啊!你还是不懂我,你还是那个在虎口下挣扎求生的小姑娘。(望着玉儿,苦笑着)投降匈奴,我有我的想法(音乐二,马蹄音效)——(正要说出口,传来一阵急促的马蹄声,马蹄声倏忽而至,有人来了。李陵忙收住口,一名匈奴武士此时上场,他腰悬马刀,背负箭囊,甚是英武。他推开帐门,快步走到李陵面前,躬身弯腰,掌向内心,用特有的匈奴人的礼节敬礼)

匈奴武士:(面带喜色)李将军,单于和公主有请将军前往祭台,观看我们匈奴人的祭祀大典。

玉儿听到了公主,情绪陡变。

李陵:祭祀大典?

匈奴武士:是的,匈奴人每年都要举行一次祭祀大典,由我们的萨满法师主持,祈祷来年牧草长得旺,马儿养得肥,才能杀更多的汉人,打更多的胜仗——(音乐三起,大致一遍即停)

李陵:杀更多的汉人——今天你杀我,明天我杀你,除了杀还是杀,难道汉人和匈奴人,注定要互相残杀吗?

玉儿好像突然想到了什么,一句"萨满法师"脱口而出,迅即又安静下来。

匈奴武士:(惊喜地)姑娘年纪轻轻,也曾听说过我们大匈奴的萨满法师吗?

玉儿:(嫣然一笑)当然听说过,只不过……

匈奴武士:(自豪地)萨满法师他老人家简直就是昆仑神转世——(神往地)他法力无边啊!

李陵、玉儿:(齐问)法力无边?

李陵:此话怎讲,难道这世上真有世外之高人?

匈奴武士:是的。我们大匈奴这几年牧草丰盛,兵强马壮,就是倚仗他老人家施法。(玉儿用手掩嘴止住笑)更奇的是,他老人家会使一种法术(音效四起),能让一个活蹦乱跳的人片刻之间昏睡,然后若问他心中所想之事,那昏睡之人便会毫不隐瞒地全部说出来!(音效四停)

李陵:原来如此,倒也不可小视。

玉儿:(不禁"啊"了一声,一吐舌头)天哪!世上竟还有这么奇怪的事!

李陵:(喃喃自语)催——眠——术!

玉儿:什么催眠术?

李陵:这是战国时魏国隐士唐雎创制的一种奇术,早已失传,不想天下之大,竟有匈奴人会使这门奇术。(回头对玉儿)玉儿,我看这萨满法师来历不明,我们若遇见他,切记多加小心。

玉儿:(点点头)嗯,他要是敢欺负玉儿,就让将军替玉儿报仇!

匈奴武士:(忙制止,摆手)唉,不可胡言乱语,昆仑神知道了要降罪的。(说罢对着李陵)李将军我们公主托我给你带一句话,说让李将军务必要来。(玉儿听罢不高兴地转过身去,又一次向二人行礼)远方的朋友,苍鹰总要飞过雪山,骏马总要驰过草原,欢迎你们来到大匈奴,我们大单于恭候您的到来。

李陵:(抱拳还礼)后会有期。(回望一下玉儿,希望她也能还礼,不想她却假装没看见,佯装看屋顶并不还礼。匈奴武士转身出帐门)

玉儿:(不平地)把那个破法师夸得神乎其神,肯定是吹牛!还有那个什么公主,第一次见面感觉她还挺知书达理,没想到,哼!

李陵:(若有所思地)恐怕——这人大有来头!

玉儿:(不屑地)就算再有来头,将军一把连珠箭射过去,他萨满法师也早就变成"刺儿满法师"啦!

李陵:(又好气又好笑)鬼丫头,这样刁蛮任性,不知将来怎么嫁人!

玉儿:(脸唰一下红了,仿佛被击了一下,好大的不自在,与刚才那个率真,可爱而又略带刁蛮的鬼丫头大相径庭,忸怩道)不,不,玉儿才不——不嫁人!

李陵:(深感奇怪)这倒奇了!(好像想起点什么)噢,对了,你才十九,还小,等过得几年——

玉儿:(不耐烦地打断)算了!玉儿,玉儿一辈子不嫁!(脸变为深红)

李陵:(大为不解)为什么?

玉儿:(脸色由深红变为暗红)玉儿,玉儿要一辈子做将军的侍女,侍候将军——

李陵:玉儿,承蒙你看得起我李陵,我不知说什么才好。可是你知道,我已经四十一岁了,不知在这世上还有几度春秋。(与玉儿对视)我怎么忍心因为我而浪费你的青春?再说,李陵一直把你当成亲生女儿,天下哪有,哪有父亲不希望自己的女儿找到一个好归宿——

玉儿:将军,咱不说这个了,行吗?

李陵:玉儿,你说在你心中我是个顶天立地的男子汉。但我今天要告诉你,我曾经做了一件令我一生都深感愧疚的事情。我,我从来没对你说过,不,我从来都没跟任何人说过,我甚至从来不敢去想,不敢去面对……

玉儿:将军,我知道你投降匈奴,一定有你的理由。

李陵:不,不是这件事。(前走几步,从脑海中翻忆往事)那是十八年前的故事了……

玉儿:(嘴角露出一丝浅浅的笑)我最喜欢听故事了!(音乐三起)

李陵:当年我还是一个二十出头的青年,正是血气方刚的时候,(看看玉儿,见她凝神静听)那年汉匈漠北大战,我随骠骑大将军霍去病北伐匈奴,当时我任副先锋,(好像回到那个意气风发的时代)我们大汉铁骑一路得胜,正要直捣匈奴单于大帐的时候,发生一件大事——(音乐三停)

玉儿:(不禁一凛)大事?

李陵:(点点头)匈奴内部发生了兵变——

玉儿：(震惊)兵变？

李陵：对，匈奴国手握重兵的浑邪王、休屠王不想再与汉军打仗了，率领手下十万军民归降我大汉。这是我们万万没有想到的——

玉儿：是啊，他们是匈奴国位高权重的大王，竟然——

李陵：(音乐四起)大将军霍去病起初热情地接受了他们，唉，可是，在一个黑夜，(转头看玉儿)骠骑大将军突然给我和正印先锋下了一道密令，(仰天长叹)可惜一万人的命——

玉儿：(不禁"啊"了一声)什么，一万人的生命？

李陵：我们奉命诛杀了浑邪王、休屠王全家以及他们所有的卫队……

玉儿：(现出十分惊惧的神色)一万人？都……死了？

李陵：死了，都死了，匈奴人毫无防备……

玉儿：为——为什么？难道就因为他们曾经是匈奴人，难道就因为怀疑他们的诚意？

李陵：不。直到后来，我们才发现——(涨得满脸通红)杀错了人。(音乐四终)

玉儿：借刀杀人？

李陵：不错，我们当时杀了浑邪王后，发现他已经怀孕的妻子和一个襁褓中的婴儿，原来那婴儿的脖颈上挂着一个长寿锁，上面写着"汉匈永和"四个字，我们这才知道真相，(含着无尽的悔恨)原来，浑邪、修屠二王并无二心，一片赤诚为了汉匈之间的和平，两国的百姓——

玉儿：(一个没站稳，险些跌倒)是他杀的。没错，是他杀的，这是真的——

李陵：(喟然长叹)李陵大错既成，就是死上千次万次，也洗不清这一身的罪恶——(极度地悔恨)十八年了，我不知多少次在梦中回到那个鲜血染红的夜晚，上万无辜的生灵啊，就这样……(悔恨地低下头去，几秒后抬头望着玉儿)

玉儿：(仿佛被听到的一切惊呆了，只是摇头)不是的——不是的！

李陵：(叹道)我和正印先锋总算没有完全丧失自己的良心。我们留下了那个婴儿和那个怀孕的王妃的命。那个婴儿若是还在人世的话，也该像你这么大了……

玉儿：(似是自语)真的希望他还在人世，或许能洗清一丝你们的罪恶。可是(抬头目视李陵)，我有一点不明白，为什么，为什么你们会误杀了一万多人，你们为什么不相信他们的诚意？

　　此时渲染气氛的音乐起。

李陵：(音乐五起)这件事奇怪至极，这些年来我百思不得其解，霍去病为什么突然改变主意，认为他们是诈降，一直是个谜。我只是听说，有一个士兵报讯，说是匈奴的浑邪、休屠二王要用诈降计，骠骑大将军误信了他的话，就——(音乐五停)

玉儿：(自言自语)报信的士兵——

李陵：当骠骑大将军得知真相后，也悔恨不已，不久就去世了，我想大将军霍去病英年早逝，大半是自觉罪孽深重，郁郁寡欢……

玉儿：如果真是这样的话，一切都应该是那个报信的士兵。(忽然想起了什么)那个当年的正印先锋官是谁？

李陵：他就是——(正在此时，随着一阵悠扬的笛声，音乐六起，那笛声显然是由远及近地飘飞过来，好像携带无穷的英气，昂扬地面对一切似的。声音忽而转了，由一条潺潺而流的小溪幻化成一条奔腾恣肆的江河，江河咆哮着，巨浪仿佛伸一伸手就触到了天。正当水天即将相接之际，朦胧的月光射将下来，安抚这滔天壮阔的一幕。水平静了，天平静了，一切都平静了，一切好像混沌初开的时候，浅浅地蛰伏着)

　　李陵和玉儿显然被刚才的笛声俘虏了，倏忽从一个迷乱悲哀的世界中省悟过来，他们不愿面对笛声消逝的现实，他们等待着。后方灯暗。

　　一个年轻昂扬而又优美的声音歌曰：

　　浴兰汤兮沐芳

　　华采衣兮若英

　　灵连蜷兮既留

　　烂昭昭兮未央

　　声音逐渐变近，显而歌者已来到穹庐附近。一位青衫少年走上舞台追光，行至帐门外。这少年约莫十七八岁年纪，散露着一股天生的强悍。头戴儒巾，腰悬长剑，刚猛中透着一脉书生意气。眉目不算清秀，但写满了纯真与可爱,显是涉世未深。只是独闯大漠的勇气,淡淡在眉宇中现露,似在彰显着这是位少年英侠。

玉儿:好一首《九歌》的《云中君》!好悠扬的笛声!

李陵:(朗声)门外的朋友,进帐饮一杯马奶酒如何?

少年:(掀帷而入,飘逸轻然)归去兮,归来兮。(说着径自走到几旁,旁若无人地抄起马奶酒壶大饮,甚是香甜)

李陵微微觉得他的话似有所指,一时却不知何意,只是微微点了点头。玉儿似明白他语中之意,但对这个进来就自己喝酒,比她还小上一两岁的少年的来路,却甚是迷惑,由是便试这少年。

玉儿:(追光,模仿那少年)何所悲?去何所弃?胡不归兮?胡不去兮?

少年:(一怔,壶嘴一下停滞半空,瞬即便道)青衫磊落兮险峰独伫,玉璧月华兮枯荣仓促。

玉儿:(知他自况,随口答道)黄沙漫漫兮不尽荒芜,少年翩翩兮凌云而呼。(音乐六渐停)

李陵:(骄傲的神色望着玉儿,不禁拍手叫好)好!

少年:(立即放下酒壶,拱手抱拳)姑娘才思敏捷,竟将在下的心事洞悉得如此清晰,(单膝拜倒)姑娘在上,请受在下一拜(低头下拜)。

玉儿:少侠不必多礼,刚才只是随口说说,解得不当的,还请少侠见谅。
(忽见那少年竟抬头直视自己,不禁脸红。她也不禁直视了那少年的脸,一时之间竟无措地忘了下句)

李陵:(见他二人对视,颇感奇怪,闷哼一声)嗯。

玉儿:(急忙定神,心下怨恨这少年无理,语气中便加了几分强硬)少侠不见谅也就罢了(生气地转身)怎地盯着人家不放……

少年:(忙摆手)不,不,在下怎敢生姑娘的气?在下只是觉得姑娘好像在下的一个亲人。

玉儿:(小心地)真的吗?

少年:(目光在她身上定住似的不游离,点点头)嗯——

玉儿:(追光灭,灯大亮)尽顾着说话忘了介绍,(指着李陵)这是我主人。

少年:(抱拳行礼)适才小子无理,请伯伯恕我无知之罪。

李陵:玉儿,去取壶好酒来。少侠不必多礼,你年纪轻轻,一人来到这荒漠草原,却是为何?

少年:不瞒伯伯,小子从来放荡不羁,不好那锦衣玉食,平生最喜欢仗着一壶酒一把剑行走天下,不过这次来到草原,却是为了找一个人——

李陵、玉儿:(齐问)谁?

少年:李——陵——!

李陵:(哈哈一笑)真是无巧不成书,少侠要找的李陵——正是在下。(音乐七起)

少年:(不敢相信,看了一眼玉儿)什么,你就是李陵?

李陵:(点头)正是。(音乐七停)

少年:那休怪我不客气了。(哐啷拔出长剑,抵在李陵胸口,音乐八起)

李陵:(仍保持镇静)你是谁?不知和李某人结了什么仇怨?

少年:(气愤地)哼,死到临头就让你死个明白!我告诉你,贰师将军李广利的儿子,李——天——玄!!!

李陵:(心好像被什么东西刺了一下,勾起了什么回忆)李广利的儿子,你父亲和我同朝为将,何故以此相逼?

李天玄:(剑指李陵胸口,李陵随时都有可能被穿个透心凉)哼!你这个叛徒!卑鄙无耻,叛国投敌,害得我父亲因此遭受牵连,还有脸说同朝为将?皇上有旨,要拿不到你的人头,我父亲就会人头落地……

李陵:(长叹一声)天意!真是天意!(正视着李天玄)李陵不能再承担更多的罪恶……(音乐八落)

李天玄:少废话,看剑。(此时玉儿已经走出,追光打给玉儿)

玉儿:住手!(手中的盘子掉落,同时快走来扶李陵,李天玄因为注意到玉儿,剑刺偏半分,当玉儿跑到台前时追光灭)

李天玄:(斩钉截铁地)你不要过来,我不想伤及无辜。

玉儿:把剑放下(愤怒)!

李天玄:(不能拒绝她的声音,又不敢直视她的眼神,只是摇头怒吼)不……我要为大汉朝杀了这个叛徒!

玉儿:你要杀就先杀了我吧!(玉儿从半蹲向前用膝盖跨一步,抓住剑,这一举动硬是让李天玄踉跄了下,剑也握得松了少许。天玄的手在颤

抖,牙关咬得咯咯响,在那一刻,他莫名地被一种似亲情而又非亲情的东西击中了)

李天玄:你——你!

玉儿:(把刀扔了,快步搀扶李陵,温柔关切地)将军,你,你——(眼睛竟闪烁着泪花)

李陵:(感动地)傻玉儿,你这又是何苦?(李天玄默然不语,愤怒地望着李陵,张口意欲说些什么,又止住)

　　追光打给玉儿和天玄,李陵处灯光暗淡。

李天玄:(对他的话似乎没听见,态度转向温柔)姑娘,我不知道我为什么会住手,我第一眼看到你,就觉得似曾相识,虽然我根本不知她的模样。(玉儿点头,脸微红,天玄低头看那个物什转过身来)这个东西,它一直跟着我,现在我要把它送给你,我走了。

玉儿:(不看则已,一看大惊,大喊)别走!

李天玄:(缓缓回头)怎么?

玉儿:(疑惑地)这个东西是你的?(说着早已把这个物什攥在手中,似是害怕别人看见)

李天玄:(微微一笑)我与姑娘一见如故,怎敢出言相欺?

玉儿:(好像霍然明白了什么)那你现在要去哪儿?

李天玄:行走大漠——(英气逼人,体现李天玄是一个单纯有道义的人)

李天玄:(又狠狠地)李陵,下次若再撞到我手里,我一定会取你性命。

玉儿:(走到天玄跟前)你,你走吧!(说着眼圈一红,忙低下头,怕人看见)

李天玄:(脸上绽放出释然的笑容)哈哈哈,(拾起地上的剑,转身走出)归何所悲,去何所弃,胡不归兮,胡不去兮——哈哈!(在穹庐外背对穹庐,停住稍稍面向观众)李陵,我们还会再见面的!(下场,追光灭,灯大亮)

李陵:想不到这少年竟是李广利的儿子,玉儿,你怎么了?

玉儿:没没,将军咱们赶快前往祭台,看看那萨满法师搞什么鬼?

李陵:嗯。不过玉儿,咱们一定要多加小心,萨满法师和匈奴单于都在祭台,他们都不是泛泛之辈啊!

此时模拟风沙声响起,渐大。

玉儿:(低声自语)也许,风暴就要来了罢——

李陵:玉儿,咱们走!天上就是下刀子,也挡不住咱们的脚步!(灯渐灭)

李陵和玉儿走出帐门,下场,拟音拟马嘶声,马蹄声渐渐远去。

第三幕

幕起。萨满法师祭祀舞。音乐一。灯光昏暗。

屏幕上显现了一个宽敞的祭台。灯光全无。漆黑中传来一个粗犷豪放的声音:"哈哈,好啊,有了昆仑神的庇佑,大匈奴来年就能在长安城牧马啦。哈哈哈……来来来,李将军,今日我们就在这祭台之上一醉方休!来……"

灯大亮,大宴场景。正中长几旁坐着一男一女,男的身着虎皮,腰悬马刀,背负箭囊,两鬓长发垂悬。这汉子四十多岁年纪,身躯粗壮,煞为彪悍,一双眼睛炯炯有神,威严无比,又放射着一种仇恨。在他身边是一位典型的草原美人,二十来岁年纪,身材匀称。一头秀发殊为好看。秀目灵动,飘逸着草原姑娘的狂野,又带着几分忧郁。与玉儿相比,可谓美得各有千秋,却又殊途同归。左边长几旁的男子头戴恶鬼面具,手执长剑,面具甚是狰狞,正是萨满法师。右边的是李陵和玉儿。桌上食品若干。

单于:(端起酒杯,李陵则不情愿地缓缓举杯)祝愿我大匈奴草原上的牧草,像小马儿一样高!为了这一天,干杯!

众人皆饮,复斟满。李陵却似心事重重,颇为不畅。

单于:今天趁着祭祀大典的好日子,大单于要为他的女儿找一座大山依靠了……

公主:(飞霞扑面,忙给单于敬酒,以塞其言)父亲,你,你怎么这般着急?

单于:(一愣,哈哈一笑,看了李陵一眼,将酒饮进)大匈奴的公主也会害羞?哈哈!

李陵极不自然,而玉儿更像被击了一样,浑身一颤。

单于:(端起酒杯敬法师)多亏法师神机妙算。要不,这李将军和丹阳三剑,怎会来到我大匈奴?哈哈。

李陵:(一听丹阳三剑,忽然立起)丹阳三剑和他们门下的五百弟子,现在何处?(音乐跳动一下)

单于:李将军,咱们今天只喝酒。来,坐,喝干你的酒……

李陵双目似喷火,拳头紧攥,却不落座。

李陵:大法师,刚才听说你的神机妙算才使我们被俘……在下正苦思不得其解。(音乐起,烘托紧张气氛,音乐二起)我五千步兵在浚稷山为李广利筹办粮草,此事绝密。你们匈奴人如何得知?是法师法力无边,还是这世上当真有鬼?(音乐二终)

玉儿:(不慎将酒杯掉在地上,慌忙拾起)……我怕鬼!

单于:当然是法师法力无边了。他有通神之能,算出了你们的位置。

李陵:(冷笑,显是不信)好一个法力无边!

玉儿:大法师,听说你还会催眠术。那就让我这凡夫俗子见见你这神人的尊容,如何?你那面具,是不是可以摘了?

单于:不可,将军有所不知,法师是我们大匈奴的昆仑神转世,我们匈奴人是不能见昆仑神的真面目的!将军请勿见怪!(公主亦点头)

玉儿:堂堂匈奴法师,竟然如此见不得人,岂不令人笑掉了大牙?

李陵:玉儿,休得胡言!哼,你匈奴的十一万骑兵,不敢向李广利的十万骑兵下手,竟然倚仗这神机妙算的法师对我五千步兵耀武扬威——原来号称彪悍无双的匈奴人,竟也是以多欺少的懦夫!

单于:(面沉似水)李将军——

玉儿:原来大单于的十一万骑兵偏爱味美的肥肉不吃,专门来啃骨头?

单于:肉虽味美,却不耐嚼,骨头虽硬,嚼起来痛快!

玉儿:(微笑着)我说呢,原来是大单于有此雅兴,难怪难怪!

单于:难怪什么?

玉儿:难怪匈奴人都铜牙铁齿,原来都是啃骨头啃出来的啊!

单于:好厉害的小姑娘,话里面是句句带刺儿啊。

颖君公主:这位伶牙俐齿的小姑娘,敢问是李将军的什么人啊?

李陵:她是我的——

玉儿:我伺候将军五年,跟随将军一起从大汉来到匈奴……

颖君公主:哦?是么?我怎么觉得这张漂亮的脸蛋这么熟悉?我好像在

哪儿见过……不对,我见过你!

玉儿:(脸上掠过一丝惶恐神色,转瞬就逝去了)你说什么?

单于:(打断)颖君,你说什么呢?

颖君公主:父亲,我敢保证,我曾经见过这位姑娘!

单于:胡说!这位姑娘刚刚从汉朝来到匈奴不久,你寸步不离王庭,怎能见过她啊?李将军见笑了,我们的颖君公主今日得觅将军这样的人才做伴,心情激动,一时口无遮拦,胡说八道,看来是缺乏管教了。(说这话时却朝向玉儿,玉儿不敢和他目光相接)

李陵:大单于言重了,可是我还是想知道,你为什么要对浚积山用兵?

单于:(音乐三起)话得从十八年前说起。十八年前的漠北大战,那是我们大匈奴的耻辱啊!(声音一落,显是回忆到痛处)当年你们汉朝的卫青和霍去病,在我草原上纵横驰骋,当真是所向披靡。我大匈奴遭受重创,大片草原丧失,大批的战士把他们的灵魂交给了昆仑神。而最令人痛心的,就是堂堂的浑邪王、休屠王竟然率领十万军民投降霍去病……(渐变气愤)还鼓吹什么"汉匈永和"。(玉儿一惊)叛徒!!从那时起,我们匈奴历任单于都以要为大匈奴雪此耻辱为己任。我们都要对着昆仑神发誓,要让长安城变成大匈奴的牧场。(此时公主一惊,偷看李陵一眼,露出关切的神色)我们的马刀只会沾满汉人的鲜血,我们的弓箭只会射穿汉人的心脏,而不会杀一个匈奴人——若违此誓,必会遭到昆仑神的惩罚。(音乐三终)

李陵:漠北大战匈奴大败,因而你们立下这样的誓言?

单于:(点点头)不错!(站起身踱步)我们匈奴人苦苦寻找败给汉朝的原因,终于真相大白了!(音乐起,烘托气氛)

李陵:为何?

单于:(指着李陵)武林,你们中原武林!

李陵:你是说……

单于:不错,匈奴人在马背上长大,擅长骑射,武艺本非他们所长。而汉人士兵骑射虽不如我军,武艺却是上佳。就是这些可恶的中原武人!

李陵:(站立)所以你探听到中原武林豪杰丹阳三剑和门下五百勇士在我军中,便不惜一切代价要把我们一网打尽!

单于:李将军不愧为大汉朝的一员虎将!(回头对公主)女儿啊,你的眼光不错……(公主脸一红,低下了头)

李陵:(前台亮后台暗区,大怒)可你知不知道,丹阳三剑是我李陵的结义兄弟,我与其门下五百弟子更是情若父子——你这样做,岂不太卑劣!

单于:(正色)李将军,自古两国交战,成王败寇,手段无所不用其极!三十年前,你大汉朝御史大夫韩安国在马邑伏击我匈奴大军,又何尝不是卑劣的手段!(音乐四起)

李陵:(一时语塞,手指单于,愤慨几欲激射指尖)你!(音乐四停)

单于:我看你李将军是个将才,大汉朝再也找不到第二个,因此我才留着你们的脑袋。丹阳三剑和那五百勇士,我一根毫毛也没动。倘若你李将军能够出山,说服他们,将他们一身绝技传授给我匈奴的骑兵……

李陵:(愤怒地打断)休想!(一字一顿地)绝——无——可——能!

玉儿:(得到匈奴单于的眼色)将军,其实,大单于的话并非不可以考虑……反正我们现在既然已经来到了匈奴,还不如——

李陵:胡说,国家大事你懂什么?我李陵虽然一介武夫,名节不在,但也终归是大汉朝的子民,我不能帮着匈奴人杀汉人,绝对不能!

单于:李将军,识时务者为俊杰!你现在是阶下之囚,若你肯卖命,(指着公主)我女儿颖君公主,草原第一美人,就是你的!我现在就可以封你做征南大将军,待时机成熟,我要你挥铁骑南下,踏平长安,你,就是一人之下万人之上的长——安——王!

李陵:(雷霆般的怒吼)够了!

颖君公主:李将军——

李陵:住口!(突然看见公主正用期待的眼神看着他,她很美,他心一动,但却想到了什么)公主,对不起!

　　公主写满双眼的希望登时化为乌有,她眸子一闪,几滴豆大的泪珠不争气地跌落下来。玉儿的脸上却散却了一丝乌云,露出欣慰的阳光。

单于:(音乐五起)你说什么?(疾步走到李陵跟前)你想当忠臣是不是?忠臣……忠臣,可笑啊可笑,哼(哂笑)!汉朝皇帝悬赏拿你的人头你知不知道？忠臣？在他们眼里你早就是背家叛国的叛徒！（手指李陵）叛——徒！你现在哪里有国？哪里有家？（指着玉儿）这个小丫头难道就是你的家？在草原上光秃秃的牧场难道就是你的家？汉朝的皇帝早就把你全家族诛啦！（音乐五落）

　　李陵听到这个消息不亚于五雷轰顶，尽管他曾经预感到。他最不愿听到的事情发生了，他只能用他近乎固执的坚强忍受着，矗立着，扼杀着早已悬在眼眶的泪水。（音乐六音效，注意时间短）

李陵：你，你胡说！我李陵一人做事一人当，和我的家人何干？你胡说，皇上不会为难我家人的……你想逼我为你效力，就编造这等噩耗诳我！

单于：（冷笑）你可以不信，你可以还固执地效忠你英明的皇上，我甚至现在都可以给你一匹马让你离开匈奴归大汉，可是我提醒你，汉朝通缉你的文书马上就要送到边关了，你回去不但是个死，而且会死得很惨，死得不清不楚不明不白。（见自己的心理攻势见效，乘胜追击）你也可以活着，像个男子汉像个英雄，像草原上的雄鹰和骏马，活得顶天立地，（指着公主）就看你愿不愿意了……

李陵：等等……（玉儿不禁"啊"了一声）

单于：英雄难过美人关，这话一点不假！怎么样，李将军，想通了。

李陵：我若答应，单于必须答应我一个条件！

单于：条件？

李陵：先把丹阳三剑和五百勇士尽数放回大汉朝……我就留在匈奴，当驸马！

公主：（站起来）父亲，我不要嫁给他！我——不要！（她的秀目已是泪花微闪）

单于：为什么？不是你自己要……

公主：（坚硬了自己的心）不，不要！他，他不会爱我的……

单于：（逼使李陵）是不是？！

　　李陵点头。

单于：（仰天大笑）哈哈哈，大英雄，大英雄——你会后悔的。哈哈哈！

　　玉儿露出欣慰的笑。

单于：(向萨满法师使个眼色，萨满法师会意地点头，而李陵和玉儿却似乎没有发觉)罢了，李将军，我也是一国之主，我不会强迫你做你实在不愿做的事情，既然如此，(面对公主)继续喝酒，女儿，给大法师和李将军倒酒！(露出不可抗拒地威严)

　　公主眼里潮红，她已无力再去抵抗什么，表情呆滞，端着酒壶走到法师面前，为其添酒，然而心不在焉地将酒溢出酒杯。

单于：(突然喝住公主)颖君，你怎么了，还不赶快给李将军倒酒！

　　公主猛然听到父亲一喝，意识到自己的失态，于是将酒壶放在法师面前的几上，并蹲下擦干几台，法师突然迅捷无伦地掀开壶盖，转了一下壶嘴，又同样迅捷无伦地盖好。一切做得雁过无痕。公主转身拿起酒壶，失魂落魄地走到李陵的长几前，手却再也提不起来，闷闷地把壶按在桌上。

李陵：(起身作揖)公主，李陵愧不敢当，酒，还是我自己来……

　　公主回到座位，侧头发呆。李陵坐下，拿起酒壶给自己和玉儿各斟了一杯酒，二人相视，一饮而尽。

单于：(回到座位)李将军，我今天就告诉你，丹阳三剑和那五百勇士，都被我关在……(停顿)魔——沙——堡！

李陵：(闻言立起假装不知道)那是什么地方？

单于：我们的大法师在大漠沙丘最奇特诡异的地方，苦心构建这魔沙堡，专门关押汉人战俘……

李陵：难道就是我们大汉军中所传那有进无回的魔鬼城？

单于：哈哈哈，不错，这魔沙堡每日飞沙走石遮天蔽日，若是不熟悉地理风土的外人在那里待不多久便会遭狂风巨沙吞噬，何况我派重兵把守。哈哈哈！插翅也难飞啊——

李陵：你！(气愤之极，拔剑欲拼命)呃……(突然感到一阵眩晕，仿佛天地转了一个圈，浑身散作空气般无力，忙用剑撑地，却缓缓地滑倒)

玉儿：(见奇变陡生，赶忙相扶李陵)将军！(突然自己也感到异常的眩晕，瘫倒在李陵身边)酒里有毒！

公主：(见状奔到李陵身边，焦切自责之情溢于她秀美的面庞)李将军，你……我……不是我……我不是……(李陵想说话却说不出，只是张着嘴，眼瞪着单于，公主也由他的目光转至单于身上)父亲，这……这是怎么回事？

单于：(哈哈大笑)李陵啊李陵，你瞒得过旁人，难道还瞒得过我？你想假投降，来救你部下的命。我敬你李将军是员虎将，否则怎能让你活到现在！

李陵：(在地上艰难地道)不错！我是诈降。倘若，倘若大单于放了他们，我……我李陵这条命……大单于尽管拿去！

单于：(不解的气愤)你怎么这么蠢！(指着李陵)你甘愿用你的命来救他们吗？(李陵吃力地点头，单于气愤至极)大法师，怎么你的酒也征服不了他！……

公主：(恍然大悟，指着大法师)大法师，是你！是你！是你在酒里下了毒！是你！

萨满法师无语。

单于：(喝道)颖君，你冷静点！李陵没有中毒！刚才他们喝了大法师的摄魂散，只是七日内全身无力，不得动弹罢了……

公主：(悬着的心落了下来)真的？

单于：大匈奴的单于说话从来一言九鼎，什么时候欺瞒过你？(又向倒在地上的李陵)李将军，你现在需要安静，你需要再考虑考虑我们之间的协定。(走到李陵身边，俯下身，低声)你放心，丹阳三剑那一帮人都被我关在魔沙堡的地宫中，外面的风沙再大，也奈何不到他们。可你李将军若继续执迷不悟……(站起身，向李陵身旁的玉儿狠狠地瞪了一眼，做了个斜向下砍的动作)哼！(气冲冲地归座)

公主：(向萨满法师)大昆仑神，请您怜悯一位伤心的姑娘，赐我解药吧……

萨满法师像往常一样，无语。

单于：(提高了声音)大匈奴的公主——难道，难道你要为了他(指李陵)背叛自己的祖国？背叛昆仑神吗？

公主：(瘫在地上)我，我不知道！我只是……

单于：没出息的家伙！看看我们大匈奴沦落到今天这步田地，全是拜他大汉朝所赐……我们要让他大汉朝血债血偿！(提刀欲杀李陵)

李陵吃力地吐出了微弱的气息但毫无惧色。

公主:(抱住单于的腿)为什么,为什么匈奴人和汉人不能成为朋友呢?
(眼神里流露着希望与渴求。李陵听得颇为神往,吃力地点了点头)
单于:(指着公主)你看你,现在哪里像一个大匈奴的公主?你——(音乐七起)

单于话音未落,马蹄声疾驰而至,匈奴一士兵高呼"报——!"单于停语,士兵上。

单于:什么事如此慌张?
士兵:(呼呼喘气)报大单于,魔——魔沙堡出事了!(紧张的音乐大起,闻听此言,萨满法师一激灵站起。众人均感惊讶)
单于:(极度震惊而引发怀疑)什么?你,你没有弄错?
士兵:属下刚刚从魔沙堡赶来。一个身背长剑的青衫少年,闯,闯进了魔沙堡,好像要救人,属下们没有拦住他……
单于:(大怒)都是饭桶!你们比草原上的笨牛还要没用!大法师,竟然有个不怕死的毛小子敢闯入你的禁地,哼,咱们把他送回老家喝奶!("哐"一声拔出马刀)出发!(音乐七停)

李陵玉儿相视,口中都艰难地说出两个字——"是他!"而玉儿的俏脸上突然现出痛苦的神色,似是心痛。

单于:(没注意到两人)颖君,你留在这儿,哪儿也不许去!(对一名卫士)把公主和那两个人照顾好——别让他们走下祭台一步!
卫士:是。(下场)
单于:大法师,我们走!

单于,萨满法师,士兵一起下场。

公主:(仿佛听到喊杀声和兵器撞击之声,自语)不能再打了,不能再打了!必须阻止他们……(迅速起身翻桌大找什么东西,口中喃喃)解药……解药……
玉儿:(艰难伸手招呼她,她修长的身躯在地上蠕动)公主!

公主正在苦寻不到,听见她微弱的呼喊,忙来到她身旁。

玉儿:壶,壶里有夹层,解药,解药在……里面。

李陵和公主大喜,公主照玉儿的话,果然找到了。分层壶嘴可动,转一下壶嘴,将其凑到玉儿嘴边,玉儿轻轻嘬了一口,示意给李陵。公主脸一红,虽不情愿,但还是将解药送入李陵口中,却侧过脸去不看李陵。李陵服了解药,顿时觉得神清气爽,力气也渐渐有了。他扶起玉儿。公主处在追光中。

李陵:公主大恩,李陵没齿难忘。(李陵和玉儿起身,追光中)

公主:(脸又红了)不用谢我,我只是不想看到匈奴人和汉人再相互残杀。(李陵看着玉儿,玉儿俏脸绽开了如花的笑容)李将军,你们赶快到魔沙堡去吧!一定要阻止他们。如果不成,那你们就……(低头,落泪)就远走高飞,回你们的大汉去。再也不要回来!(看见二人僵立不动,急切)快呀!快走!别,别等我改变主意!

李陵:(大为感动)公主!你私放重犯,大单于不会放过你的,你跟我们走吧!

公主:(心中一动,马上变色)不行!你们快走,祭台下的卫士有我来对付,他毕竟是我父亲,不会拿我怎么样的,等他回来他会杀了你们!

玉儿:要死一起死,要走一起走!

公主:傻妹妹,姐姐是大匈奴的公主,姐姐已经背叛了自己的父亲,不,不能再背叛自己的国家。你,你们快走,再晚就来不及了……

李陵:(单膝跪倒)公主大仁大义,李陵适才多有冒犯,公主恕罪。告辞了!(和玉儿转身将行)

公主:等等!(对玉儿)妹妹,你过来,我有话要对你说。我虽然不知道你的名字,但我知道你是谁……

玉儿:我,我,我不是……

公主:好好照顾李将军,他是个好人……

李陵:(向公主抱拳)公主,后会有期。(转身)走!(李陵追光灭)

　　三人齐下场。台下传来卫士的呼喊:"来人啊,李陵跑了……公主!"
　　音乐起,灯暗,第三幕终。音乐入,幕落。

第四幕

　　音乐一起。展现在观众面前的大屏幕上是一望无际的沙海,舞台澄黄澄黄颜色的,散发着夺人魂魄的广阔与张狂。李陵搀扶玉儿艰难前行,显是他们在和沙漠搏斗着,在和死神搏斗着。拟音拟风沙声。风沙大起,刻骨的风挟天惊地破之势,仿佛要把一切都带走,把一切都征服。

玉儿:(步履蹒跚)李将军,到……到魔沙堡还……还有多远?

李陵:(指着前方)翻过前面这道沙丘,应该就到了。

玉儿:(仿佛每往前挪一步,浑身便要褪下一层皮)我,我不行了,李将军,你别,别管我,你走吧……(话语说到最后渐然无力,瘫倒于沙地)

李陵:玉儿,李陵怎么能够把你丢在这死亡之海,任你自生自灭?来(搀着玉儿),加把劲儿!

玉儿:我真的不行了,我们这么走,根本没有活路。

李陵:(躬下腰)上来,我背也要把你背走……

玉儿:我们会死的……

李陵:死也要死在一起!(忽然觉得说走了嘴,颇为尴尬)

风沙的声音越来越大,越来越张狂,肆虐着天地。这二人在这天地间,渺渺然如一粟。

玉儿:你,你对我太好!(话语中带着一种异常的感觉)我,我对你不起——倘若你有一天知道我做了对不起你的事,你会不会生我的气?

李陵:(心下不忍,微觉奇怪)傻丫头,你无论做了什么,我只依你便是,决不生你的气,这下你放心了?

玉儿:(憔悴的脸上绽放出花儿一般的笑,仿佛心中的一块大石倏然地落地,那张本就俏丽的脸战胜了憔悴,精神了许多,甜甜地)嗯,不许反悔。

李陵:(微微一笑)不悔不悔!(轻叹一声)你这丫头和几年前那个玉儿比,还是差不多……

玉儿:(回忆往事,显得甜美和幸福)是啊,五年前一个大英雄在一头猛虎的爪下救了一个小女孩,没想到——这个小女孩竟然给这位大英雄当了五年的侍女,并且,她……她(脸一红,便即停住)

李陵:(把玉儿放下)"大英雄"三字,我是不能承受,我现在投降匈奴,大汉朝的子民都在骂我,恨不得我早点死!(苦笑)哼哼,可谁又能体会到我内心的孤独?天下之大,竟也没有我李陵容身之地。可叹啊,可叹!也只有你了玉儿(长叹一声),李陵现在家破人亡,孑然一身,你随着我,不怕受罪?

玉儿:(坚定地)不怕!随你到天涯海角,也不怕!(音乐一停)

李陵:(被感动)好,好丫头,(想起了什么)不过玉儿,有件事我没想明白……(音乐二风暴声,却不停)

玉儿:什,什么事?

李陵:那日祭台大宴,你既然发现了萨满法师给酒做了手脚,你,你为何还要喝那杯酒?

玉儿:(脸一红)我,我以为那是毒酒……(看见李陵疑惑的眼神)我以为喝了就一了百了,和,和将军死在一起,这样就永远,永远陪着将军了!

李陵:(大为感动)傻丫头……(坚定地)好——今天咱们主仆二人就算一起葬身在这沙海之中,我李陵,也痛快!

　　正当时,一大声惊天彻地而来,在这风沙的咆哮声中,却丝毫淹没不住:"那好,就成全你们!"

李陵:(本能地拔剑护住玉儿)是谁?(音乐二风暴声停)

　　单于,萨满法师,若干卫兵上,两卫兵绑着一位容貌美丽的年轻女子,却是颖君公主。

　　(音乐起,烘托气氛,全剧的最高潮即将到来。音乐三起)

李陵:(冷冷地)玉儿,看来今天免不了一场恶战了。

玉儿:公主姐姐,你——

公主:(大叫)你们还站着干什么。还不快逃命!

单于:(气愤地打了公主一耳光)住口,你这个叛徒!你,大匈奴国的公主,竟然背叛了你的父亲,背叛了你的祖国!你……(作势又欲打)

公主:(凛然地)我并没有背叛我的祖国!我所做的一切都是为了祖国……

单于:(怒不可遏)你——(手掌却钉在半空,打不下去)

玉儿:住手——

　　单于等众人均一愣。

玉儿:解药是我发现的,跟公主姐姐无关!哼,你们用的九转空心壶,壶中用夹层把真酒、药酒与解药分开,又同装一壶,以防误饮。这雕虫小技,我早就看出来了。(李陵与单于皆惊讶地望着这位聪慧的少女)你们赶快放了她,别让她受委屈!

单于:(看着玉儿,忽然哈哈大笑)小鹰飞向蓝天却忘了养育它的母鹰,你这头小鹰……哼哼……(音乐三停)

李陵听得莫名其妙,而公主显然明白其中深意,玉儿闻言忽然却十分害怕,异样的害怕。

这时一个沧桑的声音突然破空而出:"小丫头聪慧美貌,比那个小郎君可招人喜欢多了。"众人见这说话之人竟是——萨满法师!

公主:你终于说话了。

玉儿:(看着他凶恶的面具,心中有说不出的害怕,但却大着胆子)大法师,你们把他怎么样了?

单于:谁?

玉儿:(生怕听到答案,但又必须听)那个青衫少年,你们把他怎么样了?

单于:(一听此人气往上冲)哼,那个毛头小子,早就被风沙给吞啦!

玉儿:(一个没站稳,险些摔倒,多亏李陵相扶。喃喃地)天哪——

单于:这小子倒是有胆有识,只身一人敢闯魔沙堡,而且还把丹阳三剑他们全从地宫放出来了。这小子让丹阳三剑连同其弟子杀出重围,留他一人断后,(大拇指一翘)有匈奴人的骨气!

李陵:是天玄,是李天玄!

玉儿:(点点头,强忍悲痛)那,那你们为什么杀了他,他还是个孩子……

萨满法师:(提高嗓音)可他是李广利的儿子——李广利是汉朝大将,他的儿子,必须死!

玉儿:不,不是。你,你怎么知道?

萨满法师:(闷哼一声)你忘了我的法术吗?

李陵、玉儿:(同时想起)催眠术!

萨满法师:(挤出一阵得意的笑,像狼嚎)不错,这孩子武功虽强,但太傻。我问他什么,他就说什么。他若不是李广利的儿子,我本可留他一条命。

玉儿:(愤恨地)你贵为大法师,竟用催眠术害了一个十八岁的孩子……

萨满法师:(恍若不闻)我问了我该问的,就让他自己倒在风沙之中,我管他生死作甚?

玉儿:(指着萨满法师,仇恨几欲喷薄而出)你杀了他!你这个凶手!你杀了他!

萨满法师:(依然隔着面具传音)错!真正杀这孩子的人(停顿),是你!不是我!

(众人皆惊,目光齐刷刷向玉儿投射)

玉儿:(喃喃地)我?我怎么舍得杀他?

萨满法师:你知道他临死前跟我说了什么?(灯光渐暗,背景响起怒吼的风声)

玉儿:这个傻孩子,这就是命运吗,这就是上天的安排吗?

萨满法师:这个傻小子死的时候很快乐,嘴角一直挂着笑,昆仑神也许会宽恕他的罪恶。

玉儿:(几欲晕倒)我可怜的弟弟!

李陵:(剑指大法师,怒不可遏)你,不要跟我瞎扯什么可恶的昆仑神!你杀了我故人的儿子,今天,今天李陵要找你报仇!

单于拔出马刀,护住萨满法师。

萨满法师:(从单于的护卫范围走出,逼近李陵,突然仰天大笑)哈哈哈,报仇,哈哈哈!

在场的人均是一愣,李陵更是大出意料。

李陵:(气呼呼地)你笑什么?

萨满法师:(轻蔑地)一个连自家的血海深仇都报不了的人,还有脸为别人报仇,可笑啊,可笑!哈哈哈……

烘托气氛的紧张音乐起,气氛渐至最高潮。

李陵:(猛地一震,似乎想起了什么,但却不想说)你,你说什么?

萨满法师:(逼问)你是不是汉朝飞将军李广的孙子?

李陵:(点头)是。(猛地抬头)你是谁?

萨满法师:我是谁并不重要,重要的是李家怎么出了你这么一个不争气的子弟!你这没出息的畜生!

李陵:(被骂得摸不着头脑)你是何人,何故对我李家之事格外关心?

单于:李陵,你敢侮辱我们的大昆仑神,你!(说罢举刀便砍。公主欲向前扑救,李陵拔剑自卫)

萨满法师:(挡住单于)无妨……李陵,你可知你的祖父飞将军李广是怎么死的?

李陵:(迟疑了一下,若有所思)他,他老人家在行军途中迷失了方向,怕皇上和卫青大将军责备,自杀而死。

萨满法师:你听谁说的?

李陵:(惭愧地低下头)满朝文武,无人不知。

萨满法师:(大怒)胡说!昏君编造谣言混淆视听,而你就甘愿做这个受人蒙蔽的睁眼瞎子吗?

李陵:(怒目向法师)你说什么?

萨满法师:你难道真不知道,李广老将军是被卫青逼死的!

音乐变换。气氛渐至顶点。所有人闻言都是一惊。

单于:(察觉到不对劲)大法师,你这是怎么了?

萨满法师:(萨满回忆,音乐五起。恍若不闻,追忆往事)当年,李老将军之子李敢得知真相,仇恨填满了他的胸膛!于是他便去找卫青报仇,打伤了卫青,这是他李敢一生中最大的遗憾——为什么当时不打死他!

单于:(惊异地)大法师?

李陵:对于我李家之事,大法师似乎格外关心呀!

萨满法师:这件事被卫青的外甥,当时的骠骑大将军霍去病知道了,他竟然借甘泉宫出猎之机,一箭射死了李敢。(阴险地问)这你知道吗?

李陵:(低沉)怎能不知?

萨满法师:(仇恨满溢地)那你知不知道,那个昏君偏袒霍去病,为了封锁消息,说了什么?

李陵:(窘迫地)皇上说,说叔父是被一头暴怒的鹿撞死的……

萨满法师:(仰天大笑)鹿,哈哈哈!鹿——(突然止住笑,直视李陵,虽然隔着面具,但亦能感受他双眼射来的寒光)你既深负如此血海深仇,却还在为那个昏君效力,你说……你是不是李家的叛徒?

李陵:皇上对这两件事一直耿耿于怀,皇上曾经说过,不会再对不起李家了!

萨满法师:(嘿嘿一笑)那他为什么背叛了他的诺言,杀了你全族?

李陵:(再一次听到这个消息,全身颤抖,厉声)你到底是谁?

公主:大法师,你在匈奴的十八年来,人人敬你是昆仑神,无人得见你的真面目,今天,你也该摘下你的面具了!

单于:大法师!

玉儿:(冷冷地)李敢将军,现身吧……

萨满法师嘿嘿一笑,手缓起,缓缓摘下罩在面上的面具。此时音乐达最高潮。

他把面具扔到天边的沙海。众人都大吃一惊,除了玉儿。只见他原是个髯须皆白的老者——实际上六十左右的年纪,只是饱经沧桑的脸把他烘托得很老。他粗壮的身体彰示他年轻时候是个勇士。他鹰般的双目缓缓地在众人脸庞划过,写满了仇恨。

李陵:(惊得合不拢嘴)叔,叔——父(不敢相信自己的眼睛)

单于:(大惊)你……你竟然是大汉朝的李敢?你,你没死?

李敢:(哈哈大笑)汉朝的李敢早就死了!我现在是大匈奴的萨满法师!(转头向玉儿)小丫头,你很聪明,我很喜欢!

玉儿脸上露出一丝痛苦的笑。

李陵:(单膝跪地,抱住李敢,不禁抽泣)叔父,告诉我,告诉我这一切是怎么回事?

李敢:(亲情使他的声音多了几许温柔)陵儿——想不到我和你还能在塞外的大漠中相见,天意啊,天意!十八年不见,你长大啦!(从李陵怀中脱出,回忆往事)当年霍去病一箭射中我心口,他以为我死了,(冷笑)殊不知天怜我李敢,我还活着!

单于:(冷冷地)哼,霍去病一箭能射穿你的心脏,你如何活得成?

李敢:(大笑)人算不如天算,他霍去病本事再大,也有失算的时候,苍天有眼啊!

众人不解。

李敢:常人的心脏均在胸口左侧,可我李敢,哼,长在右侧! 他一箭丝毫没有伤及我的心脏。(转头对李陵)陵儿,你说,这是不是天意?

　　李陵等始悟,均大感事情蹊跷。

李敢:(继续)那日我死里逃生,便发下毒誓,要为自己和冤死的父亲报仇!

玉儿:于是你就来到了匈奴,要借助匈奴报仇!

李敢:不错。我李敢无时无刻不想报此深仇! 我来到匈奴,杀了他们的萨满法师,戴上了他的面具。(音乐五停)

单于、公主:(齐惊)你!

李敢:匈奴人从来不敢冒犯他们的昆仑神,所以根本没有人知道我的底细。

单于:所以竟然让你蒙混过关了十八年,但是今天,你和你侄子都要葬身此处!

李敢:(冷笑)大单于,是敌是友,你可得分清楚。误杀好人,可不是你们匈奴人的作风啊!

单于:此话怎讲?

李敢:我刚到匈奴,机会就来了。(然后一字一顿地)浑——邪——王!

　　众人均大惊,李陵尤甚。紧张音乐再起。音乐六起。

李敢:我听说浑邪王和休屠王不想与汉朝再打仗,说什么"汉匈永和",要率十万军民归顺汉朝。哼哼,(阴笑)这么好的机会,我怎么能错过?

玉儿:(大悟,手指着李敢)对,是你! 报假信的士兵是你——(一急,几欲跌到,李陵搀住)

李敢:对! 就是我! 我化装成一名士兵,去跟霍去病说,浑邪王他们,(一字一顿)是——诈——降!

　　(音乐至高潮。众人皆惊)

李陵:(不敢相信)为什么? (喃喃地)为什么?

李敢:为了报仇! 我要让他汉朝的大将们,在自己的罪恶中无处逃脱,求生不得,求死不能! 我要让霍去病在极度的自责与悲愤中死去!

公主:你好歹毒!

李陵：(喃喃地)想不到，想不到我李陵今生最大的一件错事，竟是我叔父所赐——

李敢：当年你们杀了浑邪王的一万士兵，最终发现真相后，都悔恨不已，霍去病也因此事悲愤而死，哼哼，老天有眼啊！

单于：不想我匈奴最大的敌人霍去病，死得竟是这样窝窝囊囊，李敢将军，干得好！

玉儿：你为了报私仇，竟害了一万人的身家性命，你，你卑鄙！

李敢：(嘿嘿一笑，笑声中充斥了怨毒)一万人的命算什么？一万人的命也消不灭我胸中的仇恨！我要让大汉朝陷入一片血海！(音乐六停)

李陵：不，叔父！不，你不能——

李敢：陵儿，你可知你在浚稽山遭困，为何无人来救？(嘿嘿一笑)是我又故伎重演，报了假信，把李广利引到燕然山。哈，他真是个蠢材！

李陵：(他今天听到的所有的不幸充斥了耳朵)什么？你，你！

李敢：陵儿，我苦心经营十八年，一个大计划终于出现了。大汉朝马上就要陷于风雨飘摇之中，一场大风暴马上就要来临啦！

众人：大风暴？

单于：你有什么计策？

　　音乐再次烘托至高潮然后停。音乐七起。

李敢：陵儿，你派人杀出重围，把盛着左贤王头颅的锦盒进献给那个昏君，是也不是？

李陵：(大惊)是……你怎知道？

李敢：你可知那人是谁？(笑声十分得意)他是我萨满法师的徒弟！

　　众人皆惊，李陵更是由惊诧转为气愤。

李陵：那又怎么样？

李敢：那锦盒里装的根本就不是左贤王的人头，而是——巫蛊！

李陵：(质问地)为什么？为什么会是这样？

李敢：汉朝的昏君最为迷信，且独断专行从来不信任任何人。"巫蛊"大案一发，满朝势必人人自危互相揭发，到那时候，大汉朝廷疲敝不堪，百姓惶惶不可终日，大匈奴就可以长驱直入，直捣长安，俘获昏君！(音乐七停)

玉儿:(讽刺地)这样你就可以报仇了……

李敢:不错。不仅是咱李家,(指着单于)他大匈奴也可报丧师失地之仇。到那时,陵儿,你可以统治汉朝,统治一切原来统治过你的人,你要加倍奉还给他们!

单于:好啊,到时候我们大匈奴和你们李家携手,联手灭了汉朝,黄河以南的土地归你李氏父子,我匈奴独占河北,岂不快哉?

李陵:(追光,暴怒,音乐大起)够了!(指着李敢的鼻尖,步步逼近)我原以为,我的叔父会像我祖父一样,是个驰骋沙场,顶天立地的大英雄!没想到,他竟是一个心胸狭窄恶毒至极的小人!你,你知不知道,你的"大计划"会葬送多少人的性命!会使多少汉人妻离子散,多少匈奴人家破人亡!而这——

玉儿:(摇着头)怎么会是这样?

公主:大法师,你错了,匈奴人其实并不希望战争,他们很向往和平!匈奴人,不会,不会支持你的大计划的!

单于:(回头,怒道)颖君,你懂什么?

李敢:(失望地)陵儿,你也不支持我吗?你叔父在这个世界上,只有你这一个亲人,若是连你都恨我,我,我还能做什么?我还拼什么?我,我是为了给李家报仇!

李陵:(鄙夷地)给李家报仇?你也算是李家的人?!你要报仇,那浑邪王和他死去的一万弟兄要找谁报仇?"巫蛊"案一旦爆发,汉匈大战一旦重启,那千千万万的冤魂又要找谁报仇?

李敢:(显然这几句话的威力甚大,自言自语地重复)找谁报仇?找谁报仇?

玉儿:(指着李敢身后,突然惊呼)你身后有人!是浑邪王!

李敢:(急转身,现出十分惊怖的神色)啊?在哪儿?

玉儿:是浑邪王和他的一万士兵向你索命来啦!

李敢:(挥拳乱舞,显是神志不清)别过来!别过来……

玉儿:那个青衫少年,持长剑抵住了你的喉咙!

李敢:(惊怖至极,双手捂住喉部,"啊"了一声,倒在地上,来回翻滚)别杀我,别杀我!我大仇未报,不能死!

李陵,玉儿,公主俱摇头叹息,单于欲赶过相扶,惊呼:"大法师",李敢神智大乱,见大单于走来惊怖无比。

李敢:别杀我,别杀我!(狼狈无比,连滚带爬地下台,音乐人停)

单于:他疯了!!

李陵:(长出一口气)经历的这么多大风大浪,竟都因为他——我的叔父,(长叹)天啊!

玉儿:这也算是善恶有报。(转头对李陵)我吓疯了他,你不会怪我?

李陵:傻丫头,我怎会怪你!(叹了口气)他心中只有仇恨——这样疯,若能忘却了仇恨,倒也是一种解脱。

玉儿:(幽幽一叹)可是他,他却再也活不过来了。(突然想起了什么)李将军,咱们必须马上赶回长安,把李敢的大阴谋告诉皇上,否则,不知又有多少人要——

李陵:玉儿,还是你聪明,正事儿要紧,事不宜迟,咱们赶快回长安!

两人转身欲走,忽然一声"慢着",二人止步,回头,却是单于。

单于:(愤愤地)大匈奴的国土,哪里是想来就来,想走就走的?(对李陵)李将军,你骗取了我的信任,更骗走了我女儿的芳心(公主脸红),现在你的目的达到了,丹阳三剑和那五百勇士已从魔沙堡逃出,大法师也疯了,但你不能就这么走!

公主:(挣扎着绑在身上的绳子)父亲,放他们走——

单于:(冷冷地)你害得我女儿背叛了她的父亲!我就要让你的灵魂背叛你的躯体!

李陵:大单于,我知道我辜负了你的一片好意,更辜负了公主。李陵早就身犯大错,死有余辜。你要杀要剐,李陵愿意引颈就戮!

玉儿:(望着李陵)不,不!

单于:(冷笑一声)直接杀了你,恐怕我女儿……(回头看了一下公主,见她眼中满是期盼)这样吧,你不闪不避,接我一支羽箭,从此咱们的恩怨一笔勾销——你是死是活,全凭天意吧!来人,拿弓来。(一卫士把一张大弓呈上)

公主:(摇头)不,不,父亲,你会杀了他!

单于:颖君休管!

公主：李将军，你快走啊，我父亲的神箭当世无双，你不可能活的，你走啊！

玉儿：(痴望李陵)将军——

李陵：(深情地望着玉儿)玉儿，你一定要把江充的事禀报皇上，然后找个好人家——李陵在九泉之下，也瞑目了！(又对公主)公主，你对李陵的大恩，李陵来世再报！大单于，挽起你的弓，把你对大汉朝满腔的仇恨，清算在我李陵一个人身上吧，来吧！

公主痛苦地闭上双眼，不忍看。单于离李陵大概七八步，使足劲力，拉弓上箭，瞄准李陵，大喝一声——开！

舞台灯光立刻熄灭，停滞三秒。听一声悲愤的大叫"玉儿"——

舞台灯红光恢复，只是玉儿倒在李陵怀里，胸口中箭，鲜血涌出，嘴唇发白，气息奄奄，显然，她替李陵挡了一箭。音乐九起。

公主：(睁开眼，不禁惊叫一声)啊——

单于：(喃喃地)怎么会这样？怎么会这样？(单于、公主处灯光变暗)

李陵：(搂着玉儿痛哭失声)玉儿，傻丫头，你怎么这么傻？

玉儿：(喘着气)你说过，无论我做什么，你，都会原谅我——

李陵：(用力点头)对，玉儿无论做什么，我都不计较。

玉儿：我，我其实是，大单于，派来的，奸，奸细——(怕李陵不信，带血的双手从李陵臂上滑过)真的，真的，我瞒得你，好苦！

李陵：(抬眼见单于，见单于大有愧色，知此时不能伤玉儿的心，柔声道)我，不怪你！(泪又滚了下来)

玉儿：(颤抖的手从怀内掏出满是鲜血的物什)这，这是天，天玄送给我的。跟我的，一模一样，我，我才知道，他是我的——亲生弟弟！(说着又颤抖地拿出一个物什)

李陵：(接过物什，见是两把长命锁，上刻有字，轻轻念出)汉——匈——永——和(猛然醒悟)。玉儿，原来你不是汉人，你是浑邪王的女儿，十八年前的那个婴儿，就是你——(不知心里是何滋味)

玉儿：(轻轻点了点头)嗯，我不说我是匈奴人，因为我怕，会失去你——

李陵：(充溢自责之情)那，我杀了你的父亲。你完全可以，随时取我性命……报仇！

玉儿：(摇摇头)我，也是刚刚，知道，你也是受害者。最可怜，我弟弟，到死却不知他,是匈奴人!

李陵:(大悟)那时我军的正印先锋官正是李广利,当时天玄还未出世。所以,天玄一直以为自己的父亲是李广利。

玉儿:还有,在浚稽山,出卖你行踪的,是我……(渴求原谅的眼神)

李陵:什么?(不敢相信)

玉儿:(全凭一口气支撑)李广利,正策划叛国,我,我怕你被他们,谋害!想让你来到匈奴,这儿,安全!

李陵:(方才醒悟玉儿的一片真意,大恸)玉儿!你好傻啊!你,你!

玉儿:(脸上露出一丝笑)我,我背叛了——我的祖国,却没有背叛,我的——爱!

李陵:(流着泪点头)玉儿,你一定要坚强!你,你不能死!(如梦初醒)我,我不能没有你啊!

玉儿听到这句话,脸上的笑容更灿烂,更美,仿佛她一下子到了天堂。她忽然头一歪,一头秀发披了下来,嘴角挂着微笑,像一尊美神,但已飞升到了另一个世界了。

李陵:(摇晃着玉儿,试图唤醒)玉儿,玉儿你不能死——(李陵处追光灭)

单于,公主,卫士等无不动容。音乐九停。

单于:(自语,喃喃地)背叛,背叛!我曾面对着昆仑神立誓,今生只会杀汉人,不会杀一个匈奴人!我何尝不是背叛了自己的誓言。(回头对捆绑公主的卫士)放开她!

诸卫士放开公主,割断绳索。

单于:(缓缓地)也许你是对的,雄图大志,称王霸业,血海深仇,过眼烟云啊……还不是都在背叛。(冷笑,面向诸卫士)我,大匈奴的单于,宣布把大单于的位置传给你们的公主。我背叛了自己的誓言,没有资格再带领大匈奴。给我一块牧场,一群牛羊,让我去做一个牧民吧!以后公主就是你们的大单于,你们,你们要效忠她。(诸卫士行礼表遵命)

公主:父亲!

单于:(走到公主面前,拍拍她的肩膀)你没有背叛父亲,是父亲背叛了你!(说着他解下箭囊,拔出马刀,皆扔到茫茫沙海,和着呼啸的风

沙声,转身离场。此时场上只有公主和李陵两处灯光)

公主:(悲伤)父亲——

音乐十响起歌曲《终于明白》的前奏。李陵此时抱起玉儿的尸首,欲下场。

公主:李将军——

李陵回头,眼神木讷。

公主:保重!

李陵似笑了一下,抱着玉儿的尸体缓步挪下舞台,音乐渐渐地停止。灯全黑。

音乐尾声。主题曲毕,在舞台的左侧三分之一处大屏幕上现出长安宫殿图,舞台上空空荡荡,幕后画外音——

李广利的声音:启禀皇上,叛徒李陵在长安街头露面,已被末将就地正法!

汉武帝的声音:干得好,你为朕除去了一个心头大患啊!你的脑袋,朕不要了。从今天起,你李广利继续给朕领兵。

李广利的声音:谢陛下!可他说要向皇上禀报一个关乎我大汉命运的大事——

汉武帝打断:叛徒终究是叛徒,有什么事值得禀报?传旨,全国欢庆三日——

众臣声:皇上万岁万岁万万岁——(灯渐灭)

画外音:八年后的征和二年,由江充制造,震惊全国的"巫蛊"案爆发,牵连死者不计其数…李广利于征和四年在燕然山率七万众背叛汉朝,投降匈奴,后被颖君单于所杀。武帝晚年对于匈奴战争的问题追悔莫及,颁布《轮台罪己诏》,昭告天下。此后汉匈之间,百年内再没有战争爆发……

剧终。

*本剧于2007年6月在西北大学第20届"黑美人"艺术节上首演,获当年最佳剧目奖。2011年,又获得中国第25届"田汉戏剧文学奖"三等奖。

郑欣

女,黑龙江哈尔滨人,2008级戏剧影视文学本科生,2012级戏剧与电影学研究生,现为西北工业大学艺术教育中心教师。酷爱戏剧,在校期间,积极参加"黑美人"艺术节,编剧的或导演的话剧作品曾连续三年获得"最佳剧目",本人曾蝉联两届"最佳编剧"。作品还曾获陕西省校园戏剧节优秀剧目奖,个人曾获优秀编剧奖。

上海夫人

人物

艾　达:30岁的阔太太,一个电影明星,方景堂的妻子。
方景堂:40岁的青帮头目。
霍新民:方景堂的御用文人。
嫣　红:一个舞女,艾达年轻时的朋友。
林海生:艾达年轻时的恋人。

第一场

1937年的一个慵懒的中午。

方景堂的家保留着老上海30年代的韵味,绿色的水晶台灯,精致的咖啡杯,一台很大的收音机,和一台留声机,里面转动着周旋的《天涯歌女》,家中的墙上醒目地挂着艾达的黑白艺术照,那是一张打着柔光的上海电影明星海报。艾达正认真地擦拭着它。

艾达对着穿衣镜。(面对观众的无实物表演)梳妆打扮。

嫣红笑声入场。

艾达：嫣红？是你来了么？

嫣红：艾达，你又对着镜子自言自语了？你就是改不了那爱演的毛病。

艾达：这毛病现在全成了我的饭碗了。

嫣红：哎呀大明星，你又新拍电影海报了？真漂亮，要我说啊，你还和十年前一个样，男人的魂都被你勾走了。（做出轻佻的姿势）

艾达：无事不登三宝殿，说吧，又怎么了？

嫣红：没怎么，我这个做姐姐的得了闲就不能过来看看我的好妹妹？

艾达：是烟抽光了吧？嫣红，我说你别抽得太凶了，上了瘾，离不了。

嫣红：哼，离不了就不离，我不像你，有这些个消磨时间的高雅玩意（指留声机），背后靠着一座金山，要多少鸦片——烟土，都应有尽有。

艾达：那东西我是从来不碰的，你最好也别再碰。

嫣红：哎哟，嫁了青帮头子，这说话的口气果然就是不一样了啊，怎么现在要反过来教训我了？

艾达：嫣红，你明知我是为你好。

嫣红：为我好，你就让我抽！我抽死你也就少了个抽大烟的朋友，反倒干净。

艾达：你也不用激我，这次我说什么也不会给你钱，你看看你把自己弄成什么样子！（把嫣红带到镜子面前，嫣红出神地看着镜中憔悴的自己）

嫣红：艾达，我老了，可我还不想死。

艾达：那就把烟戒了。

嫣红：戒了？说得容易。

艾达：那东西就那么受用？就那么离不了？

嫣红：可比男人受用得多，只要你想要，它就能给你。男人行么？就说你们家方景堂，他行么？（挑衅的语气，嫣红当自己家一样去倒酒）

艾达：你越发没正经了。

嫣红：装什么雏啊？我们都是过来人，男女间的事，有什么臊的。说说，方景堂，怎么样？

艾达：他，他已经很久没跟我——怎么样了。

嫣红：啊哈哈哈，可怜啊可怜！没有性生活的生活是最不幸的生活。来，干一杯。

艾达：嫣红，别喝太多了，这酒烈。

嫣红：不烈我还不喝呢。来，我们喝交杯，我这辈子啊，就想找个人跟我喝一次交杯酒。

艾达：那你还是找……

嫣红：找不到，男人都死绝了。

艾达：这酒还是留到你……

嫣红：嫌弃我？嫌我脏了你的公寓？

艾达：哦不，没有。

嫣红：想撵我走？

艾达：嫣红，你知道我没有。

嫣红：一个妓女嫌另一个妓女脏？笑话，天大的笑话！

艾达：(不再退让)嫣红，交际花和妓女毕竟是两样。

嫣红：(翻脸)有什么两样？你睡的男人有几个钱，就瞧不起别人了？都是鸡，还分什么三六九等？

艾达：(也翻脸)别说了！那都是过去的事了。我现在是景堂的人，景堂给了我工作，我和过去不一样了。

嫣红：得了吧，他给你一座公寓，你还真想在后院给自己立贞节牌坊了？你骨子里是个荡妇，这你自己最清楚！

艾达：你！嫣红你喝醉了，我叫司机送你回去。(扶嫣红)

嫣红：拿司机吓我啊？是不是还有保镖和打手啊？

艾达：你想见的话我可以叫他们出来。

嫣红：好气派啊大明星！看看你是在向谁耍威风！一个老太太，一个跟你要饭的乞丐，一只躺在路边的狗。你就这么对待你的恩人！

艾达没有说话。

嫣红：你忘了当初是谁把你带来上海！

艾达：我没忘。

嫣红：你忘了在你最没处可去的时候，是谁带着你来闯世界，教你怎么做个十足的女人！

艾达：我没忘没忘，可你非得每次都提这些么？我现在是方景堂的妻子，一个电影明星,我不是从前的那个人了,我改了名字,我叫艾达,我和过去没关系了。

嫣红:过去可不是想离就离得了,一个杀人犯要把自己洗干净就像我嫣红要从良,可能吗?

艾达:别说了,别提那三个字。

嫣红:你怕了? 哈哈哈,我的大明星害怕了。

艾达:嫣红,你不会告诉别人吧?

嫣红:那要看你对姐姐怎么样了。(嫣红抓起艾达纤细的手臂,艾达的手像一只脆弱的树叶一样被嫣红晃来晃去)

艾达:拿去吧。

　　　嫣红仔细端详着艾达的首饰装束。

艾达:(摘下耳环、项链)我身上的东西,你想要的,统统拿去。

嫣红:这杏似的眼睛,柳叶的眉毛,樱桃嘴巴,水葱的手指,年轻的皮肤,我都想拿走,你给么?

艾达:你要剥我的皮,随便你,我的命是你救的,全当还你。

嫣红:哈哈哈,艾达,看来你良心还在。我嫣红不要珠宝首饰,我跟你要80块大洋,你肯不肯给?

艾达:你要么多钱做什么?

嫣红:我的事你不必问,反正我要离开上海了,不到万不得已,我是不会向你开口。

艾达:你要走? 去哪里? 还回上海吗? (艾达从花瓶里倒出她的私房钱,有零有整)这里是100大洋,我房间里还有些旧时做的旗袍,都是烫金的边上好的料子,我都只穿过一次,你折变卖了,也能过一阵子。我去拿。

嫣红:艾达,不用……(艾达已下场)

　　　嫣红赶忙坐下查钱。

　　　霍新民上场。霍新民简直恨不得跪倒地上,上身弓着像个逗号。

霍新民:老爷,新民来了,您吩咐。

嫣红:(抖了个机灵)老爷? 是你啊,吓了我一跳。

霍新民:你怎么在这儿? (把腰板挺直了)老爷呢?

嫣红:你来得正好,我托你件事。

霍新民:等等,你手里拿的是什么?

嫣红:大洋,你不认识?

霍新民:从哪来的?这房间没人,(看了看花瓶)你偷东西?

嫣红:哈哈,我嫣红想要的东西,用不着偷偷摸摸。(暗指霍新民和艾达)

霍新民:你胡乱说些什么,要是让老爷听到……

嫣红:要是让老爷听到,他的看门狗霍新民惦记着他嘴里的肉?

霍新民:没那回事。

嫣红:还不先把你吃了!

霍新民:嘘,这个谣可造不得,那是要掉脑袋的。

嫣红:真是个软蛋,不用说艾达,连我都瞧不起你!

霍新民:管好你自己吧,别竟在那儿嚼舌头。

嫣红:妻不如妾,妾不如偷,偷不着连惦记都不敢,还算是个男人么!

霍新民:你懂什么,男人也得安身立命!

嫣红:所以说,霍新民就是霍新民,跟林海生就没法比。

霍新民:你说什么?林海生,你为什么突然提起他?难道海生还在上海?

嫣红:他在。

霍新民:糊涂啊!他,他,他可知道现在全上海都在抓他?我还以为他早回东洋去了!

嫣红:你以为海生迟迟不走,是为了什么?

霍新民:难道是为了……她?(指了指艾达的海报)这,这不可能!他疯了吗?他现在是全城通缉的要犯,方景堂在南京路淮海路外滩码头都安插下了人手就准备抓他了,他现在是插翅难飞。

嫣红:现在能帮他的只有一个人。

霍新民:谁?

嫣红:你,你可以把海生送走。

霍新民:不行不行,我是老爷的人,老爷要我——抓海生。

嫣红:这么说你已经下决心杀你的老同学了?

霍新民:不不不,那是不能够的,在东洋留学的时候,海生还救过我的命!

嫣红:那就买两张船票,把海生送走,这是100大洋,足够了。

霍新民：两张。还有谁？

嫣红：我。

霍新民：你——不可能。海生怎么会带走你？

嫣红：跟海生离开上海，是我的主意，你只管去买票就是了。

霍新民：别自作多情了，你知道海生心里想的是那个人！

嫣红：她有什么好？她也不过是个交际花！

霍新民：不许你这么说她！她，她现在不是了！（激动得有些结巴）

嫣红：我说霍新民，她是不会看上你的，在林海生和方景堂面前，你永远是个三流货色。

霍新民：随你怎么说，钱我不要，忙我帮不了，要是让老爷知道，我吃不了兜着走。

嫣红：要是我让方景堂知道你一天天膏药似的贴在他身边，是为了趁他不在和姨太太偷腥，（阴险地）你猜他会怎么样？

霍新民：（急于辩解）少血口喷人！我和艾达从没有过那种事。

嫣红：那你怎么知道她的私房钱藏在花瓶里？

霍新民：我，我……

嫣红：海生出现，其实最怕的人是你。你怕海生把艾达带走，那样你就连默默守着她都不行了。

霍新民：我……（被说中心事）

嫣红：你再也不能每个礼拜三偷偷地送她香水百合，放到这冰纹雕花的瓶子里。

霍新民：（近乎祈求地）别说了……嫣红……别说了。

嫣红：我们都是可怜人，可怜人应该互相帮助。

霍新民：可万一老爷知道我放走了林海生？那我——

嫣红：想想艾达吧，当她知道你恩将仇报干掉你的老同学的时候，她会怎么看你？

霍新民：她会瞧不起我，她可能会恨我。那我在她面前就更抬不起头了。

嫣红：现在有答案了吗？是背叛你的女神，还是跟我合作？

霍新民：把钱给我吧。

嫣红：（满足地将那100大洋交给了霍新民）这句话，还像个男人。

霍新民:你走吧,我不想再看见你。

嫣红:再见了可怜虫。

　　黑暗中,一束光打在霍新民身上,他轻轻抚摸着艾达那张打着柔光的海报,像是哭了。这时艾达从里屋走出来。

艾达:嫣红,这几件旗袍你拿去折变卖了吧,有的还没……新民,(有些不自然地)你在这啊,你看到嫣红了吗?

霍新民:(擦了擦眼角的坠泪)她才走。

艾达:她走了?她要走了,你知道她为什么离开上海吗?

霍新民:她要结婚了。

艾达:她要结婚了?!和谁?

霍新民:(编故事)听说未婚夫是留洋回来的,两个人要去美国。(很不自然地)

艾达:她竟然没有告诉我!刚刚她跟我要了80块大洋,合着是嫁妆啊。哈哈!新民,你来评评这个理,我给嫣红出了嫁妆,她却不认我这娘家人!(转而失落)想来是找了个好的,生怕我知道,想远远地离开我。

霍新民:艾达,你别多想了。

艾达:哎呀,这个嫣红也太小心眼了,这是好事儿啊,还瞒着我,是怕我嫉妒吗?(霍新民想插话,没插上)我怎么会呢,看看我现在的生活,不知有多少人要羡慕的!我说她真的没必要防着我。我,我替她高兴啊。

霍新民:你,没事儿吧?

艾达:我高兴,我特别高兴。看,她刚还要跟我喝交杯呢!(给霍新民一只杯子)拿着,喜酒!(霍等着跟艾达碰杯,艾达仰头一饮而尽)新民,你先坐,我把这没用的东西拿回去。

　　艾达拿着她的衣服回里屋去了,这时传来方景堂铿锵有力的笑声,笑声打破了舞台的宁静。

方景堂:好消息,好消息啊,哈哈,新民,来坐。

霍新民:(拘谨地)老爷,您坐。

方景堂:(从容地坐下先喝了口茶,又吐了出来)呸,凉的!阿姐,阿姐——

艾达:阿姐回乡下去了。

方景堂:哦,对对,我都忘了。去给霍先生换一壶茉莉香片!

艾达:哦。

方景堂:(朝霍新民)佣人一走,这家里就乱七八糟的,艾达没干过活,不会伺候人。

霍新民:(毕恭毕敬地)不叫姨太太劳动了吧,我去倒个茶来。

方景堂:唉,让她去,我有重要的事跟你说!

霍新民:老爷刚说有好消息?

方景堂:哈哈,我的线人告诉我,那个叫林海生的兔崽子,终于露面了!

霍新民:什么?这,不会吧,哦,我是说,谁不知道老爷您撒下了天罗地网要抓他!怎么,在这个当口,他还在上海?

方景堂:就在上海,你猜他是在哪被盯上的?

霍新民:我,猜不出来。

方景堂:妓院!这个林海生真是好雅兴啊,都自身难保了,还嫖妓!

　　艾达上场,端茶递水。方景堂一把扯过艾达,让她坐到自己腿上。

艾达:老爷今天心情好啊。

方景堂:好!我那100支杜冷丁有下落啦!

艾达:杜冷丁是做什么的?

方景堂:呵,女人都就这点儿见识,吃饭睡觉,万事不愁。

霍新民:杜冷丁是一种麻醉剂,中国和日本打起来了,老爷支援抗日,往前线运了100支杜冷丁,是给战士们止痛用的。

艾达:哦,老爷做好事了,老爷是个大善人!

方景堂:可有人不想让我做这个好事,硬要往我头顶上扣屎盆子。

霍新民:有个汉奸偷了老爷的药,还上了报,报上不仅没提支援抗战的事,还说老爷借机发战争财。

艾达:谁有这样的胆?我倒想见见。

方景堂:瞧,她当个好玩的事了。

霍新民:处决汉奸的场面,太太您还是别看的好,别再吓着了您。

艾达:我不怕,我见过死人。(对霍新民故作神秘)

霍新民:您——

艾达:演戏的时候,我自己都死过好几次呢。

方景堂:(和艾达都笑起来)当演员之后,越发淘气了!好,就让她看看抓汉奸是怎么一回事。新民,你这就去通知上海码头的管事,封锁码头,我今天要让上海连一只苍蝇都飞不出去。

霍新民:是,我这就去。

方景堂:回来,通知报社,我方景堂要开一个隆重的锄奸酒会。

艾达:又要开酒会了?

方景堂:又要麻烦亲爱的夫人帮忙招呼啦!孙部长,田局长都跟我说,任何酒会没有了艾达,都索然无味!

艾达:那以前的衣服,都旧了。

方景堂:(顺手掏出几张银票)拿去,做新的,捡新样式做。

艾达:做新样子可是要心疼钱的。(边说边接过那几张银票)

方景堂:穿衣服还能把人穿穷了?你穿的是我的面子,尽管穿,捡贵的穿。

艾达:那我给裁缝打个电话去。(艾达下场)

方景堂:哈哈。女人,旗袍里一堆血肉,没骨头。

霍新民:老爷说的是。

方景堂:嗯,该怎么做,都明白了吧?

霍新民:老爷留步,这个林海生,不知老爷打算怎么处理?

方景堂:活捉!林海生脏了我的名声,我要用他的血洗干净!(方景堂下场)

第二场

艾达坐在沙发上涂着鲜红的指甲油,两只手都涂好了,没法碰任何东西。

门外响起了敲门声,艾达支着分离的五根手指还吹着气:进来!

打扮成小裁缝的林海生走进公寓,四处张望,走到艾达的身后,艾达头也不回。艾达站起来,任裁缝量尺寸。

艾达:师傅,这次我要做一身无袖的新式旗袍,开衩要高,针脚要密,最好是师傅您亲自为我缝,你们那些学徒做工时有偷懒的,不是刺绣缝出了线头,就是领口紧得人喘不上气来。

林海生:嗯。

艾达:料子嘛,就要紫底曼陀罗图案的花布,紫色显得人白些。(突然抬头,望着海生,认出他)你——是?海生?林海生?

林海生:嗯。

艾达:真的是你吗?噢,尺寸怎么样?我胖了没有?

林海生:你瘦了。(艾达正要转身,林海生从身后抱住艾达,艾达挣扎)

艾达:你要干什么?

林海生:我回来了。

艾达:你不是裁缝,你是谁?你到我家干什么?管家——管——

林海生:(立刻捂住艾达的嘴)别叫,别叫了,我也不想这样对你,你不叫我就松开你,行不行?

　　艾达点点头。林海生一松手,艾达又大声叫喊起来。海生只得拿一块布把艾达的嘴堵住了,用皮尺将艾达绑在沙发上。

林海生:不听话,淘气就得受惩罚。

　　艾达被绑着,脚还在奋力地踢着地板。

林海生:(在公寓里四处走了一圈)看来你现在过得不错。别踢了,踢再大声别人也听不到,方景堂的手下都出去抓我了,今天你们家没人。

　　艾达呜呜着。

林海生:(嚣张地)你还记得我吗?

　　艾达呜呜地摇着头。

林海生:想起来了就点点头,我就把你放了。

　　艾达立刻又点了点头。

林海生:(不禁被艾达逗笑了,把她嘴里塞的东西拿了出来,艾达咳嗽着)你这个没良心的姑娘,你说我是谁?

艾达:林,林海生你劫持了我也没用,我只是方景堂的姨太太,他不会为了我放过你的。

林海生:你还记得我叫林海生。

艾达:林海生这个名字现在全上海都晓得了,你就是那个偷杜冷丁的贼。

林海生:(失望)你只记得我是个——贼?

艾达:你截获了景堂运往前线的军用物资,他们都说你是卖国贼。

林海生:(客气加自嘲)哎哟,这个帽子太重了,我可戴不起,我就是拿钱办事,什么主义跟我无关。(海生说得理直气壮)。

艾达:你要钱?钱在我房间的保险箱里,不过你得先把我放了。(放开手)

林海生:哈,你要给我钱,你有多少钱?

艾达:我,我有……(计算着自己这几年来的积蓄)

林海生:(帮艾达松绑)去,把你所有积蓄都拿来!金银珠宝首饰也全拿来。别跟我耍花招,(林海生掏枪放在桌子上)所有积蓄!

艾达:哦。(艾达下场)

林海生:(摆弄着桌子上的艾达的女士香烟,抽出来一根,闻了闻)你什么时候开始抽烟的?

艾达:(画外音)你说什么?

林海生:什么时候开始抽烟的?

艾达:(上场,抱着一个箱子)我,我不记得了。

林海生:你记性真是不好,艾达,拿来吧。

　　艾达将箱子交给林海生,还有些怕。

林海生:(打开箱子,故意夸张地反应)哇——有钱。

艾达:全都在这了。

林海生:你跟方景堂在一起,就是为了这些,是么?

艾达:你说什么?

林海生:这就是你的上海十年?

艾达:你怎么知道我十年前来的上海?你是谁?

林海生:十年来我一刻都没有忘记你的脸,可我没想到,她变成了这个样子。(指着客厅的海报)

艾达:你到底是谁?

林海生:我把你当成我奋斗的意义,而你,就这么轻易地把我忘了。(林海生举起枪)

艾达:(非常害怕)你要干什么?这真是我全部的积蓄了,如果还嫌不够,这屋子里头的古董家具,你还可以拿上一两件。

林海生:(把枪扔到了那个宝贝箱子里,上了锁)可惜家具太大,装不进这箱子里。

艾达:这钱虽然不多,花上半辈子,总还是可以的……

林海生:你背着方景堂攒下这么多钱来,你想干什么?

艾达:我,我,你干吗问这么多,拿上钱走,你的目的就达到了。

林海生:看来你也想过要走。

艾达:那是我的事,与你无关。

林海生:与我无关?好,这个箱子里装着你的十年,现在我要让它消失!

（林海生端起箱子的手朝窗外伸出去）

艾达:住手,你疯了吗?

林海生:这些钱现在是我的了,我想扔了它,与你无关。

艾达:那是我赚的,你不要就还给我!(艾达上前跟林海生抢那个装满金银财宝的箱子)

林海生:不给。(海生与艾达抢夺箱子)

艾达:给我!（两人抱住撕扯）

林海生:我给——(林海生从窗户将那个箱子扔了出去)

艾达:啊——(艾达捂着双眼不敢相信这么多年的积蓄转眼散尽,惊诧、痛苦、失落、愤怒)你真的把它扔了!你把它扔到河里了,我得去把它捡回来。(林海生从背后抱住发狂的艾达,艾达的腿在空中跑动着)让我去捡回来吧,求你,那真是我所有的积蓄,你知道一个交际花要攒下些钱是多么不容易……(艾达说着哭倒在地,仿佛多年的努力毁于一旦)

林海生:(扶起艾达)你不该过这种生活,艾达。

艾达:(挥起手想给林海生一个耳光,却被林海生抓住了手)用不着你来教训我,疯子,我现在什么都没了,我也什么都不怕!放开我。

林海生:你应该跟我走艾达,只有我能让你过上梦想的生活。

艾达:你是个什么鬼东西,跑到我家来跟我说这些。(优雅尽失地抽起烟来)

林海生:你不记得十年前,你和这个鬼东西睡过觉了?

艾达:(出乎意料地剧烈地咳嗽着)你说什么?

  十年前的主题音乐渐渐响起来,带我们回到林海生和艾达的潜藏情节。

  灯光照在林海生一个人的身上。

林海生:那时候你刚来上海,一个不满二十岁的小姑娘,每天晚上在舞场里唱歌。那时候你身边就围绕着各种男人,但你从不多看他们一眼。有一天你被安排去陪一个肥胖的老男人喝酒,他形象猥琐而且对你很不老实,那天我坐在吧台的边上,你径直朝我走过来,(后场的艾达进入十年前的角色,朝海生径直地走到灯光区)你装作跟我很熟,拉着我的胳膊,轻轻地在我耳边说了三个字。

艾达:(装作跟海生很熟,拉起海生的胳膊)带我走。

  艾达和海生从舞台的一边走到另一边,灯光只照在他们两个人身上。

林海生:我们离开舞场去了我家,那天晚上下着小雨,空气里有一股发霉的味道,你喝光了我家的酒。(艾达拉着海生的手坐到沙发上,这期间海生一直在对观众说话)微醺的你头发还是湿的,你把头靠在我的肩膀上(艾达把头靠在林海生的肩膀上),一股要人命的温暖朝我涌来,不知道你是不是醉了,还是我自己醉了。(艾达朝林海生耳语)就在这之后,你告诉我你本来的名字叫昭玉。

艾达:昭玉曾爱上了一个人,一个革命诗人。

林海生:你没完没了的给我念他写的诗。

艾达:我是一个瞎子,可你的出现就像茫茫黑夜中突然爆炸的一道光。

林海生:让我投降了。

艾达:让我投降了。

林海生:他是一个吸盘,他要占有你,吮吸你,将你融化。

艾达:我是一个瞎子,可他的出现就像茫茫黑夜中突然爆炸的一道光,让我投降了!

林海生:你要嫁给他,可他拒绝了你。

艾达:他说我是个婊子,是个毫不矜持、城门大开的公共场所。

林海生:那时你才16岁。

艾达:我给了他我最珍贵的东西。

林海生:信任。

艾达:我要让他知道我的爱是真的,是宝贵的,是不顾一切的。

林海生:你不是随便、轻佻、爱现风骚,你只是太赤诚了。

艾达:于是,我杀了他,我的第一个男人。

林海生:后来你来到上海,做了一个……一个……

艾达:(散下头发,毫不顾忌地)交际花!没什么说不出口的,我早就不把它当成一个贬义词了,它能保护我不再受到男人的伤害。

  灯光全亮。我们回到现实的时空。

林海生:你想起来了?

艾达:完全想起来了,第二天早上你就跟我求了婚。(仿佛想起来都可笑似的)多新鲜啊,我们只是过了一夜,你就要娶我!

林海生:我就知道你会这么说,十年前你就这么说,那时候我一无所有,没法给你你想要的,现在不一样了,我可以帮你实现梦想。

艾达:梦想——真陌生,我那时候梦想什么呢?

林海生:你想要个家。一座建在海边的房子,你说你天天去海里洗澡,把你自己洗干净。

艾达:可我已经有一个了。我有家有丈夫,我是方景堂的女人。

林海生:你他妈就是方景堂的一匹马!你以为方景堂把你养在这是爱你吗?看看这个吧——满脸假笑的海报,他只不过是想告诉他的座上客——瞧啊,我方景堂有匹好马!你已经在这金碧辉煌的马圈棚里待得忘了自己还是个人!

艾达:你也不是什么好东西,小偷、混蛋、江洋大盗。你就没资格批评我。

林海生:我是个混蛋,我这辈子干的最混蛋的事儿就是爱上你这个婊子。

  短暂的静场,艾达似乎被海生的混蛋话触动了神经。

艾达:你今天来我家,是为了——

林海生:这就不是个家——

艾达:你今天来方景堂家,是为了什么?

林海生:带你走,娶你。

艾达:那么这十年间,你所做的那些事,我是指那些不太好的事……该不会,也和我有关吧?

林海生:我已经在美国为你买了一栋公寓,是靠海的。

艾达:你是说你为我准备好了一个——家?

林海生:那不比这儿差,艾达。

艾达:(感觉这个家来得太突然)可是,可,为什么?我们就只在一起过一个晚上,那个晚上……

林海生:那个晚上其实什么都没有发生。

艾达:你是说,我们喝了很多酒之后,什么都没干?(两个人坐回到沙发上)

林海生:什么都没发生。

艾达:等一下,可是,那天晚上我喝了酒,我有些醉了,我记得我在沙发上……

林海生:在沙发上你睡着了,睡得很沉。月光打在你脸上,还有依稀泪痕,但轮廓是笑着的,像个孩子。(艾达缓缓地趴在海生的腿上,像女儿听爸爸讲故事那样乖乖的)

灯渐渐地暗下去,十年前的主题音乐响起来,舞台黑了,只有海生真诚的声音喃喃地说着:

你的身体很轻很轻,我生怕一点动作就会把你吵醒。

你的呼吸很重很重,像是胸口被泪水和委屈堵住了。

你的手纹清晰可见,我多么希望有一条是属于我的。

你的灵魂变透明了,它离我越来越近,越来越近。

第三场

林海生坐在沙发上,艾达倚在他怀里,头发是披散下来的。

林海生:艾达,你是我的,跟我走。(艾达从海生身边挪开)

艾达:(缓缓地)海生,忘了我吧。

林海生:你说什么,我们刚才已经……

艾达:我们刚才已经把十年前未完成的事情做完了。

林海生:(强忍着一种巨大的羞耻感)你把我说得像那种人似的。

艾达:(超冷漠)你已经得到你想要的了,现在可以走了。

林海生:你不是说真的吧?

艾达:(漠然)你觉得呢?

林海生:(发怒,打了艾达)妈的,我林海生等你十年不是为了干那件事!

艾达:(假装不疼,背过林海生)所以你现在看清我了?对我不抱希望了,那就快点走吧,别让我赶你。

林海生:(平静中带着激愤)你不相信我。

艾达:别像个娘们似的,方景堂就快回来了。

林海生:(笃定地)你爱上我了,你害怕,你想逃跑。

艾达:该逃跑的是你。(有些哽咽)

林海生:我怎么才能让你明白呢艾达,你必须跟我在一块——(把艾达扳过来,突然发现)你哭了!

艾达不说话,依旧背过去。

林海生:(手足无措,又不敢再碰艾达)对不起,我把你打疼了。

艾达的后背颤抖着,摇着头。

林海生:你在想什么呢艾达?你忽冷忽热,十年前你这样,现在你又这样?我真闹不懂你。

艾达:(有些想哭)我能相信你吗海生?(海生看着艾达没说话)我已经太久没有相信任何人了。

林海生:你,你别哭,你想要我怎么样?我得做什么才能证明我不是个骗子!?

艾达:(突然转过来)海生,你是真的爱我么。

林海生:是。

艾达:那你肯为我死吗,你肯为我死,我就跟你走。

林海生:(没懂她的逻辑)可是我死了还怎么带你走啊?

艾达:那你不要管,我就问你肯是不肯?

林海生:肯,肯!

艾达:光说不算,一会儿方景堂来了,我要你向我证明。

一阵敲门声。方景堂的声音从舞台后面传出。

方景堂:艾达,你在跟谁说话?

艾达:(惊慌失措)他回来了,他真的回来了。我得把你藏起来。

林海生:你要把我这个大活人藏哪去啊。

艾达:里屋,我的卧室里,海生你先进去躲躲。

林海生:(像得了个好机会似的)你不是要我证明吗?我去开门。

艾达:(赶紧拉住他)我后悔了海生,我刚才昏了头,你躲进去吧,我求你了。

（方景堂的声音再次从舞台后方传出）

方景堂:艾达,你跟谁说话呢。还不开门。

艾达:小裁缝,老爷,正改旗袍呢,我马上就来。

林海生:我去开门。

艾达:(又急又气又不敢大声)海生！（艾达把海生的裁缝装摆摆正,皮尺挂在他脖子上）小裁缝,想带我走就别乱来,记住了吗?

林海生有希望地点点头,（她终于答应跟他走了）艾达去给老爷开门。方景堂上场。

方景堂:怎么搞的,让我等这么久。

艾达:刚刚改旗袍正改到一半,听到敲门声吓了一跳,不小心扎到肉了。

方景堂:(狐疑地)是扎到了你的肉,还是裁缝的肉啊。

艾达:我的,老爷。

方景堂:(端详林海生)这个小裁缝,看着面生。

艾达:他是老师傅的学徒,老师傅腿脚不灵便了,由这位小师傅代劳。

方景堂:多大了?

林海生:32。

方景堂:也不小了,学了几年工啊?

林海生:(看看艾达,艾达拼命使眼色)三年。

方景堂:(也看看艾达,艾达装作若无其事)哦,那还是个新人么,你之前是干什么的?

林海生正要瞎编,见老爷一个手势,随即住口。

方景堂:不如这样,我请你们喝几杯,尝尝朋友从国外带来的好酒。

艾达:老爷,小裁缝回店里还有事。

方景堂:诶,难得今天高兴。

林海生:(不顾艾达阻止)那就全听老爷安排。

  音乐是低沉而抑郁的鼓声。

方景堂:以后艾达的行装就劳裁缝先生多费心了。

林海生:应当的。

方景堂:先生做得好,我就让艾达穿着先生做的旗袍参加酒会,到时候报纸上、杂志上,都是先生的手艺,让上海人都见识见识,岂不大好?

  (方景堂倒了杯酒给林海生)

林海生:蒙老爷错爱,我可请不起艾达这样的大明星来做广告,再者说,匠人手艺好,自会有人来找,不必四处张扬。

方景堂:你误会了,我只是让你把旗袍做好,艾达可是要穿着它参加锄奸酒会的。艾达你把旗袍的用处,给裁缝先生说了没有?

  艾达摇摇头,只顾夹菜。

方景堂:哈哈,裁缝先生可知道上海闹汉奸闹得凶呢?

林海生:我只是个手艺人,不问世事。

方景堂:就要抓到啦,就在今天,不出明天,我就要锄了这祸害,杀一儆百!

林海生:方老爷心怀民族大义,真乃仁人志士。(故意说反话)

方景堂:听裁缝先生的谈吐,不像个粗陋的手艺人。想来也是乱世之中颠沛流离,才做了裁缝吧。(越发觉得海生可疑)

  艾达咳嗽一声示意林海生说话谨慎。

林海生:都是十年前的事情了,不提也罢,老爷喝酒。

方景堂:哈哈,十年风水轮流转,回想当时方景堂还是个鸦片贩子,谁想到如今这般造化?(老爷要有气势和腔调)

艾达:老爷的命好,如今上海滩哪一个不是念着老爷的好?

方景堂:所以我更不能丢了这好名声。他林海生撕我老脸,我得扒他张皮!

  艾达吓得碰倒了酒杯,林海生淡定地扶起来。

林海生:(还带着笑)原来老爷是因为这个林海生伤了您的体面,抹了黑,才非要置他于死地,不是民族大义,是报复。

艾达:小裁缝,别乱说话。

  鼓声越来越密集。

方景堂：裁缝说得对，男人的体面也是能丢的？男人若是没了脸，跟猪狗有什么区别？

艾达：老爷，你跟小裁缝说这些，他听不懂。（艾达帮忙倒酒）

方景堂：男人不能没有脸，裁缝先生你说是吗？

林海生：是。

方景堂：我的姨太太是个美人，裁缝先生你说是吗？（将艾达揪到他的腿上）

林海生：是。

方景堂：娶了一位美人做太太，总还是有些不放心的。（方景堂玩弄艾达的下巴）

林海生：老爷放心，是老爷的东西谁也偷不走，除非……

方景堂：除非什么。（鼓声突然停了）

林海生：除非她自己想走。

方景堂：你说什么？（同时的）艾达：别乱说话！（三个人都站了起来）

嫣红上场。

嫣红：傻裁缝——天杀的不要脸的死鬼，去做个活混到黑了还不回家，婚礼的裙子都还没缝好呢，就一心想着要往外跑，男人就是——哎哟，老爷也在呢。

艾达：嫣红，你怎么来了？你不是要走吗？

嫣红：我就是来把我男人带走啊！（拽着林海生的耳朵）叫你拿了工钱就回家，回家还得缝结婚礼服呢，你磨磨蹭蹭的什么时候缝得完？

方景堂：嫣红，你认识这个人？

嫣红：（扇着扇子，矫作得过火）认识？呵呵呵，我们都要结婚啦！明天一大早我们俩就去美国啦。

艾达：去美国？今天下午你来跟我告别，是为了要跟林海生，跟他，去美国？

嫣红：是啊。

艾达：你可知道他是谁？

方景堂：他是谁？

嫣红：他是谁？他是我男人。（拽着林海生耳朵将他从座位上拽起来）我几辈子修来的未婚夫啊,别看他是个裁缝,当初在东洋的时候,也是风云人物呢。

方景堂:哦,裁缝先生还留过洋?

林海生:(佯装)你个破落户,这嘴就是扇永远封不住的窗户,什么都敢乱抖落。

方景堂:我早看出裁缝先生是有背景的,嫣红,你未婚夫在东洋,是学什么的?

嫣红:废话,当然是缝衣服了!他还能学什么啊?还能开飞机大炮啊!看他这熊样!(嫣红假笑着轻佻地点着海生的太阳穴,做调情状,海生配合)

艾达:看来你对他十分的中意了?

嫣红:嫁鸡随鸡嫁狗随狗呗,我们这种女人还求什么啊。(把手放在艾达肩上,暗指艾达也是"我们这种女人",艾达轻轻将嫣红的手拿开)

艾达:那裁缝先生想必对我们嫣红也是一往情深了?

林海生:我们俩是一见钟情。

方景堂:哈哈,我倒是很有兴趣,你们俩是怎么认识的。

嫣红和海生面面相觑,半天说不出来话。

林海生:嫖呗。今天到了酒场上,明人不说暗话。嫖!

方景堂:哈哈哈,爽快!

林海生:不知老爷和夫人又是怎么认识的?

方景堂:也是一个字,嫖!

艾达:景堂……

方景堂:怎么?

艾达:没事。(林海生又给方景堂倒了一杯酒)

方景堂:奇了,嫖也能嫖来个太太!

林海生:死气白咧地跟着我,我能怎么办?

嫣红:去你的,是你要吃回头草,死马!

方景堂:呦,小两口我这是听谁的呀?

艾达:裁缝先生说说吧,你这匹好马怎么就选中了这片草呢?

林海生不说话了,看着艾达渐渐将嫣红的大话信以为真,心里发毛。

嫣红:还害羞了,真给我丢人!(对林海生推推搡搡,海生就只直勾勾地看着艾达)我们俩啊,十年前就认识了,我是个什么人?嗨,你们也清楚。他呢,纨绔子弟,荷包里有几个钱,就到处地浪。(使劲儿地推了推海生,海生这才收敛了他的目光)

艾达:那他怎么就选了你了呢?

嫣红:呵,世人都嫌我们低贱,可他偏偏是个怪胎,绕了一大圈,还得回到我这来,说到底,(搂着林海生)我们俩是一种人。

方景堂:(听评书似的鼓起掌来)哈,哈哈哈,绝配。

嫣红:老爷,您看这时间也晚了,我俩该回去办事儿了。

方景堂:(笑得眼泪都出来了)好,那你们改天,嗨,我都忘了你们明天就走了,艾达,送客。

艾达直直地看着海生,坐着不反应,海生也直直地看着艾达,不肯走。就在这时,霍新民上场。

霍新民:老爷,您吩咐的事儿我都办好啦!(霍新民一见海生吓得站都站不稳)海——海——

嫣红:(灵机一动)嗨!Good morning!新民你看我这两句洋文学得怎么样?没丢你的人吧?

霍新民:海——(霍新民完全愣住了)

方景堂:新民,什么事。

霍新民:还行!嫣红,你说得还行。

方景堂:新民,你这么晚了过来,是有林海生的消息了?

霍新民:还,还没有,老爷,但是我已经把上海所有的码头都封锁了。

方景堂:一只苍蝇都飞不出去?

霍新民:是的,老爷。

方景堂:干得好!新民,你真是我的得力助手,等抓住了这个林海生,我要好好重用你!

霍新民:谢,谢老爷。

方景堂:林海生的样貌你可记得清楚?我们青帮的人脉里,数你跟他有点交情。

霍新民:记得,记得,老爷。

嫣红:哎呀,老爷,既然上海都为了抓这个林什么的戒了严,那我们俩怎么出去啊?

方景堂:你们有船票没有?

嫣红:有的呀有的呀,霍新民,我让你买的船票呢?

霍新民:(大脑早就停转了,机械地将船票掏出)在这,两张。

方景堂:那就让新民送你们出去,有新民在,都好办。

艾达:(看到两张船票,确信嫣红和海生的故事确凿无疑)这么说,你们真的要走了?

嫣红:是的啊,船票都买好的啦。

艾达:嫣红和小裁缝,早就买好船票,准备结婚去了?

嫣红:(在艾达面前使劲儿晃了晃手)你昏头啦?要我说几遍才听得明白?

艾达:早就准备和嫣红结婚去了,是吗,裁缝先生?

　　海生看着艾达失落的神情没有说话。

方景堂:你一定还有什么话要对他们说吧,艾达?

艾达:(慢慢地走近海生,几乎是一字一顿地)新婚快乐,二位。(说完就坐到椅子上,无力起来了)

方景堂:艾达已经替我道喜了,新民,替我送这对新人去码头。

霍新民:是。

　　三个人往门口走去,林海生折了回来,提高了声调,揭晓真相。

林海生:如果这时候我走了,我就是个大骗子,我同时伤害两个女人,万劫不复。

嫣红:你疯了?快给我回来!

林海生:如果我留下来,就足以证明我够坚挺,我敢为你死,艾达!

方景堂:你是谁?

嫣红:(快要崩溃了,几乎是乞求地颤抖着)回来——

林海生:(只对艾达一个人说话)你看到了,我走出这扇门,在霍新民的陪同下,就可以平安无事地离开上海。

　　艾达也几乎是被海生忽然的壮举吓傻了。

嫣红:(拽着海生的裤腿悲泣着)你疯了,你这个疯子。你爱她爱疯了吗?

方景堂:你到底是谁？

林海生:(仍然只对艾达一个人说话)但是我又回来了,只有两张船票我带一个女人走,那也必须是你。

艾达:(感动)你太傻了,海生。

方景堂:林海生?!

林海生:我就是林海生,方老爷子,你要挫骨扬灰的人就在你眼前。

方景堂:呵,呵!(自己也觉得不可思议)荒唐,真是荒唐!霍新民,这是怎么回事!(方景堂猛敲着他的拐杖)

  霍新民立刻给跪了。

嫣红:你为什么要回来！我告诉过你多少遍这个地方不能来,你偏要来送死!

林海生:嫣红谢谢你,现在她相信我了,她肯跟我走了。

嫣红:现在你还怎么走？你永远走不了了！你知不知道我为了救你、带你走,到处借钱费尽了心思？可你为了这个女人,你,你宁可死也不要我吗？

林海生:(死守着艾达)不是我的,我不要。

嫣红:贱人！都是贱人！你,你,还有你(方景堂掏出手枪),还有你,霍新民！你就永远待在阴暗潮湿的角落里当奴才吧！天生的狗奴才命！(狠踢霍新民)艾达,我告诉你,我今天来了就没打算活着回去,我就是爱海生！我早在十年前就爱海生,我们认识得比你早。我也知道我不配,海生喜欢的是你,可你呢,你只想要他死！我告诉你我嫣红还没完,海生心里有我,他到上海没地方住第一个想到的还是我,我对林海生的爱,谁都比不了！方景堂,我可怜你！哈哈,哈哈,你被戴绿帽子啦！哈哈,哈哈,方景堂被戴绿帽子啦,你被——

  方景堂开枪,一枪结束了嫣红。

艾达:嫣红——(艾达唯一的朋友怀着对艾达的怨恨死去了)

方景堂:把她扔出去！霍新民,把她给我扔出去！

  霍新民吓得只剩半条命,从地上爬起来,将嫣红的尸体拖了出去,下场。

  艾达趴在海生肩上痛哭。方景堂一步步逼近艾达,将艾达从海生身边拽起来摔到沙发上。林海生想上前看艾达受伤了没有,但他被方景堂的枪指着头,无法靠近。

方景堂:艾达,告诉我你刚刚跟林海生在我的家里做了什么?

艾达:(勇敢地)做爱。

方景堂:无耻!(方景堂打了她)

林海生不顾一切靠过来,方景堂一声枪响,林海生左膝跪地;左腿断了,但仍颜色不改,放肆地笑着。

方景堂:你再给我说一遍,你跟林海生在我的家里做了什么?

艾达:我给你戴了绿帽子,我出轨了,我爱上了林海生,我要跟他私奔!

林海生:(捂着流血的左腿)说得好!艾达,跟我走。

方景堂又是一枪,林海生彻底跪倒在地,右腿也断了。林海生很痛。

方景堂:他现在是个残废了,什么都做不了。

艾达:他肯为我死,我就要跟他走,永远跟着他。有多远,走多远!

方景堂:他肯为你死,他可没说他肯为你当个残废。你问问他,他肯吗?

艾达:海生,海生,你的腿,你的腿——(艾达抱着海生)

林海生:方景堂,要杀就杀,别跟个娘儿们似的!

方景堂:我不杀你,我就想看你在我面前这么跪着,在你的女人面前这么跪着。

林海生:你做梦!我不跪你,我凭什么跪你,我,我……(膝盖骨碎了,站不起来)

艾达:海生——别动了,疼——

林海生:不许哭,艾达,别认输。

方景堂:(把枪交到艾达手里)来吧,这个时候丈夫总是最仁慈的,送你的姘头走,让他找嫣红去吧,一样的下流胚子。

艾达:(泪流满面)海生,我害了你。

林海生:开枪吧,艾达!能死在你的手里,我没白来这世上一遭。来!(林海生用头顶着艾达的枪)对准了这儿,一枪就完!

艾达:海生,(在海生的耳朵边上轻轻地说了一句)我爱你。

艾达开枪。海生死了。

方景堂:好!好。(鼓起掌来)我好感动,方景堂的四姨太在自己的家里发现了潜伏已久的汉奸,亲手杀之,大快人心！霍新民,把这条新闻给我登到报纸上,(霍新民已经是个麻木的工具了)我要登头版头条。

霍新民:是,老爷。(霍新民手里拿着笔和纸,飞快地记下老爷的话)

方景堂:给姨太太找一个新裁缝,给她做一套金光闪闪的旗袍,明天我要带她参加锄奸酒会。

霍新民:是,老爷。

艾达:明天？(艾达如梦初醒,将客厅里那张打着柔光的明星海报扯下来,扔给方景堂)明天你就带她去你的酒会吧。(艾达一个人走到舞台的一端,灯光照在她一个人身上,喃喃说道)我是一个瞎子,可你的出现就像茫茫黑夜中突然爆炸的一道光,让我投降了。让我投降了。(艾达举起枪,饮弹自尽,短暂的静场)

方景堂:新民,把客厅给我收拾干净,明天下午的酒会,按时召开。(下场)

霍新民走到两具尸体中间,手中纸笔散落一地。

剧终。

*本剧2013年首演于西北大学"黑美人"艺术节,获最佳剧目、最佳导演、最佳女配角等多项大奖,同年入围第三届国际大学生易卜生戏剧节。2015年,该剧剧本获第三届全国"戏文杯"校园戏剧剧本大赛三等奖。

施鸽

女,陕西西安人,1992年生,2012级汉语语言文学专业创意写作方向本科生,现为南京大学文化研究院硕士生。酷爱戏剧,在校期间,积极参加"黑美人"艺术节,编剧的作品曾获"最佳剧目"、最佳女主角等多项大奖。本人曾获陕西省校园戏剧节获优秀编剧奖、"黑美人"艺术节最佳编剧奖。曾导演小黑剧社年度大戏——话剧《芳心之罪》,应邀赴省内其他高校演出。

萝卜上有泥

人物

郁夫:自称诗人的建筑工人。戴眼镜,个子不高,身材瘦削,气质迂腐,略显神经质。带有尖酸刻薄矫情的文人习气。

小萝:开朗、活泼、娇小又充满力量的少女,极具亲和力。兴趣是做腌萝卜,梦想是成为腌萝卜的大师,实际上是家境优越的富家女。

璐璐:外表清纯、忧郁、充满神秘感,冷傲、独立而且不肯属于任何人,梦想破灭,隐忍现实的美女。

王大锤:工地的承包商,大腹便便的中年商人。奸诈、狡猾、好色。

丽萨:打扮时髦、妆容夸张妖冶的女性。

工人A:年长的建筑工人。温和,有长者风范。常常充当和事佬的角色。

工人B:地位最高的建筑工人。爱发脾气的粗犷大汉,俗气,擅长溜须拍马。

工人C:年轻的建筑工人。单纯,可爱、心直口快,暗恋小萝。体型偏胖。

市民A:男性。

市民B:女性。

市民C：男性。

黑衣人A：王大锤的手下。

黑衣人B：王大锤的手下。

黑衣人C：王大锤的手下。

第一幕

第一场

市民A：看见这栋大楼了吗？这是本市最高的大楼，十年之内没有其他建筑物能赶得上它。

市民B：这样一栋楼，要由千千万万像他们这样的工人，每天一筐筐搬着水泥、一根根扯着钢筋才能建成。

市民C：这栋大楼有最深的根基和最坚硬的墙，地砖像冰块一样闪闪发亮。

市民A：这栋大楼有最复杂的结构，无数长长的走廊都铺着昂贵的地毯。

市民B：这栋大楼有最健全的安保系统，隐蔽的摄像头悬挂在人们的头顶，监视着他们的一举一动。

市民C：这栋大楼有最快的电梯，未来的每一天都会充斥着汗味、香水味、我们精英的精英味……

工人A：精英味是什么味？

工人C：(闻闻，憨笑)哦，还挺香。

工人B：我干了这么多年建筑工人，只有这栋大楼才是我的骄傲！你们看，它有多美！

工人A：现在，眼看着大楼建成了，我感到十分光荣。

工人C：这楼是我们建的！

工人众：对，是我们建的！

市民A：这栋楼是为我们建的！

市民众：对，是为我们建的！

工人众沉默。

工人A:这大楼建好了,我们就进不去啦……

工人众:唉!

工人B:是因为我们没有精英味?

工人C:是因为我们该去建下一栋大楼了。

工人A:唉……真可惜,明明我们才是这栋高楼的创造者!

工人B:算了吧,创造者总是最先被遗忘的!

市民C:不是我们忘记你们了,而是我们需要惦念的事情太多了。

市民A:我们关注空气和水的质量,食品安全,房价,还有油价。

市民B:我们关心房贷,租金,水电费,物业费和奶粉钱。

市民A:我们苦恼于工资要及时交给老婆,藏私房钱怎么才能不被发现,看望丈母娘的时候带什么礼物才能有面儿!

市民B:我们习惯于上天涯灌水,泡豆瓣吐槽,听流行歌,看日韩剧,但是从不看书。

市民C:难道就没人想到那两个意义重大又振奋人心的词儿吗?它们中的一个让你热血沸腾,另一个让你心痒难耐;一个让你殚精竭虑,另一个让你抓耳挠腮。

市民B:什么词儿?

市民C:梦想和爱情!

众人众:梦想和爱情?

市民A:大家都是成年人了,谈梦想好像不太合适。

工人A:我这辈子都没给别人说过"我爱你"(含糊)那仨字,能有个什么爱情。

除市民C外的众人:关于梦想和爱情没什么好谈的,让我们换个话题。

市民C:我们这些人懂什么是爱情吗?我们不懂,你们也是(指工人)。而他们呢,他们这些年轻的人懂什么是爱情吗?他们只懂生活,不懂爱情!

第二场

舞台上并排放着两把长椅,郁夫坐在其中的一把上,身侧一沓报纸。

一手拿本一手拿笔。

郁夫：我究竟为什么会爱你？是因为你长及脚踝的裙子、冷淡的眼睛还是乌黑的发尾？是因为你画里鸽子鲜红的嘴巴、金色的云朵还是碧绿的天空？在这个搭上句话就能一起睡觉的年代里，我和你素不相识。如果你是另一个女人，另一个和我素不相识的女人，她像你一样，长裙子，长着眼睛头发并且会画画，那我，是不是也会爱上她？

同时，璐璐上台，背着画板、颜料，坐在郁夫旁边的椅子上。

郁夫：（紧张）下午好，画家。

璐璐：你好。

璐璐打开画板描绘线稿。

郁夫：我喜欢你笔下的树。

璐璐：什么？

郁夫：一棵树，生长得超出了它自己。就像是越狱成功的山羊，漫山遍野地找它最爱吃的那种草。

璐璐：谢谢。

郁夫：可是你总是在画树，我也希望看到你画些别的，比如天空，比如女人。

璐璐：我画不好别的。

郁夫：你总是在低估自己的才能。

璐璐：我运气不好，一直都抓不住机会。

郁夫：机会？机会能带给你什么？充满工业气息的铜子儿？外行人自以为是的评论？看到那栋大楼了吗？我们建造的那栋冰块儿一样的建筑物，不出几个月，就会塞满冷酷无情的年轻人。那几年，我啃着书本从破败的小山村挤到那样的大楼里，却没想到那里比我家后院的猪圈还要狭隘。每个人、每块地砖、每丝光线和每缕空气都在试图改变我、同化我、消磨我，让我也成为一个无聊自私愚蠢肤浅的人。我拒绝自我欺骗，选择离开，奔向自由。

璐璐：后来，你就变成现在这个样子？

郁夫：我不觉得这样的生活有什么可耻，正相反，力气活能让你的脑袋变得更加纯粹。

璐璐：(看表)休息时间结束了。

工人A：郁夫！郁夫！快来，上工了！

郁夫：璐璐，在你的画里，我没有发现任何明确存在的意义。我找不到主题，下不了结论，一切都呈现出它们应有的样子，教条全都下了地狱。你让我思考，让我苦恼，让我痛苦，让我高贵。

璐璐：谢谢你，诗人，至少你让我感到一点儿安慰。

  郁夫从裤子后面拿出白线手套带上。

郁夫：我是一个诗人，向别人介绍自己的时候，我总会这样说。然而我的另外一个身份是……

工人B：别磨叽了，都在这儿等你呢！

郁夫：一个建筑工人。

工人C：啥建筑工人，不就是一搬砖的么。

  郁夫下场，璐璐画画。

  王大锤上，见璐璐，整理衣着。

王大锤：美女，画画呢？

  璐璐继续画画。

王大锤：怎么，一个人来的？

  璐璐继续画画。

王大锤：我觉得你这辆车画得挺好看的，特别有层次，非常有动感，一看就是大师级的。

璐璐：这是棵树。

  王大锤讪笑走开，又回来。

王大锤：美女贵姓啊？一起去喝杯咖啡？

璐璐：没空。

王大锤：别这么冷淡嘛，给个机会呀。

璐璐：走开。

王大锤：美女，给留个电话呗，认识一下，交个朋友。

  璐璐瞥他一眼，收拾东西，快速下场。

王大锤：(跟着)美女，去哪儿呀？我宝马就在路口停着呢，顺路，真顺路！

第三场

  工人们在工地上劳碌着,脚手架和钢筋散落一地。

工人C:(对工人A)大哥,等会儿散了工,咱去买点儿酒喝喝,俺娘又给我打电话了,心里贼高兴呢。

工人B:还喝酒呢,工期之内不能喝酒你不懂啊?看你手脚慢的,等会儿干不完饭都没得吃!

工人C:一天到晚就骂骂咧咧的。

  郁夫着西装提公文包上台,扔包,脱掉西装摔在地上,颓唐地蹲下。

工人C:大哥,郁夫的诗歌是不是又被退回来啦?

工人A:嘘!小点声,不要身后说人是非。

工人C:我就说!这都第几次了?瞎猫也总得撞一次死耗子吧?大哥,你说这人,这白天上工呢不好好上,夜里大伙儿都睡觉呢,他开一小灯读书看报,真矫情!成天拿个小本本,没事蹲那儿念呀写呀,也没见发表个啥作品,我看他就没那本事!

工人A:读了几年书的人,都有这毛病。刚进城不知道自己几斤几两,那么好的工作也给辞了!唉!罢了罢了,谁年轻时没做过梦啊?就是可怜他父母了。

工人C:那俺咋没做过梦咧?

工人A:你不做梦,你说胡话。

工人B:咋回事,不上工了?等着挨削呢?你们不想吃饭我还嫌饿呢!

  两人立刻开始工作。

  工人B踢郁夫一脚,郁夫被踢倒。

郁夫:你干什么!

工人B:你干什么!不好好上工,穿成这样哪儿浪去了?

郁夫:我去出版社了。

工人B:又去出版社?成天跑出版社,我咋没见你发表个啥作品?醒醒吧!(拍郁夫脸)小子,成天做梦会死人的。

工人C:做梦咋死人?

工人B：(踢)蠢死,饿死,郁闷死。

  工人B远远看见一人。

工人B：王老板,您来啦!……老板来了,快干活!

工人B：王老板快请快请!

王大锤：哎哎哎,不客气不客气。我今天就是来转转。最近怎么样,工期没耽搁吧?

工人B：老板,有我监工,你放心。

王大锤：新来的?

工人B：他叫郁夫,刚来不久。

王大锤：郁夫?

工人B：他每天晚上都读书看报。

王大锤：哦?

工人B：白天还没事写诗。

王大锤：有点意思。你能写诗还跑到我这工地上搬砖?

郁夫：个人爱好。

王大锤：个人爱好?嘿,这林子大了,连会写诗的鸟都有啊。(工人B从公文包里拿出郁夫的诗歌让王老板看)在粗野的夜里游荡/我是这无人街道的帝王/挂在黄牛的犄角/梦想放声歌唱……(鄙夷地笑着)三月过半/打翻月亮,半顷昏黄、烈酒烧喉,我被铆钉夯在脚手架上……(态度转变)嗯……小伙子,你过来。

郁夫：王老板。

王大锤：哎,别叫王老板,叫王哥。这诗,都是你自己写的?

郁夫：是。

王大锤：小伙子不错。倒是让我想起以前……咳,不说这个。你王哥我最近看上了一个姑娘,替哥写几首情诗,让哥泡妞用用?

  郁夫不作声。

王大锤：别不吭气呀!写两首情诗,让你王哥用用呗!

工人B：(尴尬)他这是拉屎之前要先憋气,酝酿着呢。

郁夫：我写不了。

王大锤：写不了?

  郁夫摇头。

  王大锤看工人B。

工人B：(小声)臭小子，随便敷衍几句，老板能亏你吗！

郁夫：我不写。

王大锤：呵。

工人B：王老板您别生气，我再……劝劝他。

王大锤：得了，年轻人，有种！不过，骨头再硬，能抵挡得住……(掏钱包)这个吗？

王大锤：把你写的那些情诗，拿出来给哥用一下，哥不会白用嘛。

郁夫：我不会写情诗。

王大锤：不会写？哦，我懂了，(拿出更多钱)这下会写了吗？

郁夫：不会。

王大锤：还不够？小伙子年纪不大，胃口不小。(拿出更多钱)够你会的了么？

郁夫：收回你的破钱！恶心！

王大锤：哎呀哈，给脸不要脸？一个臭搬砖的，敢瞧不起我？我一沓子钱恶心死你你信不？

工人B：王老板、王老板您别生气，跟他一般见识还不脏了您的尊贵，这事儿您交给我，(拿过钱)我来说他！(对郁夫)还想不想在这儿干啦？赶快给王老板道歉！

王大锤：限你两个星期之内把诗给我写出来，不然……

工人B：(抢话)你等着瞧！

王大锤：滚蛋！

  王大锤下，工人B下，郁夫离开A、C，两人推搡下。

郁夫：(走向台中央)诗人就像这云和天空的王子。他经常在风暴中出没，嘲笑地上的弓箭手。但若放逐到人间，成为呵斥和揶揄的笑柄，他巨大的翅膀只会妨碍他行走。

第四场

小萝：(围着围裙、推着小车)各位亲爱的父老乡亲们，大家晚上好！请允许我占用你们一点点宝贵时间。我想大家一定都经历过晚上看美剧、玩剑三、上微博,正开心的时候手边没东西吃而百爪挠心纠结不已的痛苦吧!这位小姐,同是女孩子,我当然能理解这种情绪得不到释放的郁闷,在美食和身材中挣扎的痛苦!我今天来,是给各位推荐一种美食——就是经由我家祖传秘方,纯天然原料纯手工自制,绝对不会乱用食品添加剂的腌萝卜!因为制作方法和食材种类的不同,我产品还分为腌萝卜、酱腌萝卜、豆酱腌萝卜、黄豆酱腌萝卜、开胃腌萝卜和韩式腌萝卜!此外,还有腌萝卜干、腌萝卜条、腌萝卜块、萝卜泡菜、小萝卜泡菜、白萝卜泡菜、红萝卜泡菜和酒酿萝卜泡菜等!量大优惠,好吃不贵!怕长胖的那位小姐,别犹豫了,我家萝卜低热量高代谢,美味美丽一起来!爱吃辣的那位先生,我看见你咽口水了,快来尝一尝,保证辣得正宗辣得过瘾辣得你不敢相信!支持试吃,支持货到付款,下单的亲一定要给个5分好评哦,么么哒!

郁夫:(西装外套搭在肩上,裤脚挽着,提公文包上)卖萝卜的,你说完了吗?

小萝:这位先生,你要买萝卜吗?

郁夫:萝卜有什么好吃的?

小萝:这位先生,你可不知道我们家萝卜,是经由我家祖传秘方,纯天然原料纯手工自制,绝对不会乱用食品添加剂……

郁夫:行了,不就是卖个萝卜嘛,扯那么一长串有的没的干吗。

小萝:明星出道前还要整个容呢,包装是对产品和生产者最大的尊重。

郁夫:少来这套。还包装,中国的食品安全就是被你们这群人给败坏的。

小萝:我家萝卜……

郁夫:几个萝卜块儿嘛,能有什么好吃的?

  小萝把一块萝卜塞到郁夫嘴里。

小萝:好吃吗?

郁夫:(一愣)嗯,有点酸。

  璐璐上。

璐璐:小萝,又和谁吵架呢?

小萝:璐璐姐?好久不见!

郁夫:璐璐?你怎么在这儿?

小萝:璐璐姐,你们认识啊?

璐璐:(两人同时)朋友。

郁夫:(两人同时)认识。

小萝:奇怪,璐璐姐怎么会有你这样的朋友?

  璐璐站远,转换角度,双手架框观察。

小萝:璐璐姐,怎么了?

璐璐:小萝,下个星期三的这个点儿,你还在这儿出摊吗?

小萝:对。

璐璐:很好,我想画一幅关于你的画。

小萝:画我?太好啦,没问题!

  璐璐接过小萝的食品袋。

郁夫:能在这里遇见你,我很高兴。

璐璐:我决定接受你的建议,尝试画一些其他的。

  璐璐下。

小萝:喂,喂!看什么呢?人都走了!

  郁夫傻笑,抓萝卜嚼起来。

小萝:(打他的手)今天出门没吃药吧?

郁夫:她怎么会在这里?

小萝:璐璐姐可是我这里的常客,每个星期都会来几次,最喜欢的就是我家的白萝卜泡菜。

郁夫:你应该感到庆幸,这种食物根本配不上她。

小萝:呵,我家萝卜入不了您老的法眼,行行好,边上挪挪,别打扰我做生意!

郁夫:卖萝卜的,你要有直面现实的勇气。

小萝:我卖的不是萝卜,是艺术!

郁夫:这年头,承包鱼塘的都敢说自己是总裁。

小萝:你!哼,说了你也不懂!

郁夫:不懂也比装懂强。

小萝：那我可要跟你好好说道说道。第一，腌萝卜需要绝对的耐心和技术，对原材料、调味品、湿度、温度和卫生状况要求严格，制作环节也绝对不能出错。腌萝卜就像是谈恋爱，所有的一切都从最本质和最干净的地方开始。你得循序渐进、徐徐图之，一旦沾上一点点脏东西，萝卜和爱情都得完蛋。第二，就算腌萝卜成功了，难道就适合每一个人的舌头吗？有些人喜欢咸的，有些人喜欢辣的，你所能给予的爱情永远只能满足自己。第三，腌萝卜只是"开胃小菜"，一个人无法只吃萝卜活着，就像人活在世上，不能仅仅依靠爱情。

郁夫：看不出来，你还挺有研究。

小萝：那当然。（表情投入）我想要的爱情，一定要像是白萝卜泡菜一样，看起来像块玉石一样纯洁无瑕，闻起来像是青草一样沁人心脾，吃起来鲜嫩多汁，辛辣的汁水像火焰一样燃烧在唇齿之间，让人热血沸腾，心旌动摇，全身酥麻，眼冒金星，大汗淋漓……（恢复常态）这一点，我已经和璐璐姐交流过了，她可是完全同意我的看法。

郁夫：璐璐？她也这样想？

小萝：绘画和腌萝卜是有相通之处的。我们艺术家的思维，是你这种凡人能理解的吗？

郁夫：艺术家……是的，除了画画，我对她一无所知……不，今天我知道了，她当我是朋友，她喜欢白萝卜泡菜，她想拥有一份白萝卜泡菜一样的爱情！（跪下）

小萝：你干什么呀？

郁夫：（握住她的手）我爱上了一个人。彻彻底底，完完全全，爱上了一个人。"爱情"太难以界定了，如果说我之前对此怀有偏见，那么从今天开始我将毫无保留地为她付出一切。夕阳西下，天空着火，人声鼎沸，我因为她而心律不齐。如果她梦想着拥有一份腌萝卜式的爱情，我会竭尽所能满足她的愿望。

小萝：你……你说真的？

郁夫：当然！璐璐……错不了了，我爱她。

　　市民A上台，西装革履，戴白手套。

市民A：小姐，时间到了，我来帮您收拾。

小萝:(站好)好的。

市民A:(对郁夫)走吧,收摊了,想吃的话明天再来。

市民A:(对小萝)小姐,您先上车吧,太太在车上等您。我把萝卜车放到车库里。

  市民A收拾萝卜摊。

小萝:谢谢。

郁夫:你是……卖萝卜的?

小萝:对呀。

郁夫:有钱任性?

小萝:体验生活!

郁夫:都差不多!

小萝:那不一样,我可是有梦想的!

郁夫:巧了,大家都是有梦想的人!按道理,你应该帮我一把。

小萝:帮你……也行!

  跟在市民A身后下台。

小萝:明天见!

  郁夫把衣服扔在地上,傻笑。

郁夫:璐璐,璐璐,璐璐,璐璐!

第五场

  一个沙发、一个茶几,茶几上放着装萝卜的食品袋,桌上地上摊放报纸,绕台摆数个画架。

璐璐:(看着报纸打电话)喂,您好,我看到贵公司的招聘信息,我是应聘接待文员的……哦,好的,好的,谢谢您。那,行政助理呢?哦,好的,还有其他职位吗?是吗,那一有消息麻烦您通知我,再见。

  璐璐的舍友丽萨上台。

丽萨:(接电话)哎哟,王老板!您最近怎么样,有没有想我呀?……什么,帮您介绍个女朋友?……身家清白,无不良嗜好,父母健在,独生子女,城市户口?我哪认识这样的姑娘!……王老板您别生气,我跟您开玩笑呢！什么,还要高个子,长头发,穿长裙,会画画？……(躲开)哎哟,这可巧了,和我合租的室友,就是您好的这一口！……可是人家姑娘和我们这些可不一样,说起来,是有些难度。……哎呀,不是钱的问题,知道您不会亏待我的……您放心,有我这张嘴,保证让您抱得美人归！……好的,好的,拜拜！

丽萨：璐璐,又在找工作了？(拿起食品袋)天哪！你就吃这个？姑娘,走,换衣服,我带你去吃晚饭。

璐璐：谢谢,不用了。

　　璐璐站在画板前。

丽萨：璐璐,不是我说你,你现在的工作也太不靠谱了。给那些小公司打零工,一个月里忙前忙后,到底能赚几个钱呀？这几个月你很少画画,还不是连颜料都快买不起了吗？你这么年轻,又这么漂亮,窝在这种破房子里,简直太浪费了。要我说,你就应该找找门路、耍耍手段,勾搭个有钱人嫁了。

璐璐：结婚？我还没有那么绝望。

丽萨：哎呀,不就是被前男友甩了吗,那种见利忘义的男人不要也罢。三条腿的蛤蟆难找,这两条腿的男人可到处都是啊！你要是想谈个恋爱,我这里可有一大把优质男人的联系方式哦。

璐璐：对现在的我来说,蛤蟆和男人没有任何区别。谈恋爱？爱情能让我搬出这个破房子吗？爱情能给我买颜料吗？爱情能让我开画展吗？

丽萨：对啦,画展！(咳嗽一声)你要是这样想,我倒是有办法让你过上舒心日子,就看你愿不愿意。璐璐,你知道我是干什么的,介绍你个老板还不容易？虽然我们职业小三儿的工作并不光彩,可是干得好了,别说是办画展了,有房有车也不是难事。凭你的容貌身材,就等着大鱼上钩,衣食无忧吧。

璐璐：目的明确,步骤简单,手腕高明,很有效率。

丽萨：璐璐,我可真看不懂你。不过,我就当你是答应了。丑话说在前面,迈出这一步来,你可千万别后悔。

璐璐：后悔？让我后悔的事情太多了,多一次,少一次,对我没有任何影响。更何况,让我脱离眼下的困境,举办一次画展,这也不失为一种

　　　　捷径。

丽萨：懂得走捷径的姑娘都是聪明的。

璐璐：老老实实的生活并没有给我带来任何好处,我还是像只老鼠一样窝在这种暗无天日的洞穴里。生活是一场倒霉又残忍的游戏,抓住机会,抱着随心所欲的心态会让你更幸福。

丽萨：(喜滋滋)我出去打个电话,你先换衣服,穿漂亮点儿啊!

　　　　璐璐站在台前。

璐璐：我不属于任何人,我也不拥有任何东西。生活要让我逆来顺受,我只能对它保持距离。

第二幕

第一场

　　　　一张桌子,两把椅子,书架摆满了书和稿纸。郁夫站在桌前,一边看书一边频频看表。

　　　　小萝长裙披发,提袋上。袋子里装着萝卜、菜板、菜刀和酱料。

小萝：我来了我来了,今天生意忙,把时间耽搁了。

郁夫：你今天……

小萝：怎么了?

郁夫：(打量她,摇摇头)……

小萝：哎呀,我直接从家里过来的,还没来得及换衣服……

郁夫：好好好,我们开始上课吧。你教我白萝卜泡菜的做法,按小时计费,我想我之前说得很清楚。你迟到了20分钟45秒,按理说,我应该扣你两块七毛七。可是一来我不是那种小气的人,二来咱俩还算是有点儿交情……这样吧,抹零凑整,我扣你三块。

小萝：瞧瞧你那穷酸样儿!三块钱,我才不稀罕呢。

郁夫：那太好了!咳,你做得很对,在金钱上斤斤计较是俗人的习气。我们快开始吧!

小萝:等一下!(扔出一卷纸)

郁夫:(仓皇接住)什么啊?

小萝:菜谱。

郁夫:啊?

小萝:不背菜谱,就想拿菜刀呀?啧啧,太嫩了!我说过,我腌的不是萝卜,是艺术!

郁夫:得了吧。

  小萝在他房间转悠。

小萝:郁夫,我听人家说,你是个诗人?

郁夫:那是我的梦想。

小萝:你的梦想……

郁夫:怎么?你能做个腌萝卜的艺术家,我就不能做个大诗人吗?

小萝:诗人?哎呀,真应该让我爸妈见见你,省得他们总说我不切实际。

郁夫:把诗人、腌萝卜的师傅、昆虫学家、软件工程师、光写好话的记者、保险精算师和胳肢窝测试员加以区分并差别对待,是本世纪人类最大的错误。

小萝:这话我爱听。他们总说生活应该脚踏实地,可梦想从来不长在地上,它们像星星一样,睡在天上。

郁夫:你这话倒是有点儿诗意,果然近朱者赤。

小萝:别嘲笑我了。郁夫,我听过你的诗。你不是该生活在这种地方的人。

郁夫:是吗?

小萝:这样一间屋子,又小又脏又破……

郁夫:可是我别无选择。穷困潦倒,本就是与诗人为伴的。

小萝:那么不做诗人……不,你可以先去那栋大楼里,你在那儿站稳脚跟……

郁夫:我不会回去的。

小萝:这样的生活不痛苦吗?

郁夫:痛苦?痛苦乃是这世间唯一的高贵,无论人世和地狱都不能腐蚀。

小萝:我不懂。

郁夫：我的生命本来就是为了歌颂美而诞生的，美就是一切。我憎恶这个苍白愚昧的世界，没有哪里放得下我的英雄梦想。我为爱情歌唱，我为梦想歌唱，我为自然歌唱，凡间无法剥下我的高贵，我要飞到天上去，把俗世狠狠抛在地上！

　　郁夫站在桌子上。

郁夫：看到那只羊了吗？（指远处）就在绿色的湖泊上面，它有一群紫色的小羊仔儿，它们枕着妈妈的肚子睡觉。

小萝：你说什么呢，郁夫？那是一座山啊，我们离得这么远，哪儿能看得到羊？

郁夫：你看不见。是的，你看不见。只有我能看见，这样的景象，除了璐璐，只有我能看见。（缓缓坐下，笑）

小萝：哼。才思泉涌的大诗人，你可以开始背菜谱了，十分钟之后检查。

　　小萝拿着郁夫的诗集，绕过桌子走到台前。

小萝：郁夫，这些诗歌是写给谁的呀？

郁夫：我的爱人。

小萝：你的爱人？是……嗯，现在写情诗的男人可不多见，你还挺古典的。

郁夫：遇到她之前，我从没想过爱情会是如此美好的事。写诗算什么，只要我能，只要她愿意，我会为她做尽一切力所能及的事。

第二场

　　工棚里，工人C和工人A坐在小马扎上，两人之间的地上放了几瓶二锅头，一碟腌萝卜。

工人C：大哥，你说神经病会传染不？

工人A：能问出这个问题我估计你已经离染上不远了。

工人C：不是啊大哥，自从那天郁夫哼着小曲儿回来之后，我就没见他吃过别的。

工人A：你们这些小年轻啊，仗着身体好，成天瞎折腾。这样吧，我去劝劝他。

工人C：不是啊大哥，不光郁夫一个人不正常啊。

工人A:那还有谁?

工人C:还有小萝呀。

工人A:小萝?

工人C:康杜国际十字路口那个卖萝卜的小萝,那个可漂亮的小萝!那个我喜欢的小萝!她呀,也被郁夫传染啦!

工人A:咋回事?

工人C:她现在每天晚上都提着一大堆东西到咱们的工地来,跟郁夫两个人在房间里不知道捣鼓什么呢。好好的一个姑娘家,这不是让人说闲话嘛。

郁夫手里拿着一张纸上台,念念有词。

郁夫:白萝卜洗净连皮切小块,用盐腌制一个晚上。姜蒜剁碎,大葱切片,加入辣酱、糖、生抽、香油若干。把调料倒入萝卜中拌匀,密封后冷藏即可。

郁夫做背诵状。

工人C:郁夫,你这是干什么呢?

郁夫:背菜谱。

白萝卜洗净连皮切小块,用盐腌制一个晚上。姜蒜剁碎……

工人A:来来来,过来喝两口,要问你话呢。

郁夫依言走来,拿起一瓶二锅头。

工人A:你和那个小萝到底什么关系?

郁夫:没关系。

工人C:真的没关系?

郁夫:就算有也是买方和卖方的关系。

工人C:(大声哭号)啊——

郁夫:你们想到哪儿去了?她教我腌萝卜,我给她付学费,就是这么简单!

工人C:你们俩要是没什么,小萝教你这个干吗呀?

工人A:我看小萝她挺喜欢你的。

工人C:那是她瞎了眼。

工人A:你要是对小萝没意思,就趁早给她说清楚,不要耽误人家。

工人C:也不要妨碍别人。

郁夫:我说你们俩烦不烦呀?我已经有喜欢的姑娘了。腌萝卜,就是为了那个姑娘而学的。

工人C:(面露喜色)就是说,你真和小萝没什么?

工人A:看不出来,你还挺下工夫啊。

郁夫:我不能为她做什么事情,学会她喜欢的食物,是让我离她更近的唯一办法。

工人A:跟哥说说,姑娘叫啥?

工人C:多大了?

工人A:家住哪儿?

郁夫:不知道。

工人A、C:这怎么能行?

工人C:万一人家已经结婚有娃了呢?

工人A:(敲了下工人C的脑袋)这种情况下,你给人家腌萝卜不顶用。喜欢姑娘,要拿出行动来。

郁夫:我这不是已经在行动了。

工人A:你这不算。腌萝卜哪是行动?知道姑娘爱吃啥,这最多叫锦上添花;明白姑娘需要啥,这才是雪中送炭!

  三人边说边喝酒,醉意熏熏。

工人A:郁夫,虽然你来工地也没多久,我也看了,你人不坏。以后有啥事需要帮忙,给我俩打声招呼,大事我们干不了啥,平时里搭把手没啥问题。

工人C:大哥说得对。只要跟小萝姐没啥关系,让我干啥都行。来,干一杯。

  小萝跑上台。

小萝:郁夫,你怎么还在这儿呀,今天不上课啦?

工人C:小萝姐,你们上课的时候,需不需要我在一边帮忙呀?

小萝:不用了,谢谢。(对郁夫)快点跟我回去。

工人C:小萝姐不用跟我客气,你们上课,我不吭声,就在一边儿看着。

小萝:我先回去了。

工人C:(跟上)小萝姐,你不要走这么快,小心别摔跤。

郁夫:喂,我们这是要上课呢,你凑的什么热闹?(跟着下台)

工人A:(走回小马扎坐下,喝酒)这话倒是一点儿没说错,神经病果然是会传染的。

第三场

郁夫房间场景,小萝仍是长发长裙打扮。

小萝:郁夫,人呢?

郁夫:来了!

郁夫昏昏沉沉上。

小萝:别成天跟他们胡闹……你菜谱背得怎么样啦?

郁夫:不要低估诗人的记忆力。

小萝:(拿出萝卜)这节课,我教你切萝卜。

郁夫不说话,迷蒙地站在小萝身旁。

小萝:(拿着萝卜走远几步)你喝酒了?

郁夫:没多少,不碍事。

小萝:明天璐璐姐来给我画画,你要来吗?

郁夫:当然。我发现你这样打扮……看顺眼了,也挺好看的。

小萝:咳,我们开始上课吧。

郁夫:(凑近,突然拽小萝裙子,神情天真)你这个裙子好丑,让你看起来像个胖墩墩的草莓。

小萝:(扯过裙子)郁夫!我看今天的课是没法上了,我回去了,明天再来。

郁夫又站上桌子。

小萝:郁夫,你喝醉了,快下来!

郁夫:我是海中那一团肆意燃烧的野火!孤独畏惧我的狂热!我在尖叫在沸腾,我是安静是寂寞!

小萝:郁夫,你快下来!

郁夫蹲在桌子上,就势抱住小萝。

小萝:郁夫……

　　　　小萝挣扎。
郁夫:璐璐,我不知道自己该怎么做。可是我为你做了很多事情……璐
　　　璐,我是爱你的,你知道吗?
　　　　小萝不语。
郁夫:我知道那个卖萝卜的喜欢我,可是那又怎么样? 我爱你啊,我是爱
　　　你的。
小萝:我知道。
郁夫:你知道? 太好了!(狂喜状,仔细看她的脸)
郁夫:你……小萝?
小萝:(推开,扇巴掌)我真是吃饱了撑的才会喜欢你!
　　　　郁夫愣神,如在梦中。

第四场

　　　　郁夫抱头坐在椅子上。市民们依次上台,每人手中擎着一面镜子。
市民A:(推着镜子上台)自作多情。
市民B:(推着镜子上台)自以为是。
市民C:(推着镜子上台)三心二意。
工人A:(推着镜子上台)不可理喻。
工人B:(推着镜子上台)自相矛盾。
工人C:(推着镜子上台)自私自利。
　　　　镜子放置的位置,刚好将郁夫围在中间。
市民A:你是被宇宙射线辐射过的矮倭瓜。
工人B:是热带雨林里沉积千年的腐殖质。
市民B:是臭水沟里行动迟缓的长毛龟。
市民C:是显微镜下拐弯抹角的埃博拉病毒。
郁夫:你们是谁,是从哪儿来的?
众人:我们是你的梦。
郁夫:我的梦?
市民C:在梦里你想干什么就干什么。

市民 B:升官发财。

工人 A:金榜题名。

工人 B:洞房花烛。

工人 C:改头换面。

市民 A:暴饮暴食。

众人:是的,我们满足你的一切愿望。

郁夫:我想成为一个大诗人。

众人:(互看,齐答)对不起,我们帮不了你。

郁夫:经不起考验。

工人 C:都是他们的错。

众人:我呸!

市民 C:在梦里,你想见到谁就见到谁。

郁夫:想见到谁就见到谁?

众人:是的,我们满足你的一切愿望。

郁夫:我……我想见到璐璐。

市民 C:请你闭上眼睛。

众人:我们满足你的一切愿望。

  璐璐上场,走到镜子中央,捂住郁夫的眼睛,在他的头顶上一吻。

  郁夫睁眼,璐璐的身影消失在镜子后面。

郁夫:璐璐,是你吗?璐璐,你在吗?你在哪儿?

工人 A:我们是你内心世界的幻影。

市民 A:你一直在呼唤我们。

郁夫:什么?我没有。

市民 C:生命就像是野草,一切终归是徒劳。

工人 B:她的一只眼睛里是月亮,另一只眼睛里是太阳。

市民 B:爱情和欲念是我心中撕扯不断的绝望。

郁夫:这是我的诗!

市民 A:水的悲伤融化我的身体,我的身体融化成水的悲伤。

工人 A:忧郁被镌刻在你冷淡的眼眸当中。

工人 C:你的身体像是平静的海,在它里面有一颗红色的雪球。

郁夫：你们不要念了！
　　　众人同时念诗。
市民C：神选中了我，美选中了我，爱选中了我。我的骄傲在云朵之上狂奔，把俗世狠狠抛在地上。
市民B：痛苦在水面上激起涟漪，肉欲被放在火焰里燃烧。我看见你的小腿，你的小腹，你的颈部，它们在向我诉说爱情。
郁夫：不要念了！
工人B：姑娘被埋在荒凉的土地里，野狗吃掉了她的一只脚。死者的灵魂在原地徘徊，四面八方都能听见她痛苦的哭号。
工人C：雪球融化从你身体内部不停地坠落。你身体里咔哒作响的钟表开始逆向行走，这很悲伤，也很美丽。
郁夫：闭嘴！
市民A：水中的一切透彻而宁静，欲望就像是擦过皮肤的鱼群。下沉，下沉，下沉。时间离我而去，肉体离我而去。
工人A：他在没有出口的爱情墙里来回碰壁。他在没有出口的生活墙里来回碰壁。他是谁？他从哪儿来？他往哪儿去？
郁夫：闭嘴，闭嘴，闭嘴！
众人：这里的寂静震耳欲聋。这里的寂静震耳欲聋。这里的寂静震耳欲聋……
　　　此时郁夫在镜子前面奔跑突围，但是出不去。
郁夫：（跪倒在地）放我出去，放我出去，放我到外面去！
市民C：困住你自己的只有你自己。
工人A：你所能给予的就只有这些酸诗。
市民A：你一无所有。
工人B：你一事无成。
市民B：一个多情的废物。
工人C：一个冷酷的流氓。

第三幕

第一场

　　小萝恢复卖萝卜打扮站小车后,璐璐在一侧画画。郁夫工人穿着蹲台前,身旁放一食品袋。

璐璐:小萝,你们怎么了?

　　小萝和郁夫对视,小萝白眼。

小萝:没事。

璐璐:吵架了?

小萝:璐璐姐,你画画好不好?

璐璐:好吧,你别乱动。

小萝:璐璐姐,听说你要开画展了,真的假的呀?

璐璐:真的。

郁夫:你要开画展!太好了!(看小萝,又蹲下)

小萝:我就说嘛,是金子总会发光,像你这么有才有貌的女孩儿,有什么事情是做不到的?

璐璐:小萝,你今天怎么了?

小萝:我……(看看郁夫看看璐璐)没事。

璐璐:小萝,你和你家里人谈得怎么样了,他们同意了吗?

小萝:别提他们。我都长这么大了,自己想干什么不想干什么,他们管得着么!

璐璐:那就好。

小萝:璐璐姐,你画展那天,我能去看吗?

璐璐:当然。我会把有你的这幅画挂在最显眼的位置,人们一进门就能看到。

小萝:太好了!今天回家我就要告诉爸爸,让他去把这幅画买下来。

璐璐:不需要,画展结束之后,我会把它送给你。

小萝:那怎么行,璐璐姐……这么好,有这么多喜欢你的人……不过,璐璐姐,我一个卖萝卜的推着个萝卜车,这样的画挂在正门口,会不会把你的档次都拉低了呀……

璐璐:胡说。这幅画里不仅仅有一个推着萝卜车的小姑娘,我想表达的,比这些多得多。我会把这幅画命名为《最后的梦想与纯洁》,向所有人传递你带给我的力量和感动。

小萝:《最后的梦想与纯洁》?谢谢你,璐璐姐。

　　市民A上,恭恭敬敬。

小萝:璐璐姐,要不然咱们今天就先到这里吧,我得赶紧回家了。

璐璐:好。

　　璐璐收拾画材。

　　小萝和市民A收拾萝卜摊。

小萝:我走了,璐璐姐再见。(看一眼挥手的郁夫,推车下)

郁夫:璐璐。

璐璐:怎么了?

郁夫:我也想买你的画。

璐璐:没关系,我可以送你一幅。

郁夫:不,我要买的。

璐璐:你有这份心意就够了,诗人,我们都不容易。

郁夫:这个给你。(递塑料袋)

璐璐:什么?

郁夫:白、白萝卜泡菜……我做的,送给你,祝你画展顺利。

璐璐:谢谢。

郁夫:璐璐,画展结束之后,你有什么打算?

璐璐:和现在一样,一直画下去。

郁夫:这并不容易。

璐璐:我知道,诗人,可是这世界上有什么事情真正容易吗?

郁夫:我后悔了。

璐璐:什么?

郁夫:我后悔自己从那栋大楼里跑出来,我后悔自己只能靠一身力气赚一点小钱,我后悔自己写不出来漂亮的诗篇句子,我后悔自己站在你面前,却无法为你做任何事。

璐璐:不,我要感谢你,"一棵树,生长得超出了它自己",这是你教给我的。

郁夫:不,这是里尔克……璐璐,我是个不折不扣的失败者。我曾以为在公园里和你坐在一起,看你画画就足够了;我曾以为在萝卜摊前偶遇,听你说一句"我们是朋友"就足够了。可是,现在,我想要的更多!

璐璐:诗人,我很抱歉。

郁夫:我知道,现在的我什么都做不了。相信我,我会回到那栋大楼里,我会写出最美的诗句来,我会竭尽一切带给你好的生活,让你无忧无虑地完成梦想。

璐璐:我……(璐璐抱住他,又松开)对不起。

第二场

　　工地上,脚手架和钢筋四下散落。

工人B:(上台)你缠着我也没用,我说了我没有。

郁夫:(拿着一沓稿纸)那天王老板给的钱就在你那儿,现在诗也有了,赶快把钱给我!

工人B:什么钱,我不记得。诗写好了是么,快给我。(郁夫不给,工人抢)给我!

工人们:怎么了、怎么了?

郁夫:那天我亲眼看见他收了钱!现在倒好,不承认了!

工人A:又不是你的钱,霸占还有理了?

工人C:就是,当时还有我们这么多人呢,真不要脸。

工人B:你们跑来凑什么热闹,干活去!

工人A:快把钱给人家,误了王老板的事,你也吃不了兜着走。

工人C:就是,吃不了兜着走!

　　情势紧张,一片混乱。

工人B:得得得,(掏出钱)给你,拿去,我算是怕了你了,拿去!诗给我!呸!算我倒霉!

  工人B要下场。

郁夫:等一下。

工人B:又怎么啦?

郁夫:把我的工钱结了。

工人B:咋地,你不想干了?

郁夫:对。

工人B:我没钱,你自己跟老板说!

  工人B下。

工人C:出啥事了,怎么突然不干了?

工人A:是不是急着用钱?

  A、C翻口袋,把钱都给郁夫。

工人A:别急忙不干了,老板要扣工钱的。不管出什么事,一定要冷静,不要怕。

工人C:钱不急着还,有啥事,来给我们说一声!

工人B:(跑上)你们几个,都给我过来!王老板和嫂子马上到,你看你那衣服,拉整齐!眼睛,往哪儿瞅呢,老实点!别给我整幺蛾子,听到没有?

工人C:什么嫂子啊,不就是一小三儿吗?

工人B:闭嘴干活去,就你废话多!

  工人散开。

  璐璐和王大锤上台。

王大锤:璐璐小心,我拉着你走。

郁夫:璐璐?

王大锤:怎么样,这地方挺开阔吧?

璐璐:不错。

王大锤:我先处理点儿事情,待会儿带你去吃大餐。

璐璐:我不想去。

王大锤:这顿饭不仅仅是我私人的邀约,重要的是我想和你谈谈画展的事。那可不是一笔小投入,你还要拒绝我吗?

璐璐:(苦笑)我人都在这里了,王老板自己看着办吧。

　　　郁夫不断后退,坐在地上。

工人A:郁夫,你怎么了?

郁夫:这不是真的……

工人B:起来,快起来!你发什么疯!

郁夫:(指璐璐)她是谁?

工人A:(打手)她是王老板的女朋友璐璐啊。

郁夫:璐璐?她不是璐璐,她怎么会是璐璐,一定是哪里弄错了,她怎么会是璐璐?

王大锤:璐璐,你认识他?

　　　璐璐回避郁夫的视线。

郁夫:你真是璐璐?

　　　璐璐背对郁夫。

郁夫:璐璐,告诉我这不是真的……这就是你拒绝我的原因吗?你就这么想办一次画展吗?你怎么会,怎么会和一个不知廉耻的有妇之夫搅和在一起?你怎么是这样的呢,璐璐!

王大锤:你个臭小子!骂谁呢!

　　　众人拉开。

璐璐:王老板,我在外面等你。

　　　王大锤拉住璐璐。

王大锤:走什么?说清楚!

郁夫:你画里面的那些东西去哪儿了?我明明在你的画里看见了那些不断被生活消磨到了今天几乎丧失殆尽的东西。可是,可是,璐璐,(跪下膝行)璐璐,你看看我!我憎恶这个苍白愚昧的世界,只有你才是我鲜红的英雄梦想。你能画出这世界上最纯洁和欢乐的颜色,它们牢牢地抓住了我的心和灵魂……

璐璐:够了!

郁夫:璐璐……

璐璐:诗人,我这儿没有你的答案。我想要的你给不起,你想要的我给不了。

　　王大锤携璐璐离开。

　　郁夫从地上爬起来奔向璐璐,工人B阻挡郁夫,A、C将郁夫往后拖。

郁夫:璐璐,璐璐,你别走,我求你了。我是爱你的,璐璐,璐璐,我是爱你的。

　　王大锤和璐璐下台。

郁夫:(跪)我愿意为你做任何事情,璐璐,你为什么不等等我呢,璐璐,你怎么是这样的呢,璐璐,你怎么这么狠心呢?你怎么是这样的呢,璐璐,你怎么这么狠心呢?

工人A:人都走了,站起来吧。

郁夫:有时我觉得我的血奔流如注,像一口泉以哭泣的节奏喷出。我清楚地听见它哗哗地流淌,却总摸不着创口在什么地方。

郁夫:别拿、别拿,我只是想买一幅画,那是我买画的钱,求你们不要拿走!那是买画的钱,别拿走!

　　黑衣人数钱,笑。

　　灯光暗,配合拳打脚踢的背景音。

郁夫:还给我,还给我,我只是想买一幅画……

第三场

　　舞台左右两边,左边一椅子,右边行李箱和一幅画,画上是小萝和萝卜车。璐璐妖冶华丽。

丽萨:(上台)哎哟,璐璐,瞧瞧你,可真是漂亮!不过,你这就要走了?

璐璐:房子已经找好了,王老板在楼下等我。

丽萨:呵,这就金屋藏娇了,王老板的动作够快啊。我就说嘛,你这么年轻,又这么漂亮,是应该过好日子的。

璐璐:(递给丽萨一张票)我的画展就在后天,有空来看。

丽萨:现在你可是要什么有什么了,我说过,懂得走捷径的姑娘都是聪明的。

璐璐:还记得我和你说过的诗人吗?前几天,他跪在我的面前说他爱我。

丽萨:这倒是挺稀奇。怎么,你要和他私奔吗?

璐璐:过去我仇视任何与认真生活有关的行为,我认为那是一切悲哀与失望的来源。生活是一场倒霉又残忍的游戏,我唾弃它、远离它,小心翼翼地让自己安全却不幸福。我害怕,因为我相信认真你就输了,所以我习惯做任何事情都给自己保留一点儿。我拒绝无条件地付出,生活会随时把你最宝贵的东西给夺走。可是那一天,当我离开的时候,竟然前所未有的难过。在这个世界上,竟然还有人依靠梦想和爱情活着!而我呢,像我这样的女人,居然被那样的人爱着。

丽萨:哈,可笑!只有那种一无所有一事无成的穷酸诗人,才会把什么"梦想"啦,"爱情"啦挂在嘴上。口口声声说爱你离不开你,几句好听的就把你感动成这样了?他能给你好生活吗?他能让你开画展吗?滑稽,饭都吃不饱还忙着自己骗自己。

璐璐:如果我再等等,再耐心一点儿,事情会不会不一样?

丽萨:璐璐,你是个女人!一个女人,这一辈子大好青春能有几年?别糟蹋了。

  璐璐电话铃响。

璐璐:喂,你好?

电话:您好,这里是风景画廊。非常抱歉,您在我们这里预约的画展场地不能按时交付给您使用了。

璐璐:为什么?

电话:这个场地已经被一位王太太重金承租了。

璐璐:王太太,什么王太太?

电话:大锤建筑公司的王太太呀。王太太说了,您知道她是谁。

璐璐:可是我已经跟你们签订了场地租赁合同!

电话:是这样的,王太太已经支付了这份合同的违约金,我们会三倍赔偿给您。

璐璐:你们怎么可以这样……

电话:对了,王太太让我们转告您一句话:您不必收拾行李了,王先生已经到家了。

  电话挂断。

璐璐笑起来,几近癫狂。

丽萨:璐璐……你……

璐璐:真不好意思啊丽萨,我开不了画展了。

丽萨:什么意思?

璐璐从行李箱中拿出一把美工刀。

璐璐:"王先生已经到家了"?"王先生已经到家了"?我开不了画展了。

丽萨:璐璐,放下刀,冷静,冷静!

丽萨跑下。

璐璐走到画作前面。

璐璐:我答应过小萝,要把这幅画挂在画展最显眼的地方,人们一进门就能看见。

璐璐开始划烂画布。

璐璐:我开不了画展了,哈哈,我什么都没有了,什么都没有了。嗯,一无所有了。

第四场

舞台右空,小萝提药箱上,包扎,用绷带把郁夫缠椅子上。

郁夫:是你。我闻到这股腌萝卜味儿就知道是你。我记得你说过再也不想见到我,那你还来干什么呢。你这个卖萝卜的小骗子,为什么不反驳我?为什么不痛骂我?你有这个权利,不要放弃。说话呀,亚硝酸盐把你给毒哑了吗?我曾经以为痛苦乃是唯一的高贵,无论人世和地狱都不能腐蚀。我曾经想要寻找世界上最美的化身,我想要为它歌唱,因为这才是我生活的全部意义。可是我错了,我什么都做不了。我曾经以为自己是世界上最伟大的诗人,怀才不遇,却拥有最了不起的梦想和爱情。可是生活会腐蚀它们,生活会让我变成一个平凡至极的人。没有人能不食人间烟火,我要活着,就必须平凡。

小萝:(包扎完毕)我要走了。

郁夫:小萝,我欠你一个对不起。

小萝:不说这个,在你房间里看到的那些诗,我用它们去投稿了。恭喜你,成功了,而且反响很好。我想,现在应该有很多人在找你。

郁夫:(苦笑)我已经不知道自己该说些什么了。

小萝:(取出一个信封)拿上这个,你现在没了工作,我想,你还是需要它的。

郁夫:怎么,你在施舍我么?无所谓了,我已经失去了自尊,我想,我是需要它的。腌萝卜的师傅理应与诗人一样,在这个世界上没有任何位置。而你是特别的,追求梦想对你来说轻而易举,你的家境让你毫不怀疑自己能否生存。这世界非常残酷,碾轧和屠戮永不终止。我希望发生在我身上的事情永远不会发生在你的身上,我希望你能永远是个无知无畏的小公主。没有什么不公平,生活教会我最重要的一件事,就是要学会忍耐。

小萝递给郁夫一个食品袋。

郁夫:我永远做不出这个味道。

小萝:那当然,你忘了吗,这可是手艺。

郁夫:谢谢你!

小萝:收下它,这是我做的最后一盘腌萝卜。

郁夫:为什么?

小萝:我的父母不想要一个满身腌萝卜味儿的女儿,我要出国了,下周就走。

转身走了几步又走回来。

小萝:郁夫,我曾经非常爱你,是因为你最接近我的梦想。可是我错了,无论是喜欢还是爱,成年人的世界里没有什么是简单的。爱是尊重,是理解,是在别人的需要上看到责任!我原先以为你就是我白萝卜泡菜一样的爱情,你爱着别人也没有关系,我们可以从最本质和最无瑕的地方开始。可是不对,我们之间沾上细菌了,发酵失败,萝卜变质了。它没有像玉石一样纯洁无瑕,也没有什么好闻的青草香味,硬着头皮吃下去只会让自己生病。你没有我想象中的那么好。我爱的那个你,就是我心中最好的自己!现在我终于明白,梦想呀爱情呀,就像是刚从地里拔出来的萝卜,上面沾满了脏兮兮的泥巴。

我们接受不了,只是因为它和我们想象中的大不一样。可是时间就像是一盆温水,总会洗掉萝卜表面那些脏兮兮的东西。我们只需要再忍一忍,因为梦想和爱情,它们永远是这世界上最美好的东西。喂,不要露出这样的表情。虽然这一次我完全失败了,可并不代表我下一次还会失败。我会有新的梦想,也会有更好的爱情。我会等,郁夫,祝你好运!再见!

小萝下场。

郁夫打开食品包装袋,开始机械性地吃萝卜,越吃越急,近于噎住。

郁夫:(泪流满面)再见,再见,再见,再见!再见——!

剧终。

*本剧 2014 年作为于西北大学小黑剧社年度大戏首演。2015 年在"黑美人"艺术节获最佳剧目最佳女主角等多项大奖,同年作者荣获陕西省校园戏剧节优秀编剧奖。2015 年,该剧还受邀赴西北工业大学、陕西师范大学巡演。

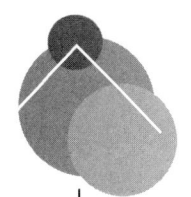

教师作品

高字民

男,1970年生,陕西西安人,1988级汉语言文学本科,2000级文艺学硕士。1992年毕业留校,曾任职于西北大学电教中心、西北大学广播电视台,现为西北大学文学院广播电影电视系教师,西北大学现代戏剧研究中心主任。中国话剧研究会理事,中国表演学会高校京剧委员会理事,陕西戏剧家协会会员。长期担任西北大学"黑美人"艺术指导和学生小黑剧社艺术指导。在校就读、执教期间,编剧、导演或指导学生创作者话剧、音乐情景剧、微电影以及现代应用剧场作品多部。曾获国际易卜生大学生戏剧节、陕西校园戏剧节、陕西大学生话剧节、戏剧奥林匹克等多个戏剧节多项大奖。

家里的玩偶

人物表

海娜:郝峰的第二任妻子,28岁,居家太太。
马莉叶:海娜的朋友30岁,美容院老板。
郝峰:海娜的丈夫,某报社编辑,40岁。
钟瑾:郝峰的前妻,37岁,但剧中出场,却是多年以前年轻的"她"。
郝峰父亲:68岁。
郝峰母亲:65岁。

第一场

开场,舞台全暗。黑暗中传来几首以家为主题的英文歌曲片段联唱。乐声中,形成剪影效果的脚光或定点顶光渐亮,我们依稀看见舞台上的布置和剧中两位人物,海娜和马莉叶。

　　这里是郝峰家的客厅,舞台布置简约,带有一点抽象意味。右边一个门框代表房间的大门。左边一个门框代表通向里间卧室的门。客厅里居中是一个布艺长沙发,沙发前有茶几。茶几左前方有一放着水壶、果盘的小矮柜。茶几右边有一个小圆桌和两把椅子。右边偏后,是一个衣服架。

　　舞台后方,有两条和本剧主题相关的带有抽象色彩的喷绘景片。

　　海娜身穿睡袍斜靠在沙发上看书。马莉叶在靠右前侧的一个瑜伽垫上做出瑜伽动作的造型。

　　歌曲联唱以电台整点报时的"嘟嘟"声结束,紧接着传来电台一位男主持人柔媚的声音:

　　刚才最后一响是北京时间一点整。各位听众晚上好,这里是家庭港湾,长安夜话节目,我是你们的老朋友陈志,今晚我们要讨论的话题是……

　　主持人的声音弱隐,舞台灯光亮起。

马莉叶:(在瑜伽毯上练瑜伽)我说你倒是说话呀,十万火急,哭哭啼啼,打电话把我叫到这来,你倒好,倒看上书了。(走到海娜身边,摸海娜的额头)到底什么病啊?

海娜:没病。

马莉叶:没病?!没病你这么一惊一乍,要死要活的。我看是有病,八成是绝症!

海娜:呸呸呸,赶紧摸木头,我今年才28,你可别咒我死!我就是感觉不舒服,心忒烦!

马莉叶:哦,因为心烦,就这么一大早把我折腾来!也不知道心疼我,看什么哪?(拿过海娜的书)《玩偶之家》?都什么年代了还看这么闷骚的书——不闷死你才怪呢!

海娜:就是因为闷才看书呢——唉,有时候真羡慕你们。

马莉叶:我们?

海娜:你,还有这个娜拉,(指了指书)你们呀都是想做什么就做什么,不像我,总是犹犹豫豫的,也没个决断。

马莉叶:怎么,听这意思,你也想跟谁来个决断?

海娜:我要是能和谁决断,还找你干吗?又不像你们,遇事都特别有主意。而我呢,结婚前有爸妈,结婚后有老公,我从来懒得操闲心。可现在,不行了——

马莉叶:你老公不是对你挺好的吗?百般宠爱在一身——像宝贝一样捧着,宠物一样宠着,让人羡慕到嫉妒,这可是你自己说的。

海娜:(叹一口气)唉,此一时,彼一时也。

马莉叶:(忽然来了精神似的)怎么,他变心了?我早就说了,这男人呀没一个好东西——

海娜:你别又借题发挥。他倒没变——

马莉叶:(眼睛一亮)那是你出事变了?行啊你,红杏出墙,桃花烂漫。没看出来啊,平时装得跟个处女似的,这回也尝到甜头啦?哎,说说,怎么勾搭上的?到什么程度了?一定够刺激吧?

海娜:有病啊你,你以为谁都像你一样那么骚,那么贱!

马莉叶:(生气)好你个死没良心的,姐姐一大早跑来看你,你倒骂上人了!好,我走了。

海娜:(哂笑)切,别装了。听我这么骂,你心里还不知道怎么偷着乐呢吧?你不是说,你是受虐狂吗?

马莉叶:受虐狂怎么了,受虐狂就该挨你骂,(调笑起来)那你岂不成了施虐狂了?

海娜:莉叶,你正经点好不好?人家是真有事找你商量。只不过一时还没理清头绪,不知道该怎么说——

马莉叶:噢,我明白了!是不是,你们——床上,那个——没感觉了?郝峰不行了吧?我早就说过,这男人一过四十就得补。要不然,受苦的可是你自己。

海娜:还嫌我骂你,我压根就没说错。一提这事,你就跟打了鸡血似的,你呀,就是少个男人管。

马莉叶:男人?姐姐有的是!自打离婚后,我才真正体会到了什么叫快乐和自由。以前呀,都他妈给别人瞎活了!

海娜见马莉叶有些生气,刚想要安慰,马莉叶却突然转换话题。

马莉叶：唉？（调出手机上的"出格"照片，递给海娜）我有个好东西给你看。

海娜：（看照片，愕然）这是什么呀！你真变态！

马莉叶：没文化了吧，我们这叫"自由之身"俱乐部！在美国，这种事合情合理，没什么好奇怪的。大家出来玩，只要高兴、开心就行，又不图别的什么！市中心医院的马教授，你知道吧？就是在电视上"名家开讲"的那位——人家都说了，"这是生命的高峰体验的狂欢游戏，是一种审美境界"。

海娜：别不害臊了，还境界呢，你以为你得道成仙啦？

马莉叶：成仙有什么劲？神仙太飘太虚不刺激！这世上最没劲的就是神仙，我要成，就成精。

海娜：——妖精！

马莉叶：对。就是妖精！当年输给了那个狐狸精，现在我非要做一回蜘蛛精、蝎子精、白骨精！怎么样，我们有个俱乐部，改天带你一块去玩玩，单身贵族、商界精英、大学教授，五花八门什么样的男人都有，就跟个超市一样——

海娜：（打住她）你有完没完？人家心烦，叫你来聊天，你倒好——这算什么，诲淫诲盗啊？

马莉叶：你可别乱扣帽子——我又没逼良为娼！一切听凭自愿——这是大家一块玩的基本原则。

海娜：玩玩玩，一天就知道玩。你当我是玩偶呀！

马莉叶：（故意戏谑地）哎，我们都是玩偶。相互的、自愿的玩偶！嘿，你别说，你这模样，这幽怨的神情，还真有点像那玩偶呢！只不过是充气的。

海娜：（嗔怪）滚！——不要脸（说完又忍不住笑了）。

马莉叶：嘿，笑了。笑了就没事了。得，没事我先滚了（起身欲走）。

海娜：（拉住马莉叶）你坐下！

马莉叶：又怎么了？我——

海娜：我正事还没说呢！

马莉叶：有正事？有正事那你怎么不早说呢？

海娜：你跟个发情的机关枪一样，哪有我插嘴的份！

马莉叶：好好好，您请说——

海娜：（压低声音）莉叶，我怀孕了。

马莉叶：（没听清楚）什么？

海娜：（没好气地拉高嗓音）我怀孕了！

马莉叶：（愣住，也没觉着这是什么大不了的事，一时不知该怎么回答）怀孕，这是好事啊？——（忽然眼睛一亮）啊，不是郝峰的？

海娜：我这儿说正事呢，你正经点好不好？

马莉叶：那你是不想要喽？

海娜：我也不知道……唉，要什么孩子，想起来都滑稽！我自己还是个孩子，还没玩够呢！可一天天就这么玩来玩去的，时间长了也觉得挺没劲！

马莉叶：那是你不会玩！——我可提醒你，要孩子这事儿可事关重大，绝不是闹着玩的！你自己千万想清楚，这世上可从来没有卖后悔药的！其实，说起来也简单。你要是想要呢，就老老实实把孩子生下来，然后安居家中，当个好妈妈、好妻子。要是不想要，更简单！要不，我明儿就陪你去趟医院，几分钟就能搞定！

海娜：哎呀，真是烦死了！

马莉叶：对了，这事郝峰知道吗？

　　海娜摇摇头。

马莉叶：那你干脆就别让他知道。哎（忽然想起了什么），你们不是有个婚前约定，说好了丁克不要孩子吗？你可以跟他直说呀！

海娜：可是，郝峰也挺为难的。他家里人老催他、逼他，他自己也特想要孩子，可就是闷在心里不说。总之，现在他话比以前少了，人比以前客气了，说起话来，拐弯抹角，绕来绕去，费半天劲才往那个意思暗示。

马莉叶：你说这结婚有什么好？个个活得这么纠结，这么抑郁！我看你以前挺有主意的，那会儿郝峰还没离婚，你跟个烈士似的坚决要跟他在一起，现在那干脆劲儿哪去了？

海娜：那不一样，那是爱！

马莉叶：（半开玩笑地）哟哟哟，还爱呢！横刀夺爱吧？

海娜：他那会儿跟钟瑾反正不行了，离不离就是迟早的事。我一是看他可怜，二是看他可靠。而且他对我是真好，愿意顺着我、随着我、宠着我。

马莉叶：那不刚好吗？让他继续顺着你、随着你、宠着你。别要孩子不就行了。

海娜：可他毕竟已经四十了，想要个孩子也是天经地义的事。说实话，这几天我一直在琢磨，我不想要这个孩子，是不是我心里对我和郝峰的未来还不能确定。

马莉叶：我算服了你了，不确定你当初争个什么劲？感情的事，该想清楚的必须得想清楚，想清楚了你还要跟他明说！要不然这迷宗加太极的，谁受得了啊？

海娜：可明说怎么说？郝峰人不错，对我也挺好。他前头那次离婚，就因为孩子的事伤透了心，我再这么做——是不是太绝情了？

马莉叶：你不要乱扯前头的事。钟瑾是钟瑾，你是你！现在问题的关键是，你自己到底想怎么办？

海娜：关键是，我自己也搞不清楚！

马莉叶：我看还是人家大奶奶有主意，为了出国，直接把孩子打掉了。也难怪，你那个婆婆，可不是个省油的灯！现在，你可以暂时不和她打交道，可要是有了孩子，那首先是人家郝家的孙子。以后可就不可能不跟老太太搅和在一起了。

海娜：（若有所思，自言自语）是啊，但是郝峰——

马莉叶：你到底是要考虑郝峰，还是你自己？

海娜：可——

马莉叶：可可可，可个没完没了。你自己的事你自己决定吧，别搞得我跟教唆杀人犯似的。

海娜：那——

马莉叶：那你慢慢想吧。想清楚了再决定！事就是这样，别管男人女人，自己的事自己拿主意！这也不是什么大男子主义和大女子主义，这是大实话。自己拿定了主意，将来是好是赖甭怨别人——

海娜：你说得简单！那你离婚的时候不也哭得死去活来，怨天怨地，说一辈子也忘不了——

马莉叶：操！你少提他！

海娜：——对不起。

马莉叶：怪我自己瞎了眼，怨不得别人……（静默一会儿，缓过劲）所以，自己的事不能靠别人，女人的事更不能靠男人，省得将来后悔！

海娜：（无奈地）好吧。

马莉叶：好了，我真的走了。（抚抚海娜的头）好啦，也没什么大不了的，怎么过还不都是一辈子。（说完向门口走去）不送一下，你也起码打个招呼嘛！

海娜：（双手一捂脸，仰头躺在沙发上，发泄地）烦——！！

马莉叶：（摇摇头）什么人啊，我走了。（出门，下场）

灯暗转场。

第二场

这一场是海娜的梦境。地点还是郝峰家的客厅。海娜的时间是现在，而郝峰和钟瑾的时间是多年以前，所以他俩很年轻。

在特殊的情境中，海娜可以看见郝峰和钟瑾，但郝、钟两人却看不见海娜。

前半部分，郝峰和钟瑾以《玩偶之家》中的海尔茂和娜拉的身份说话。以海尔茂和娜拉的身份说话时，演员要拿腔拿调，一种夸张的、带洋味的"话剧腔"。后半部分，他俩才以自己本来身份说话，风格要求真实、生活化。

灯亮。海娜斜倚在沙发上，沉沉入梦。

幕后传来郝峰以海尔茂口气的呼唤：等一等，我的小鸟，小松鼠！

身穿风衣，头发上夹着墨镜，一副出门远行人模样的钟瑾，从左侧卧室方向出来，她头戴蜷曲的假发，一种夸张的外国装扮与气质。郝峰则戴着黑框眼镜，鼻下留着两撇上翘的胡子，追了出来。

郝峰：娜拉，你真的要离家出走，摔门而去吗？

海娜：(看着郝峰)老公？(又看看钟瑾)娜拉？

钟瑾：(纵声大笑)家是要离的，走也是要走的，但为什么一定要摔门呢？——可笑！

郝峰：我可笑，你才可笑呢！家都不要了，还留这破门有什么用！咦——呀！

　　顺着喊声，郝峰甩开胳膊，从头顶绕弧线做拉扯状，他似乎扯过一把木偶操控线，顷刻郝峰在舞台左侧转化成一个木偶操控者，钟瑾则成了受摆布的玩偶。下面这段台词，两人操控木偶和表演木偶的动作要感觉统一，节奏一致。

郝峰：你们这些女性主义，噢不，女权主义者，时时刻刻琢磨的就是怎么颠覆、破坏和摧毁我们用秩序、道德、责任、义务和良心苦心经营起来的家庭生活！歹毒啊——你的名字叫女人！

钟瑾：(伸出中指，不屑地)Shi——(本来要说 Shit)——Shakespeare 式的陈词滥调！

郝峰：难道我说错了吗？你们这些女人，就是要把我们这幸福之家、温馨之家砸他奶奶个稀巴烂！

钟瑾：(举手要扇大嘴巴，郝峰赶紧躲避，钟瑾又戏谑地收手，手抚在郝的脸上揉了几揉)请你嘴巴放干净点。我，我们是女性解放，又不是杀人放火。

郝峰：去你的女性解放，你们那根本就是女——性解放！

钟瑾：那也比你们男人强！至少，我们从来不打、砸、抢、烧。从来不——

郝峰：可你们，逼着男人去打砸抢烧！

钟瑾：诬蔑！你有什么证据？

郝峰：(伸出中指指向天空，然后调整方向，终于指向了自己)我，我就是证据！我今天他奶奶的，噢，sorry，sorry！(重新调整情绪)我，海尔茂，今天就是要打、砸、抢、烧！(哭腔)如果你真的要离家出走，摔门而去的话！(郝峰向前几步，跪倒在钟瑾面前。)

钟瑾：(一根手指支住郝峰)我已经告诉过你——

郝峰：(打断钟瑾的话)你说，你们摔门而去，和强盗(随便一指，正好指向了海娜，却伤心地似乎说不下去了)——

海娜:我是强盗?可这是我的家啊!

郝峰:(无视海娜的存在,大喘一口气,接住前面的话)——和强盗破门而入有什么区别?

钟瑾:(忍无可忍,一把揪住慢慢倒下的郝峰,往上一拎,郝峰像个提线木偶似的竖了起来)海尔茂呀海尔茂,我说你是聋子还是弱智?我已经告诉过你N遍了,我们是要离家出走,但决不摔门。靠!

郝峰像泄了气的皮球,瘫倒在沙发上。

钟瑾:(从衣兜里掏出钥匙,扔到茶几上)再见了!(转身欲走,忽然想起了什么)哦,不,跨过这扇门,我们将不会再见了。所以,这门还是烦劳您自己关上吧。

海娜:(有点怒不可遏,推着钟瑾向门口)走走走,赶紧走!

钟瑾:(这时才发现海娜)你是谁呀?

海娜:(不由分说,一手拉起钟瑾的行李箱,一手推着钟瑾)你管不着!(把钟瑾推出了门)这是我的家!

海娜重重地关上了门。关门声中,灯光骤然熄灭。

以下,在一片黑暗中,我们只能听见人物的声音。

郝峰:(痛苦、嘶哑地)娜拉——小鸟!我的小松鼠!难道你真的不爱我,不要这个家了吗?啊,我的心!

海娜:老公,你等等,我去给你拿药!(冲进卧室)

灯又骤然亮起。郝峰坐在地上斜靠着茶几,抖抖索索从西服口袋掏出救心丸,吃下,病情稍缓,他挣扎着起来,拉开领带,脱掉外套,疲惫地坐在沙发上。

哗啦哗啦的钥匙串碰击的响声和开门的声音。钟瑾开了门。

演出基调从这里逆转。场上响起了感伤、幽怨且抒情的音乐。此时的钟瑾和郝峰都没了刚才的怪异的洋腔洋调和火爆凶煞之气。钟瑾已脱掉了风衣,搭在胳膊上。现在是一种柔媚、哀怨的气质。她拉着行李箱,走到沙发旁,默然无声坐下。

海娜:(急急从卧室奔出)老公——

海娜见到钟瑾和郝峰沉默地坐在那,咽回后面的话,在一边静静瞧着、听着。像是一个局外人。

郝峰：(问钟瑾)又忘了什么东西了？

  钟瑾低着头，似乎强忍着泪水。她使劲摇摇头。

郝峰：那你就走吧，兴许出了国，什么不开心的事就都忘了。

  这句话似乎是说给海娜听的，海娜沉默地转身离开。

钟瑾：对不起——

郝峰：这又何必呢？

钟瑾：我知道，你和你家里人都会记恨我的。

郝峰：这不能全怪你——如果我说，不要孩子，永远不要孩子了，你还一定坚持要走吗？

钟瑾：这件事，我真的觉得很愧疚！没有和你商量，就自己一个人，把孩子——

郝峰：算了，事情都过去了……

钟瑾：过去了？就这么过去了吗？！

郝峰：不然，你还要怎么样？

钟瑾：不是我要怎么样？难道，你真的就无所谓吗？

郝峰：只要你好就行——

钟瑾：怎么又是我！？我是在问你，问你的感受呢！你知道不知道？我最受不了你的就是这一点！你什么时候都那么宽怀大度，任何时候都那么豁达隐忍！你这样子，让我时时都感到自己是个自私、小气、没有度量的人。可我和别人在一起，从来就没有这种感觉！

郝峰：我没你想象的那么复杂——我只是爱你，爱这个家——所以才我心甘情愿，从不计较！

钟瑾：可这种爱，这个家，让你觉得很委屈！

郝峰：这是我自己的事情……不然，你要我怎么样？

钟瑾：为什么总是我要你怎样？或者是你妈要你怎样？郝峰，你是个男人啊！要怎么样，你自己难道不清楚吗？

郝峰：可我不是一个人！我、你、还有爸妈，我们是一家人，我们要在一块相处——！

钟瑾：可是这些，难道比面对你自己还重要吗？

郝峰：(一时怔住，不知如何回答)——

钟瑾:孩子的事,你真的就不生气?真能过得去?

郝峰:……我知道,你有你的苦衷——

钟瑾:(冷笑)你知道!对,你什么都知道,连我自己都不知道我是怎么做出这个决定的,你竟然会比我还清楚?!你知道我是怎样承受这一切,时时刻刻都在恨我自己吗?你知道我是怎么在没有人的地方,一个人大哭的吗?你知道吗?知道吗?

钟瑾痛哭起来,郝峰走过来安慰抱住她。

伤感的音乐响起,一个白衣的女子跳着舞穿过舞台。舞蹈表现的是女人对即将出生的孩子的向往。

钟瑾:(抬眼望着遥远的前方)你说,那只有三个月大的孩子,他算得上个生命吗?他有意识吗?在天有灵吗?他会不会在另一个世界埋怨我,记恨我?

郝峰陷入沉思,场上片刻静默。

钟瑾:(鞠躬)对不起,我回来,就是想跟你说:你是个好人……也许,我不应该这样对你,不该一个人放弃了我们俩人共有的孩子。

郝峰:(冷漠而决绝地)你不必愧疚了,我真的还没来得及想过,那个所谓的孩子,还是个有意识的生命,还有灵魂!

钟瑾:(失神地)谁知道呢?在另一个世界,会不会真有一个灵魂,属于你也属于我?或许现在,他正瞧着我们俩呢!

灯光转暗。

场上响起嘀嗒嘀嗒的钟表声,最后,是一声响亮的婴儿啼哭声。

第三场

婴儿啼哭声紧接着海娜惊醒的呼喊和喘息声。灯光转亮。海娜从梦中醒来,迷迷糊糊,揉揉眼睛,感到身上发冷。

海娜:(直直看着前方)三个月,有意识吗?在天有灵吗?他会不会在另一个世界,埋怨我,责怪我呢?(摇摇头)不,不会的,可我为什么总听见哭声呢?

忽然,茶几上的手机的铃声骤然响起,打断海娜的呓语。海娜接电话。

海娜：喂,莉叶。我发烧了,这次是真的。你猜我梦见谁了？……对,这是我第三次梦见她了。恍恍惚惚地老看不清楚,一会儿好像又变成了你。她一直在吵架,像是和郝峰,又像是和别人,最后又好像和我。最后她哭了,孩子也哭了。我看不见孩子,但声音却非常真切。

"叮咚",门铃声响。

海娜：(对电话解释)可能是他回来了。

海娜一边接着电话,一边去开门。门打开,郝峰进来,郝峰的父母也随后跟进来。海娜先一愣,但仍然没有放下电话,反而示意自己正在接电话。她客气地表示歉意,指了指卧室,边接电话边向卧室走去,进屋带上了门。

郝峰的母亲在前,父亲在后。母亲阴沉着脸,斜眼瞪着郝峰,又看看卧室的门。郝峰连忙让父母,请他们到沙发上就坐。

父亲：(在门口犹豫着)郝峰啊,给我找双拖鞋换换。

郝峰：不用了,不用了。

母亲：(重重地跺了两下脚,似乎要把鞋上的灰尘跺掉)换什么换？你还想在这长住？(几步走过来,一屁股坐在沙发上,压低声音,但带着气似的)你也不看看,人家有没有给你准备换的鞋！

父亲被抢白得无话可说,不满地坐在小圆桌旁的椅子上。

母亲：(提高声音)坐那干吗？赶紧过来！还指望你说事呢。

父亲有火但又不敢发作,闷头走过来,坐在沙发上。郝峰拿来一杯水,递给母亲。

母亲：(接过水,重重地放在茶几上)你怎么惯她、宠她,我不想管,也管不了了！但要孩子这事,今天必须得有个明确结果！这次,多亏杨大夫专门把她怀孕的消息告诉了我,我希望这是个喜讯！一定不能让以前的窝囊事再发生了。我跟你爸,都是快七十的人了,临死前想抱个孙子,不算过分吧！你们要是不打算养,只要生下来就算完事,大不了,我花钱雇个保姆来养。就算我死了,还有你姐呢？

郝峰：妈,你看你说的！

母亲：我说的咋了？你别嫌我埋怨——指望你们？能指望得上吗？你又

不是没看见,我跟你爸进了这门,她连声招呼不打就进了里屋。你倒说说,是电话重要,还是我跟你爸重要?!你说,你们心里有谁?

郝峰:那我去把她叫出来。

母亲:(拦住他)行了。你去干什么?是去吵架,还是把她拉出来在我面前演戏?

郝峰:妈,我什么时候演戏了?

母亲:问你外甥女去!你的宝贝媳妇和你姐的丫头说,你们婚前有个约定,说什么不要孩子少拖累,省得分手扯不清,还说想不开的人才要孩子。你说,她啥意思啊?这才结婚就谋算分手?她到底安的什么心呢?

郝峰:她也就是那么一说。其实,她是年纪小不懂事,跟着别人瞎说呢。真遇到事,她最没主意了。

母亲:她没主意,也没见你把主意给拿了!我看呀,你就是让媳妇给拿住了,以前那个是硬碰,现在这个是软磨。结果到现在,四十岁的人了,连个儿子的影儿还没见着!你们同学,人家娃上高中的都有了。

郝峰:(故作幽默,想缓和一下气氛)那我们同学还有没结婚的呢!

母亲:(生气了)你别给我胡扯!你们同学没结婚,你倒是结了两次,多能耐啊!今天,你别惹我不高兴,我也不想闹得别人不高兴。(催促丈夫)你倒是说句话啊!

父亲:(慢条斯理地)郝峰啊,我和你妈——

母亲:(不满地打断父亲)行了行了。(转向郝峰)这孩子,你们到底要不要?给个痛快话!如果要,咱就啥也不说了,我替你爸,还有你们郝家的列祖列宗谢谢你们。要是还打算不要的话——那,我跟你爸,立马走人,你就只当你是石头缝里蹦出来的,我们也就当没你这个儿子!

父亲:行了行了,你说他两句就得了,说这么生分的话干啥?

母亲:闭嘴!你以为我愿意啊?不这样说,我还能咋说?就你会当老好人!你们郝家的男人呀!咋一个个都这么好,这么能当、爱当、会当老好人?!唉,眼看着郝家快要断子绝孙了,你说你们俩老爷们都不急,我急个啥劲呢?

郝峰:妈,你别说了。你等一下,我进去和她好好说说。

母亲:行了行了!要不,你把她叫出来,我来说。

郝峰:妈,她怕你。

母亲:我看是你怕她吧。

郝峰:——

母亲:你放心,我今儿不急不恼也不吵,我跟她好好说,要说的意思我刚才已经跟你都讲了——

郝峰:(想了想,下定决心)还是我去跟她说吧,免得她惹您生气。爸、妈,你们先坐会儿,我去去就回。

父亲:(连连点头)好,好。

  郝峰向卧室走去。母亲斜眼看了父亲一眼,父亲不做回应。

母亲:(喝了口茶,忽然想起什么,连忙拿起自己的手提包,翻找着东西)咦,怎么不见了?

父亲:什么不见了?

母亲:那张单子。

父亲:单子?

母亲:就是医院杨大夫给的,她怀孕化验单的复印件。

父亲:(在自己的衣服口袋里翻找,最后从里兜里掏出化验单,连忙赔着笑)这儿呢。

母亲:(一皱眉,一撇嘴)你说你个大男人家的,把这揣到你兜里算干吗?

父亲:嘿嘿,这不刚看完给忘了嘛。

母亲:(展开化验单,仔细看了一遍)这次,可不能再出什么岔子了!

父亲:你说,她会不会已经把孩子——?

  母亲没好气地揉了父亲一把。

父亲:(自知又说错话,急忙解释)我是说万一——

母亲:(瞪眼喊道)滚!你真想断子绝孙呀!

  父亲无语,母亲生气地背过身去喝茶。场上静默片刻。

  突然,茶几上父亲的手机铃声响起,是陕西秦腔风格的幽默RAP说唱:他大舅他二舅,都是他舅,高桌子低板凳,都是木头……

  母亲看着桌上的手机,没好气地瞪着他。父亲匆匆拿起手机接电话。

父亲:(接电话)喂,老朱啊,噢,唱秦腔,明天下午老地方,好,明儿见!
(收起手机,望着母亲)
母亲:你还有闲情逸致唱戏?
父亲:那我跟人家说一声,不去了。
母亲:行了行了,别烦人了,正事从来就指望不上你!

　　父亲坐下。场上片刻静场。旋即,郝峰从卧室出来,表情沉重地向母亲走过来。

郝峰:爸,妈——
母亲:(紧张地站起身)——
父亲:(也站起来)怎么样?
郝峰:(垂着头走到母亲身后,抚着她的肩头,沉重地)你们就回去——(故意卖了下关子,片刻之后,情绪一个突转,喜笑颜开地)等着抱孙子吧!

　　母亲父亲都一愣,不敢相信。良久,同时问道:真的?

郝峰:她亲口答应的。
母亲:(双手击掌,声音发颤)太好了!哎哟,老头子(向老伴走过来,抱住他,激动不已)你们郝家终于有后了——(忽然想起什么,警觉地奔向儿子,追问)峰啊,你媳妇没骗你吧?你别让她给糊弄了。你说,她怎么这么轻易就答应你了?
郝峰:(打哈哈似的吹牛)这就得看你儿子的本事了。
父亲:(连忙接了一句)对,就是,郝峰办事,我放心!
母亲:(冲父亲一摆手)去,有你什么事!(总算是相信了,拉着郝峰的手叮嘱)哎呀,这就好,这就好了……好好照顾你媳妇,照顾好娜娜,别让她累着,也别让她磕着、碰着,噢,还有,一定不能让她动凉水——
父亲:对,家务活你就全包了。她爱吃啥就给她买啥,千万别惹她生气——
母亲:(沉浸在幸福中,自言自语地念叨)该回去准备东西了。哦,对了,要给菩萨还愿,到八仙庵烧回香去。(回头喊老头)快走啊!
父亲:(拿起帽子,收拾了东西跟上)哎,来了。
母亲:(双手合十,边走边作揖)阿弥陀佛,阿弥陀佛!

　　　　母亲走到门边,忽然一转身,拉过郝父的手,掐了一把。

父亲:(疼得咧嘴)哎哟——

母亲:(拍着老头的手)我说他爸,咱们这不是在做梦吧?

　　　　父亲摇摇头,跟着母亲一块出了门。郝峰望着父母出门,长吁一口气,向沙发走去。

海娜:(从卧室出来,看看门的方向)走了?

郝峰:(点点头)走了。谢谢你。

　　　　海娜走过来,在斜靠在沙发上。郝峰走到沙发边坐下。

海娜:谢什么?(看着郝峰的头发,忽然有所发现)哎,一根白头发。(伸手拔掉)

郝峰:轻点,(搂过海娜,温柔地)我不是在做梦吧?

海娜:爱做你就做呗。

郝峰:什么意思?你不是开玩笑吧?这玩笑可开不得,咱都已经答应爸妈了!

海娜:瞧把你紧张的。我既然答应了你,就绝对会说话算数。(见郝峰如释重负,长出口气,忽然追问)哎,我倒想问你,要是今天我没有答应你,你会不会就准备和我离婚?

郝峰:当然不会。

海娜:言不由衷!我才不信你会为了我跟你爸妈闹翻。

郝峰:娜娜,为什么一定要闹翻呢?难道你们就不能互相理解,求得和谐?你知不知道,为了调和你和爸妈的关系,我这一天到底有多累!

海娜:不是所有的调和都会有结果的。

郝峰:好了好了,不讨论这烦心事了。现在这结果,就挺好。我真没想到,你今天竟然这么爽快就会答应了。说说,你是怎么想通的?

海娜:其实,这些天我一直都在想,为什么我不想要孩子,可想来想去也没想明白。唉,(摇摇头)我就是不喜欢小孩,不喜欢相夫教子,不喜欢过百分之八十的人都得过的正常的生活。可我既没有钟瑾的勇气和潇洒,也学不来马莉叶的随性和洒脱。所以我才答应了你,但答应了你,并不代表我想通了。

郝峰:那你到底什么意思啊?

海娜:没意思!想来想去都想不明白,干脆不想了!再想就累死人了。反正,你妈答应养孩子,那我就只管生呗。不想那么多了!再说,从来也没生过孩子,不一定就像她们说得那么可怕。说不定也挺好玩,挺刺激呢!

郝峰:刺激?

海娜:对,(一把搂住郝峰的脖子)刺激!

郝峰:(猝不及防)哎——

海娜:(压低声音)别喊!(顺势往郝峰身上一趴,两人躺倒在沙发上)

　　灯光骤暗。传来钟表的滴答滴答声,十多秒之后,紧接着是婴儿的咿呀呢喃声。

第四场

　　局部追光逐渐亮起。我们看到在舞台前部,郝峰和海娜在幸福、快乐地亲吻着他们的儿子。孩子用玩具洋娃娃的道具来代表。他们一边亲,一边你一句我一句,念念有词。

　　"乖乖!"

　　"宝贝儿!"

　　"亲蛋蛋儿!"

　　"我的小鸟!"

　　"小松鼠!"

　　"小心肝儿!"

　　最后,他们举起孩子,"哦、哦"叫着,抛扔着孩子玩。

　　另一边,追光也亮起,郝峰的母亲推着婴儿车,车上还放着奶瓶、婴儿衣物、玩具等。父亲怀里抱着另一个婴儿,这是郝峰和海娜的双胞胎儿女。父亲左手抱孩子,右手用奶嘴给她喂着奶。父母的脸上都挂着幸福、满意的笑容,看着这边。

母亲:别疯了,小心吓着孩子。

郝峰、海娜:(忽然叫起来)哎呀——

母亲:怎么了?

父亲:怎么了?

海娜:尿了。

郝峰:尿了我一脖子。

母亲:(一招手)哎呀,给我给我。

  郝峰去后面擦身上的尿渍。海娜把儿子抱过来交给婆婆。

母亲:(一边擦拭孩子,一边对海娜)赶紧拿尿不湿给娃换上——

海娜:(拿出尿不湿,笨拙地半天才撕开,却不知道怎么换)这怎么弄?——

母亲:(摇摇头,叹口气)老头子,赶紧——

  父亲把怀里的孙女交给海娜。又忙活着拿出纸尿裤,"业务"熟练地给孙子换上。

海娜:(抱着孩子,逗孩子玩)小家伙,你可真能吃呀!

母亲:(回头不高兴地瞟了海娜一眼)记住,小娃娃不兴这么说,说多了,会变狗的。

郝峰:(正好走过来,顺势打个圆场),就是就是,那样说不吉利!来,让我看看我们家的小千金。

  海娜把孩子交给了郝峰。"叮咚",门铃声响。海娜忙去去开门。马莉叶怀里抱着一个非常大的玩具熊进来。由于熊很大,观众看见的先是玩具熊,待海娜接过大熊后,我们才看清见熊后的人。

马莉叶:恭喜恭喜!孩子呢?

海娜:(一努嘴)那儿呢。

马莉叶:(一拍海娜)真够可以啊你,不生则已,这一生惊人哪——双响炮,还是龙凤胎!(一竖大拇指)给力!Very 给力!!(过来看孩子,逗孩子)来,让赶紧我瞧瞧,欣赏一下二位的杰作,看长得像谁。哎,这哪个是老大,哪个是老二呀?

郝峰:(轻拍着怀里的女儿)这个是老大,姐姐。

马莉叶:(过来看女孩)——嗯,一看就是郝峰的,谁家孩子眼睛这么小?(又过去看男孩)还是这个好看,虎头虎脑的,嘿,你说这大鼻子长得可真像你啊,娜娜。哎,我怎么觉得这孩子,哪一点儿,像我啊?对,眉毛,这眉毛,绝对像我!

海娜:(拍了一下她的肩头)去去,跟你有什么关系!

马莉叶把海娜拉到了舞台左半边,避开郝峰的母亲、父亲说话。这时郝峰走进卧室拿东西。

马莉叶:怎么样,幸福吧?

海娜:还行吧。

马莉叶:刺激吧?

海娜:还行吧。

郝峰把女儿交给母亲,母亲不满意地斜了他一眼。郝峰走进卧室去帮海娜收拾东西。

马莉叶:行吧? 好么,这一下整出来两个,你应付得过来吗?

海娜:(拉过马莉叶,调侃)郝峰也这么问来着,可你猜人家老太太怎么说?

马莉叶:怎么说?

海娜:——虱子多了不痒,孩子多了不愁!

马莉叶:(惊讶中带着佩服)你婆婆太有才了!(转换话题)不过,咱们离家出国,这么大老远,你就真能舍得下你的一对宝贝儿?

海娜:(略微思忖片刻)嗨,反正有他奶奶呢——我放心!

马莉叶:(一看手表)哎哟,时候不早了。赶紧走吧,飞机可不等人。

海娜:郝峰,快点——

郝峰从卧室出来,拉了一个大号的旅行箱,拎了一个小腰包,交给海娜。

郝峰:出门穿衣服要看天气,在外头一定照顾好自己,有事没事,多给家里来个电话——

海娜:知道了(过去亲过一对儿女)宝贝,妈妈走了!(对郝峰父母)妈、爸,那我走了。

海娜先出了门。马莉叶在门口附近忽然转身。

马莉叶:(拍拍郝峰的肩头)郝峰,你儿子的眉毛长得真像我呀!Bye-bye!(说完,海娜和马莉叶出了门)

郝峰过来接过母亲怀里的孩子,坐在右边小圆桌旁的椅子上。父亲则坐在沙发上,俩人节奏相同地拍着孩子。

母亲:(冷不丁嘟囔了一句)神经病!

父亲:(回头)我又咋了?

母亲:没说你。(问郝峰)她俩上哪儿旅游去?

郝峰:中北欧。

母亲:中北欧,中北欧在哪儿呀?

父亲:芬兰、挪威、瑞典啥的。对吧?

郝峰:没错。

母亲:她们为什么非去那啊?

郝峰:不知道。

  音乐起,马莉叶和海娜从舞台右侧出来,走到舞台中央,两人停下,面向观众,面无表情,像布莱希特式戏剧里的戏外评述人一样,中性陈述地朗诵。

  朗诵时,后场郝峰和父母继续保持在家中的状态,灯光减弱,压暗一半。光中形成一道普通中国家庭的"风景"。

马莉叶:因为中欧有浪漫的风景和风车,还有伟大的围海大堤和飞翔的荷兰人。

海娜:因为北欧有丹麦的安徒生童话和挪威易卜生的玩偶之家。

马莉叶:我喜欢狼外婆、美人鱼和卖火柴的小女孩。

海娜:我喜欢海达·高布乐、艾黎达·房格尔还有海尔茂家的娜拉。

马莉叶:我要去波罗的海寻找维京海盗的足迹。

海娜:我想去黑森林里聆听奥丁诸神的传说。

马莉叶:我要去参加一场电子轰炸的 Rave Party。

海娜:我想去体验一次哥特金属的异教狂欢。

马莉叶:然后呢?

海娜:然后,——我也许在阿姆斯特丹的蛋糕店里品尝带有迷幻剂的巧克力布丁。

马莉叶:我已经准备好了在斯德哥尔摩的街头邂逅一位长着金色头发的北欧帅哥。再然后呢?

海娜:再然后,我们回家。

马莉叶:家?

海娜:对,家! 温暖的、乏味的家。

马莉叶:无聊的、安稳的家。

海娜:我们始终离不开的那个地方。

马莉叶:你又知道什么时候它会离开你?

海娜:我真的只是个家里的玩偶么?

马莉叶:那就当个自由的玩偶吧。

海娜:可是——玩偶的自由又是什么呢?

  马莉叶和海娜说完,分别从两侧下场。郝家客厅的光渐亮。

  郝峰见怀里的孩子睡着了,把孩子抱回卧室。

母亲:那个姓马的没病吧?

父亲:不知道。

母亲:她为什么说孩子的眉毛像她?

父亲:不知道。

  郝峰从卧室出来。

母亲:(对郝峰)你可要小心你媳妇! 老跟那姓马的在一起,迟早也会被带出毛病的。

郝峰:不会吧?

父亲:听你妈的没错。你妈一贯正确!(一回头)嘘——孩子睡着了。

  (起身准备抱孩子进屋)

郝峰:(连忙上前接过孩子)爸,给我吧。

  郝峰抱起孩子,向卧室走去。父亲母亲坐在沙发上。

母亲:给我捶捶,累坏了。

父亲:(给母亲捶腰)行啦,孙子有了,孙女也有了,咱们这辈子就什么都齐了!

  开场那位电台男主持人柔媚的声音重又响起:

  刚才最后一响是北京时间一点整。各位听众晚上好! 这里是家庭港湾,长安夜话节目,我是你们的老朋友陈志,今晚我们要讨论的话题是……

  广播声弱隐。悠扬的音乐重又响起,灯光逐渐转暗。

剧终。

＊本剧2010年首演于南京大学,参加首届国际大学生易卜生戏剧节,荣获最佳剧目特等奖和最佳导演奖,并称为唯一一个受邀赴挪威卑尔根易卜生戏剧节交流展演的剧组。该剧2011年,作为"黑美人"艺术节特别单元在西北大学展演,2014年,由西安文理学院演出,参加陕西省校园戏剧节,荣获优秀剧目奖。

孙阳

男，1979年生，河北秦皇岛人，河北大学电影学硕士毕业。2004年至2012年在西北大学文学院广播电影电视系教师，长期担任西北大学"黑美人"艺术节、西北大学小黑剧社艺术指导。现为河北科技师范学院教师，青年编剧。钟爱戏剧，在西北大学任教期间曾编剧、导演话剧、网络剧多部。曾获国际大学生易卜生戏剧节作家导演奖。作品曾获陕西省校园戏剧节剧本二等奖、陕西省教工委举办的"反腐倡廉"文艺汇演二等奖。编剧的网络剧《男生那点事》《北京傲客》在酷6、乐视等网站播出，曾获中国大学生电视节"创意单元优秀奖"。

送　礼

人物

保姆：老年，李局长家的保姆。
马姐：青年，送礼办事者。
邓嫂：中年，反贪局工作人员。

李局长家的客厅，门半开着。保姆急急忙忙，在四处翻找着东西。
保姆：这钱可是在哪呢？平时老见他们家钱，怎么找不到了呢？（对台底下）大家不要误会，我可不是小偷，你见过出来偷东西还戴着围裙的吗？我呀，是李局长家的保姆。要说这在领导家当保姆还真是长见识。人家李局长，抽的烟都是好几百，喝的酒都好几千，戴的表都好几万，开的是奔驰宝马，穿的是皮尔卡丹，吃饭都是生猛海鲜，唱歌只去天上人间。不过，听说最近关门了。你说这么有钱的主儿，对我可是抠得很。我什么活都得干，他还老嫌你这嫌你那。给的钱也不多！这不,我儿媳妇生孩子,我想就手辞职回去照顾照顾,不干了！可他老婆非拖着我的工钱不给,说是找到合适的我才能走。(看看四周)去你奶奶的,我才不管呢！今天,刚好他们都没在家,我干脆把我自己该拿的钱拿走,然后给他来个猪八戒甩耙子——不伺候了。

保姆继续找,马姐拎着礼物上场。

马姐:老公十年副科级,今年升职挺有戏,为求上个双保险,来给局长送个礼。这送礼送礼,最怕就是送不出去,这得有技巧,不能太生硬也不能太随便,不能太谦恭也不能太傲慢,要做到似送非送、若有若无、无招胜有招,润物细无声才行。敲门之前,我先练练。(一边练着一边往里走)诶?我怎么直接进来了?

保姆:钱都放哪了?重庆那个官都放浴缸里,他能放哪呢?(一回头吓了一跳)你!

马姐:你是……

保姆:我,什么都没拿啊!

马姐:什么都没拿?(看看自己手里的礼物)坏了。这东西不够档次,没关系,(思忖片刻)哦,我这有卡!(要给过去)

保姆:那——我就是想拿我那份。

马姐:您就别见外了,都是您的,都是您的。

保姆:你可千万别和别人说啊。

马姐:您放心,我就是脑袋让驴踢了,也不会把您说出去呀。

保姆:我错了。

马姐:我知道你错了,不是,您没错,我们来看看你是应该的,带一点小礼物也是人之常情嘛。

保姆:(有点反应过来)你,你是来给李局长送礼的?

马姐:不是送礼,是来拜访一下,您是李老太太吧?

保姆:李老太太?谁?

马姐:您儿子,就是李局长啊,他在家吗?

保姆:(眼睛一眨,灵机一转,背身,小声地)啊,小李子啊,那小子谁知道又跑哪吃喝玩乐去了。

马姐：(一愣)哎呦，老太太，您可真会开玩笑，李局长每天要处理那么多工作，日理万机，真是辛苦。

保姆：嗯，他是挺忙的，天天在他那个大办公桌后面坐台，上级一来人就得去接客，下了班还要出去喝酒、跳舞、打牌，把他忙得啊，吃得比猪多，跑得比驴累，起得比鸡早，睡得比"鸡"晚啊！

马姐：老太太您可真幽默，李局长肯定是继承您的基因了，我听我们家那口子说，李局长在酒桌上经常给大伙讲黄色笑话，可精彩了，哈哈——(忽然自觉失言，尴尬)

保姆：那可不，从小啊我就特别注重他这方面的教育。

马姐：啊？我这一紧张有点胡说八道，这老太太怎么也说话没谱啊？

保姆：(嘀咕)这么下去非露馅不可，我呀赶紧把她打发走。那个小谁啊……

马姐：我姓马。

保姆：小马，你来时想求李局……啊，我儿子走什么后门啊？

马姐：这老太太太说话可真够直接的，到底是领导他妈，有魄力。那既然阿姨让我说我就说，我老公和李局长是一个单位的……

这时邓嫂在屋外欲敲门，发现门没关，虚掩着。

邓嫂：有人在家吗？

保姆：没有。

邓嫂：您好，我是来找李局长的。

保姆：咋又来一个？真是越想走越走不了。再拖下去，正主回来了就麻烦了。

保姆开门，邓嫂刚要说话，保姆打断她。

保姆：是来送礼的吧，进来吧。

邓嫂：人家都说这个局办事效率特别低，比那绿皮车还慢，可看这个架势，这局长自己家办事倒是T字打头的火车——特快！呦，这还有个人，我呀先观察观察。

邓嫂坐在马姐旁边，两人笑笑，都不说话。

邓嫂：请问您是？

保姆：我是李局长他妈，她(拍拍马姐)可以为我做证。

邓嫂：嗯？不对啊，我听说李局长他家是南方人，您的口音怎么？

保姆：(赶紧学广东口音)我这个……离开家里很多年了嘛，乡音已改的啦，而且说家乡话会想家的，哪里都比不上故乡啊，我们那嘎达，真的是好美的啦……

马姐：您这是走南闯北去的地方太多啦，口音都混了。

保姆：(如释重负)你解释得太到位了，你那事我让我儿子给你办了。

马姐：真的？那太谢谢你了！

保姆：那你慢走，下一位。

马姐：(高兴地往外走，忽然想起来)唉？不对，老太太，您还没问我是什么事呢？

保姆：是吗？我这一紧张给忘问了。

邓嫂：老太太您在自己家紧张什么呀？

保姆：就是，这是我家是吧？我是李局长的妈对吧？我不紧张，我儿子都不紧张我紧张什么啊？不紧张。你有什么事继续说。

马姐：这……怎么好当着生人的面说呢？

保姆：哎呀，这有什么不能说的，到这来不都是为了那点事吗？不是请您多多提拔，就是请您高抬贵手，不是求您活动活动，就是请您沟通沟通，然后把东西一放，一点小意思，不成敬意，不要搞这一套，拿走拿走，下不为例……不都是这一套吗？我干活的时候见多了。

邓嫂：您还亲自干活？怎么不请个保姆呢？

保姆：我就是保姆啊。啊……我是说，保姆干的活我也都会干，不和保姆一个样嘛。反正，有什么话就说，你来送礼，她也来送礼，她知道你的事，你不也知道她的事了，怕啥？

马姐：要不，让她先说。

邓嫂：行，我先说，听说最近有个提拔干部的名额，我想来问问李局长……

马姐：什么？你也是为提科长的事来的？那可不行，是我先来的，你想插队？没门！

邓嫂：哦，你是为这事来的？刚才不是你让我先说么，怎么成了我插队了？

马姐：反正这个科长不能让你抢走！我老公绝对有实力独占鳌头！

邓嫂：是吗？那你有什么东西能证明他的能力呢？

马姐：(拿出礼品)我这有茅台！

保姆：(摇摇头)这在局长家跟料酒差不多,炒菜一般都用它。

邓嫂：听见啦?

马姐：那可能是李局长他不爱喝白酒,我这还有葡萄酒……

保姆：是82年的拉菲吗？不是就不用拿了,要不也是浇花。

邓嫂：瞧瞧人家这品味。

马姐：这是我给李局长老婆买的LV的挎包,好几千,还是美金。

保姆：(看看包)快别逗我了。这个LTV我见过,批发市场有卖的,二十块钱还送个钥匙扣。

邓嫂：大姐,哪个摊这么便宜？我上次花了三十。

马姐：(急了)你们买的那是假货,土包子。(对保姆)啊,我不是说您,对了,这个东西您一定喜欢,野生东北虎骨,专治老年风湿、老年糖尿病、老年高血压、老年不孕不育全管用。

保姆：老年痴呆治不?

马姐：治啊！

保姆：那你快点拿回去吃了吧。还老年不孕不育,我看你还没老年呢,痴呆已经快到晚期了。

马姐：呀,您瞧我这张嘴,一着急就瞎说八道,您可别生气,今天也是不凑巧,带来的东西都不合适。

　　邓嫂笑而不言。

马姐：你笑什么？我好歹拿着东西来的,你可倒低调,啥也没拿,就打算空手套这只大白狼啊?

保姆：你说谁白眼狼呢?

马姐：我不是说您,我是说您儿子,都不是,我是说她拜菩萨不烧香,心不诚!

邓嫂：谁说我没带东西？我带的东西那可是你想不到的贵重。

马姐：(嘀咕)对呀,求人办事哪有不带东西的？看来这家伙有硬货啊。支票？珠宝？现金？看来是遇到对手了,好,舍不得孩子套不着狼。(摘下手上的手表)老太太,这是我老公从国外买回来的手表,您拿着!

保姆:我要它干啥呀?我那电子表有好几块呢……
马姐:这块表不一样,这是欧洲顶级限量珍藏名表,一只九万八,欧元。
邓嫂:那就是小一百万啊。

　　保姆一听就晕过去了,两人赶紧招呼她。

保姆:(醒过来)你们赶紧把东西拿走吧,实话告诉你们,我不是局长他妈,我是他们家保姆,我就想划拉点回家的路费啥的,可你们给的这东西我要拿了可就是犯罪啊。
马姐:(一愣)什么?你是保姆?我说咋觉着你土了吧唧的呢?我这就报警,(想了想)算了,我没工夫和你在这闲扯。

　　马姐拿起东西要走,邓嫂拦住她。

邓嫂:你别走哇,你不说要报警吗?
马姐:我又不想报了,你管得着么?
邓嫂:你不报我可要报。我要报警,有人目无党纪国法,行贿受贿、卖官鬻爵!
马姐:你报呀?别忘了,你也是来送礼的,你也是来行贿的!你刚才说了,你带着的东西比我这些都要贵重。
邓嫂:好,我就让你看看我的礼物。

　　邓嫂拿出一个证件——反贪局的工作证。

马姐:(一看,傻了眼)反贪局的?
邓嫂:我们早就接到群众举报,反映这个李局长存在着严重的腐败行为,经过我们的深入调查,发现群众反映的基本属实,今天我就是来向保姆大姐来询问情况的,没想到刚好碰上你们沆瀣一气,现在,我要以涉嫌行贿、巨额财产来源不明以及买卖国家一级保护动物用品对你进行调查。
保姆:不是不报,时候未到啊。
邓嫂:我带来的是党和政府反腐倡廉的决心、人民群众反对贪腐的民心和我们一定会赢得反腐败斗争、创建和谐社会的信心,这就是我所说的最最珍贵的礼物,这个礼物不是送给你们这些害群之马,而是送给人民、送给历史的!
保姆:(也拍手称快)同志,我知道我错了,不该骗你,我愿意配合你们的

　　　　调查,把这个李局长的事都给你们说出来。
邓嫂:我还要谢谢你呢,要不是你,我还没法顺藤摸瓜呢。
保姆:要不我还给你们当卧底吧,等那个局长回来了,我帮你们调查他。
邓嫂:不用了大姐,他们呀,已经被双规了。
保姆:啊?那他们欠我的工钱呢?
邓嫂:放心,政府会保护你的合法权益的。今天的事,还需要你帮忙和我
　　　　回去做个笔录。
保姆:好,没问题。
　　　　邓嫂带马姐往下走,保姆忽然想起什么。
保姆:同志,我的行李忘拿了,我去拿一下。
邓嫂:好的。
　　　　保姆回来把行李拿上,想了想,拿了瓶茅台放包里。
保姆:回家给我老头尝尝这料酒。

　　　　保姆下。

　　　　剧终。

　　*本剧首演于2010年11月,参加了当年陕西省教工委举办的"反腐倡廉"文艺汇演,荣获了比赛二等奖。

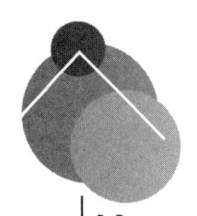

特别创意单元

校园戏剧是充满活力的青年戏剧。本单元的三个剧本,是近年来在"黑美人"艺术节涌现出来的具有实验探索和创意开拓性质的现代剧场作品。作品打破传统戏剧"第四堵墙"和常规的观演关系,具有鲜明的跨媒介、跨学科、跨文化等特征。

校园情景音乐剧,为适应电视文艺展演,将音乐、舞蹈、说唱、小品诸多艺术元素整合,载歌载舞、生动活泼,特别契合青年学生的审美趣味。

心理情景剧是心理健康教育和戏剧舞台表演的有机融汇。作品素材源自心理健康咨询的真实案例,剧本在真切情景再现的基础上,呈现一个带有典型心理冲突的戏剧故事,提出问题但不解决问题。最终,由专业的心理咨询专家上台,现身说法,点评分析,针对舞台故事,提出具有心理科学指导意义的建议。

读者剧场亦称"口述剧场""多重朗读",是当代西方应用戏剧的重要形式。在方法上融汇了创作性戏剧(Creative Theatre)和教育戏剧(Drama in Education)的典型范例。一般常用于语文、英语等课堂教学。在老师的带领下,学生自主即兴创作,主要通过口述方式,把小说、诗歌、故事、新闻等各种文本素材经过加工,再创造地改编出带有知性情韵和审美意涵的现代戏剧形式。

特别创意单元的作品,充分体现了西北大学校园戏剧的开放性、创意性,以及追求戏剧艺术审美和文化育人多元功能创意整合的高度文化自觉。

校园情景音乐剧

高字民　尤磊

　　尤磊,男,1975年生,陕西省西安人,文学院2000级文学院硕士,现为独立音乐人。

传统和现代

　　说明: 本剧不同于传统的话剧或戏曲喜剧小品,而是综合借鉴了舞蹈、小品,及流行说唱等多种艺术样式,用青年人喜闻乐见的RAP形式表现了大学校园里一场关于"传统与现代文化,哪个更精彩?"问题的辩论赛。

　　剧中人物,包括辩论赛主席和正、反两个阵营。每个阵营包括一个辩手和几名歌舞或小品演员,人物没有具体姓名,是群体的象征。情节结构不是具体的事件,而是对辩双方思想观点的交锋,唇枪舌剑,歌舞相伴。台词风格为轻松欢快的RAP诗体。喜剧特征不是辛辣的讽刺或滑稽的噱闹,而是机趣、睿智、诙谐、幽默,是充满青春朝气与活力的浪漫轻喜剧,展现了当代大学生积极、健康、活泼、开朗的精神风貌。

　　地点: 大学校园,室内室外均可,无具体规定,只要背景有一些能体现大学风貌的符号或标志即可。

　　人物: 辩论赛主席——气质稳重,落落大方。

　　辩手——一男一女,男为正方(认为传统更好),女为反方(认为现代更好),均充满青春朝气。

　　腰鼓队员——正方支持者,八至十人,男女各半,男生头扎白羊肚手巾,身着白汗衫、白布裤,女生红衣红裤,所有人都腰系红绸,斜跨腰鼓。

现代舞队员——反方支持者,八至十人,男女各半,穿流行的现代舞者服装,青春、活泼、现代。

　　李白——宽袍大袖,古代装束。需用道具:折扇、酒樽、毛笔。

　　汪伦——西装革履,现代打扮。需用道具:墨镜、笔记本电脑。

　　唐代舞女——仿唐乐舞装扮。需用道具:琵琶。

　　由于本剧综合了舞蹈、说唱、话剧小品等多种表演形式,剧本的表演提示仅供参考,实际表演时的舞蹈及舞台调度可由专业编舞具体决定。

　　另外,背景音乐及RAP说唱可以先在录音棚录好,现场按录音来表演,效果更佳。

　　活泼欢快的RAP节奏音乐中,主席及正反双方辩手、演员(不包括李白、汪伦、唐代舞女)上场。主席发言,辩手与演员在后方倾听。

主席:日月如梭,星移斗转,

　　　我们从那遥远历史走到了今天。

　　　今天在这里,举行辩论赛。

　　　辩论的题目就是传统和现代。

　　　传统和现代,哪个更精彩?

　　　本来萝卜青菜各有所爱并不奇怪。

　　　灯不拨不亮,理不说不明,

　　　爱思考,爱学习,是我们大学生,

　　　今天唇枪舌剑,激扬文字,

　　　要把问题来澄清。

　　　(转平常语速)辩论开始,请发言——

　　女辩手及现代舞队员退至侧台。男辩手及腰鼓队员上前,辩手发言,队员在背后陪衬性地舞蹈。

男辩手:现代是树,传统是根,

　　　　树干的高大挺拔,全靠根深。

　　　　无论改革,无论开放,

　　　　传统是根这个问题万万不能忘,

　　　　俗话说得好,最最民族的,也是最最世界的。

民族之本，传统之根，

　　当然是最好的。

　男辩手退后，色彩鲜明的陕北民歌音乐中，腰鼓队员尽情舞蹈，挥洒民族豪情，展示传统魅力。舞毕，退至侧台。女辩手及现代舞队员上前，辩手在前发言，队员在后陪衬性地舞蹈。

女辩手：黄河流过黄土高原九十九道湾，

　　信天游和腰鼓队响震云天，

　　可是今天校园喜欢民谣，喜欢吉他，喜欢健美操，

　　还有霹雳的现代舞更更火爆。

　女辩手退后，火爆的霹雳舞节奏中，现代舞队员尽情地跳现代舞。舞毕，退至侧台。正方复上前。舞台调度同前。

男辩手：现代诚可贵，

　　传统价更高。

　　中华五千年，

　　唐诗宋词，四大发明，

　　灿烂文化，优秀思想，

　　创新精神，通通不可抛。

　正方下场。音乐转为古筝弹拨的悠扬的民乐。

　李白一手握毛笔，一手持酒樽上场。两位唐代舞女怀抱琵琶跟随而上。

旁白朗诵：李白斗酒诗百篇，长安市上酒家眠，

　　天子呼来不上船，自称臣是酒中仙。

　旁白中，李白持樽饮酒，挥毫赋诗。舞女跳仿唐乐舞。舞毕，舞女下，反方人员上。

女辩手：李白先生，你很潇洒。

　　唐诗宋词也是文学宝库一朵奇葩。

　　可是在现在，落后于时代。

　　没有科学技术第一生产力，

　　怎么能够促进社会发展，

　　搞活市场经济！

李白听罢,有些沮丧,有些怅惘。反方退至侧台,李白举步欲走。

李白:李白乘舟将欲行,忽闻岸上——

　　汪伦戴墨镜,携笔记本电脑上。

汪伦:太白兄——

李白:(惊奇疑惑地)你是——?

汪伦:(摘下墨镜)小弟是汪伦呀!

李白:(确认后点头)那你为何如此打扮?

汪伦:小弟下海了。

李白:(惊讶地睁大眼睛)——失足落水了?

汪伦:No——我经商了。我现在是大话昆仑奴网站的总裁。(打开笔记本电脑,正反方演员上,围在李白、汪伦两边)您看,我把上古至今的诗词文赋全都上网了。

众演员:(好奇地)上网了,上网了!

汪伦:(敲键盘)www.LB.com 您瞧瞧,这全是您的大作。

李白:啊,妙极,妙极!这真是"网上冲浪三百日,不会游泳也会湿(诗)啊!"

　　李白、汪伦下,主席上前,正反方辩手及演员分列两边。此时双方观点走向融合。

主席:唐诗有魅力,

反方:有呀有魅力!

主席:网络真神奇,

正方:真呀真神奇!

主席:(面向正方)你爱打腰鼓,

　　正方随陕北民乐打几个小节的腰鼓。

主席:(面向反方)他爱跳现代舞。

　　反方随摇滚乐跳几个小节的现代舞。

众人合:鼓韵声声,舞姿翩翩,

　　　只要开心——

　　　　开心就舒服!

主席:传统,传统,

众人合:五千年文明。
主席:现代,现代,
众人合:新世纪进程。
　　　　辉煌历史需要继承,
　　　　时代前进脚步声声。
全体合:历史有古今,文化有中外,
　　　　传统和现代,优秀的都可爱!
　　　　古今中外交汇融合,
　　　　大千世界充满变革,
主席:这样的生活,
正方:这样的生活,
反方:这样的生活,
全体合:更精彩!!

　　全体随跳动的音乐,青春的节拍,欢快而舞,直至曲终,做造型定格。

　　*本剧创作于2001年,代表西北大学参加了由教育部高教司与浙江卫视联合举办的2001"五月的鲜花"——全国高校大学生"西湖之约"电视咏唱活动,受到一致好评。剧目形式为西北大学自创的校园音乐情景剧,时长5分钟。2011年、2012年和2013年,本剧分别在"黑美人"艺术节、西北大学百年校庆庆典、全国业余围棋大赛闭幕晚会以及第四届陕西省校园戏剧节闭幕式晚会上演出。

心理情景剧

心有千千结

心理情景剧《心有千千结》由《徘徊》《心门》《坠爱》《沉迷》四个短剧构成。每个短剧都源自心理咨询的真实案例,有相应的问题针对:《徘徊》《心门》《坠爱》《沉迷》分别呈现了具有狂躁症、强迫症、抑郁症和社交障碍的四个典型心理个案,在艺术加工的基础上,情景再现,舞台演出,提出问题,最终由心理专家上台点评分析,给予符合心理科学规律的建议和指导。

本剧首演于2014年12月,是作为西北大学2013年广播电视艺术学专业硕士(MFA)"舞剧剧创作"的结课汇演,由任课老师高字民和西北大学心理健康教育中心郑安云教授指导完成。2015年,在文学院、心理健康教育中心、现代戏剧研究中心共同策划组织下,《心有千千结》作为第二十八届"黑美人"艺术节和西北大学心理健康教育周特别展演单元进行了第二版演出,并应邀附西北工业大学、陕西师范大学巡演。2016年,《心有千千结》的《徘徊》《心门》《坠爱》三部短剧又在西北大学长安、太白、桃园三校区举行了巡演。

王爽　王宁

王爽,女,河南郑州人,1990年出生,西北大学文学院广播电影电视系2013级MFA硕士生。现就职于北京迈视网,担任编辑。在校期间编剧作品《徘徊》获陕西高校第二届校园心理情景剧三等奖。

王宁,男,1989年生,辽宁义县人,西北大学文学院广播电影电视系2013级MFA硕士生。现就职于辽宁海警第三支队,担任政治处干事。在校期间编剧作品《徘徊》获陕西高校第二届校园心理情景剧三等奖;担任编剧的微电影《为钻狂奔》,荣获首届"丝绸之路电影节"暨"第五届西安国际影像节"最佳剧情片,最佳探索奖。

1. 徘徊

人物

张晓琪:一个有着狂躁症倾向的女生。
露露:舍友,家庭富有,炫富。
刘欣:同班隔壁宿舍女生。
宋小雨:同楼女生。
李老师:英语老师。

序幕

舞台布景:右后舞台角落,张晓琪开始独白,父母在左后舞台,露露刘欣在左前,李老师在右前。

画外音:人生的错误在于生活的积累,一旦一个人开始和自己的背景、遭遇和经历较劲,那么这个人将会做出反常人的举动。不要逼得太紧,也不要放得太松。我们有时候都在生活的怪圈里面徘徊。

张晓琪:(在右后方面对观众)我叫张晓琪,专升本大一学生,来自一个贫困的农村。我从来不知道趾高气扬地走在人群中是什么感觉,如果我保持从小惯有的自卑,就会被可怜地当作弱者,得到所谓善意的同情。可是,我不服,我会控制不住发疯似的去反抗,反抗生活、命运和自己,所以,他们叫我疯子!

张晓琪:(走向父母方向)这是我的父母,(背景传来叮叮咣咣的锅碗瓢盆的摔打声。母亲开始摔东西,父亲拉住母亲,扇耳光)瞧,他们又在为这个月多花了几十块的生活费而大打出手,贫穷让他们失去了原本为人父母的模样,这样的争吵也充斥着我的童年。(父母静止)

张晓琪走到露露方向,露露在向刘欣炫耀自己的项链。

刘欣:这么漂亮的项链好贵吧?

露露:(轻描淡写地)不贵,差不多一万吧!(刘欣表现出惊讶的表情。两人静止)

张晓琪:这就是有钱人的生活,从来与我无关,就连幻想也还是那么的奢侈。为什么?为什么我没有成为有钱人的资格?我不甘心!

张晓琪:(走到李老师身边,李老师开始看书)这就是我们的老师,他博学多才让人尊敬,他教我们知识道理,却从未教我面对贫穷。我渴望被别人认可,但是,为什么?为什么一直都是这样把我逼在生活洪流的边缘?我一失足,就会死亡!

第一场

舞台布景:两张桌子做水房水池,盆3个,牙刷,手套。

张晓琪拖着疲惫的身子端着盆子和洗漱用品上场,走到水池旁,开始刷牙。

宋小雨哼着歌听着MP3,端着一盆子衣服上场,在另一个水池放下盆子,接水,开始洗衣服。宋小雨边洗衣服边唱歌,这会儿唱着《死了都要爱》,跟着 MP3 的节奏,声音越来越大,并且完全跑调,十分刺耳。

张晓琪:(转身对宋小雨)同学,请你声音小点!(见宋小雨没有听到,瞪了她一眼)毛病!

宋小雨:(还是没有听到,这时唱到高潮部分,更起劲了)不淋漓尽致不痛快,许多奇迹,我们相信……还会存在……

  张晓琪十分愤怒,接了一盆水,直接向宋小雨泼去,然后盯着她。露露正好端盆上场看到,露露怔住了。

宋小雨:(被这突如其来的水吓了一跳,突然大喊)你神经病啊!

张晓琪:(听到宋小雨这样大骂她更是来劲,冲上去扯着宋小雨的衣领)你才神经病!

露露:(冲上去拦着张晓琪并对她大喊)张晓琪,你干吗呢?

宋小雨:(冲露露喊)你同学神经病吧?我洗着衣服她突然泼我一身水……

张晓琪:(冲露露喊)不关你的事儿,你走开,再拦着连你一块儿泼。

  画面静止,露露面向观众,独白:又打架了,这已经不是第一次了,好像全世界都欠她似的,大家的关心也被她拒之门外,她就是个疯子。

  露露摇摇头,叹气下场。

宋小雨:(端着盆子跑了,边跑边骂)这,这是哪个班的神经病?

张晓琪:(瘫坐在地上,低声啜泣,随即抬起头镇定地)我为什么要哭?

  说完站起来,照了照镜子,整理一下凌乱的头发,端着盆下场。

第二场

  舞台布景:四张课桌椅,英语书3本。

  张晓琪出场,坐在第一排位置上,拿出镜子在收拾头发,抹口红,出神地望着李老师要上场的方向。"丁零零"上课铃响,李老师抱着课本上场。

李老师:(叹了口气失落地问张晓琪)晓琪,他们又不来了?

张晓琪:李老师,他们应该马上就到吧……

李老师:(无奈道)好吧!

同学们懒散地上场,坐在座位上。

李老师:(耸耸肩)好,不等了,上课吧。今天咱们讲第七单元"Face the fact"面对现实,这个主题特别适合现在生活在象牙塔里的你们。

　　大家缓缓地掏出课本,露露拿出手机开始玩,其他人似有似无地看着课本。张晓琪盯着老师若有所思。

李老师:上次课已经让大家预习了,那么我找个同学来读前两个自然段。露露,你读吧。

露露:(放下手里的手机)老师,我不行。您让刻苦的学霸读吧。(眼睛一转,指指张晓琪)让她读吧,她读英语最标准了。(班上同学哄笑起来)

李老师:(有些不悦)好,那张晓琪读吧。

张晓琪:老师,我没预习完……

李老师:没事,读吧。

张晓琪:(紧张地磕磕巴巴地读着课文,伴着乡音)Face the fact. I felt a certain…… certain indisposition to face reality. When I was young……

李老师:(打断,语气不太好)上次跟你说让你听听VOA和BBC你听了吗?都一个学期了,怎么读这么简单的课文还是这样?

张晓琪:(连忙解释)老师,是这个词忘记怎么读了,我最近每天都跟读半个小时BBC……

李老师:不是这个单词的问题,是口音。你的根本问题还是有一点你们老家的那种乡音……不是,我是说——

　　李老师在极力地挽回自己刚才的口误,可同学们已经哄堂大笑了。

张晓琪:(脸红了,有些委屈又有些生气)老师你啥意思?

　　大家笑得更厉害了。

李老师:(赶忙解释)不是那个意思,我只是说你的口音问题有些严重。可能你们那边的老师也都这么教的,你没觉得有什么问题,但是你来我的课堂,我有义务把你的乡音给矫正过来。

张晓琪:(更生气了,带着哭腔)我们农村学校就是这样教的,我觉得非常好!我不需要你矫正,你就是歧视农村人……(拿着课本跑下场,

其他同学瞠目,老师也很尴尬,画面静止)

张晓琪走近李老师,看着眼前的李老师,想走近,但是又退回来,然后在上步,又退回来,反复几次,来到李老师面前。

张晓琪:(望着张老师)您,是我来到学校认识的第一位老师,我相信您,我渴望得到您的认可,我在乎您的看法。李老师,我……我错了。(瞬间情绪大变,有些暴躁)我凭什么给你道歉?凭什么?你身为一个老师,在众人面前,竟然嘲笑我说话难听。我有方言,怎么了?怎么了?!你简直就是一个伪君子,伪善的脸藏着嘲笑别人的可恶面目。(瞬间又安静下来)我……我(用手触摸空气,像是触摸着李老师,李老师还是在忙碌着)我疯了吗?为什么我会左右徘徊?(从舞台右侧跑下)

第三场

舞台布景:舞台上类似宿舍布局一样摆4张桌椅,露露桌上放着项链和娃娃。右边是阳台。

露露:(一边对着镜子抹脸一边兴奋地比画着)哎,刘欣我跟你说啊,张晓琪是我这一辈子见过最奇葩的人。

刘欣:(好奇地打听)到底是怎么回事儿啊?上次,我听我们宿舍说,你们在水房打架了?

露露:哈哈,怎么可能?!是咱们这层一个女生在洗衣服,张晓琪也不知道是听人家唱歌不好听还是看人家不顺眼,端了盆水就泼人家一身,那女生也很厉害,俩人打起来了,我正好去洗脸想着一个班的还劝她来着,她竟然说要连我一块儿泼。

张晓琪抱着书上场,走到宿舍门口,听到里边有人在议论自己就停了下来,趴在门口听着。

刘欣:(不解地)为什么啊?张晓琪平时就这样吗?是精神有问题吗?

露露:(放下手中的镜子)谁知道她是不是有神经病呢?上次,我听别人说,她在厕所,听到人家关门声音有点大,冲上去便拽着人家一顿暴打。

刘欣:(大惊)天呐,那我以后得注意点啦,我经常这样……

露露:对啊,张晓琪可是六亲不认的……哎,对了,她好像对咱们英语老师有意思啊,每次上英语课都化妆去。

刘欣:真的假的?

　　"哐"的一声,张晓琪使劲推开了宿舍门,走进宿舍,把书重重地放在桌子上,有些气愤地坐在椅子上。

露露:(跟刘欣小声说)不知道她听到没有?(故意咳嗽一声,尴尬地向刘欣展示着新买的项链)看,怎么样? Tiffany 的……

刘欣:天呐,露露,你新男朋友真有钱!

露露:(小心地把项链放盒子里)还可以吧。

张晓琪:(突然冲过来)你们说谁神经病?谁六亲不认?谁喜欢英语老师?

露露:(不甘示弱)说谁谁自己心里清楚!走刘欣,去你们宿舍玩儿去……(拉着刘欣要出门)

张晓琪:(大声)在背后说人坏话,要不要脸。别以为自己长得好看就天天一副高冷的样子,早就看你不顺眼了……

露露:(停住脚)我长得好,怎么?你嫉妒?

刘欣:露露,晓琪,你们不要吵了,都是一个宿舍的,伤和气。

张晓琪:(一脸怒气)哼,你少来了!你这种人就爱搬弄是非,来我们宿舍说这说那,明天就传播出去了,你也不是啥好东西!

刘欣:(脸色变尴尬)你!

露露:(拽过刘欣在身后,冲张晓琪喊)你有气冲我来,别见谁咬谁!(拉着刘欣)走,不理她!

张晓琪:(愤怒,暴躁,拿着身边的布娃娃开始往地上摔)你们——才是神经病!

　　"啪"的一声,露露的项链掉在了地上,声音是那么的清脆,整个世界安静了下来。

露露:(立马冲上去捡起项链,脸色变了)张晓琪,你,你疯了!!

刘欣:(在一旁劝解)露露,你别生气,估计能修……

露露:(指着张晓琪说)张晓琪,你太恶毒了,你故意的吧?(又仔细翻看

着项链)

　　　　张晓琪意识到自己做了错事,情绪平息了很多。

露露:(眼圈变红了,带着哭腔吼道)你有病啊!有病去看医生行不行?

张晓琪:(小声道歉)对不起,露露。我太冲动了,没能控制好自己。我真不是故意的。

露露:你已经不是一次两次这样了,你是爱打架吗?打人你很开心吗?你爸妈天天教你打架摔东西吗?

张晓琪:(敏感地仿佛被刺痛了神经)我,已经道歉了!你还要怎样?我又不是故意,我只是控制不住自己的情绪……

露露:你这种人还是别来学校了,简直是颗定时炸弹!

张晓琪:(开始有些愤怒)露露,你别说话太难听了,是你们先说我坏话,我才不小心弄坏你的项链……

露露:(打断张晓琪)你是不小心吗?我看你就是嫉妒,家里穷买不起,又找不到男朋友,就你还喜欢李老师……

　　　　张晓琪站在原地,浑身发抖。

刘欣:(连忙打断)露露,不要说了……

露露:那又怎么了,敢做就敢让人说,就她,也不照照镜子!

　　　　张晓琪突然像疯了一样,冲上前去,一把拽住露露衣服把她推向身后的阳台。

刘欣:(连忙阻止)张晓琪,那是阳台!(想上前去要拉张晓琪)

张晓琪:(高喊)别过来,再拉我就把她推下去,不信你试试!

刘欣:(看张晓琪这时已经接近疯狂,于是连忙掏出电话)李老师,你快来,张晓琪又打架了,跟疯了似的,正把露露推向宿舍阳台。我劝不住,她还说要把露露推下去呢。她听您的,您快过来吧!

李老师:(接电话)好,你先稳住她,我马上过去!

刘欣:好的,4栋218,您快点吧!

李老师:好!等着,我就来!

露露:(失去了刚才的傲气,开始变得害怕,身后是阳台,她不敢乱动,身子开始颤抖)你,你要干吗……

　　　　张晓琪没有说话,也没有放手。

张晓琪的内心独白：这一刻我发现我竟控制不住自己的情绪，也许是露露的话深深地伤害了我，我要惩罚她，对，她才是恶毒的人，我在惩罚她。

李老师急匆匆地冲进来。

刘欣：(大喊)李老师，快，张晓琪疯了……

李老师：(喝住张晓琪)张晓琪，你冷静点！有话咱们坐下来说，不要伤害别人。

张晓琪看到李老师立马怔住了，没有了刚才的戾气，开始有些不知所措。

李老师：(见张晓琪有些放松，就慢慢对她说)你先放开露露，外边很冷，进来宿舍。

张晓琪把露露推向宿舍里边。

李老师：(和刘欣赶紧扶起露露)没事儿吧？

露露：没事。

张晓琪：(怔怔地站在那里，突然开始低声啜泣)我不想伤害任何人。可你们，都是你们在逼我。你们看不起人，你们为什么要这么对我？

李老师：(慢慢走过去，轻声说)没有人看不起你，大家都想帮你呀！

张晓琪：(冷笑)帮我？呵，你们只是把我当作一个笑话而已。我渴望被别人认可，但是，为什么，为什么一直都是这样把我逼在生活洪流的边缘，我一失足，就会死亡。

在两个交错的时空中，张晓琪出现在舞台上，面对眼前的种种，耳边是每个人的讲话的面孔，仿佛一切都在嘲笑自己。张晓琪一方面对自己做的事情反悔，一方面又走不出自己的阴影，始终左右徘徊——

舞台面光转暗。定点光启。心理咨询专家上场分析点评。

心理专家：行为主义学派的代表人物华生说："给我一打健康和天资完善的婴儿，并在我自己设计的特定环境中教育他们，我可以保证：任意挑选一个婴儿，不管他们的才能、嗜好、倾向、能力、天资以及他们祖先种族如何，都可以把他训练成为我所选定的任何一种专家,包括医生、律师、艺术家、商界领袖,甚至是乞丐和强盗"。其主要思想,就是环境决定论,强调环境对人成长的决定性作用。虽然该言论有其偏颇之处,但一个孩子的成长一定与其家庭的教养方式分不开。

剧中的张晓琪从小目睹父母家暴。在她还不太懂事的时候,父亲会因为各种原因暴打母亲。弱小的她正是需要父母给予关怀和爱的时候,但家庭暴力的频繁发生,使她的心灵被注入诸多恐惧和不安的因子。作为一种心理惯性,她模仿着父母以暴力来解决问题和处理冲突问题的方式来建构自己的行为模式。尽管她很努力、上进,希望自己通过努力学习将来获得较好的生活状态,但在各种人际关系的处理方面她习得的方式使她难以安静和控制自己,焦躁与不安经常围绕着她,使她痛苦不堪,不知道自己究竟是谁。

经过医院的确诊,张晓琪是躁狂症患者,需要借助药物治疗和心理咨询。如果我们周围有学生情绪失控,有暴力倾向,建议大家多关注,及时向辅导员反应,尽早帮助他们。切忌与他们发生激烈的争执和冲突。

剧终。

杨婷　刘睿子

杨婷,女,湖南岳阳人,1990年生,西北大学文学院广播电影电视系2013级MFA研究生。现为自由编剧、策划人,曾担任院线电影《T台魔王》编剧、新疆卫视《今日财经》节目编导。在校期间编剧作品《心门》获陕西高校第二届校园心理情景剧一等奖。

刘睿子,女,陕西延安人,1989年生,西北大学文学院广播电影电视系2013级MFA硕士研究生,现就职于西安大奥影视传媒股份有限公司。曾担任金丹若国际微电影艺术节策划及相关宣传片、微电影、广告片的创意项目策划,编剧、导演的微电影《小红军北上》在延安电视台播出。

2. 心门

人物

小北:表现出有强迫症倾向的女生。

赵欣:舍友。

果果:舍友。

梦妮:舍友。

代表小北性格心理复杂面向的"信心""忧郁""自卑""怯懦"。

第一场

女生宿舍。傍晚。

旁白:在秋天的某个傍晚,小北辅导完一个学生,拖着疲惫的身子,不知不觉地走进了寝室。寝室如往常一样热闹,但对于她而言,那份热闹不属于她。

　　小北开门进宿舍,宿舍里果果和梦妮正在上网,赵欣收拾了点东西正要出门。

小北:出去啊?

赵欣:嗯,学生会有点事。(赵欣下场)

　　小北刚坐下,果果兴奋地朝梦妮大喊起来。

果果:梦妮,快看我给你发的链接,昨天看的那条李维斯的牛仔裤,网上只要699,快看快看。

梦妮:(坐在桌旁听MP3,看见果果的表情,迅速地拿下耳塞,走到果果身边)真的吗?(欣喜若狂)我早就看中了,现在可好了,我们去买吧!对了,我也告诉你一个好消息,我明天要上电视比赛,无论结果如何有个小party,大家庆祝一下啊!(一脸幸福的表情)

果果:(雀跃地)好啊,我一定去。到时看你电视上的风采,想想就开心。

梦妮:小北,你也一起去啊!

小北:我明天有事不能参加了,希望你们明天玩得愉快!(沉静地说着)

梦妮:小北,你怎么又拒绝啊,离开组织可不是一件好事情。

果果:(瞥了小北一眼)是啊,一起去吧,有什么事那么重要吗?这么扫兴啊!

小北:(微笑,不好意思)谢谢你的邀请,我还是不去了!

梦妮:那好吧。(笑着看表)糟糕,要迟到了。我可不想惹我的darling生气。姐妹们,goodbye!

果果:幸福的人啊!(梦妮远远地打出一个OK的手势)

　　果果的电话响起。

果果:(打电话)喂?啥?行,我马上就去,等我呀。(扭头对小北说)走,一块玩去?K歌,如何?

小北:(动了动身体,又摇摇头)算了,我还要看书呢!

果果:真扫兴,每次叫你,你都不出去!别的宿舍都以为我们几个跟你不和,把你排斥开来呢!真是的。

小北:可我的计划表上这会是复习时间。

果果:(拿过小北手上的书)《大学英语》?走吧,玩一晚上能耽误啥吗?

整天待在寝室里,闷不闷啊?

小北:太耽误时间了,会影响学习的。马上要考试了,还是多看看书吧!

果果:看书?哼!见你天天看书也没看出个状元呀!整天闷头学习!那是高中没办法才会干的傻事。大学应该是怎样的?那得绚丽多姿,丰富多彩!Enjoy!像你这样整天就知道捧着书看,简直就是在浪费青春!浪费宝贵的青春呀!别说没提醒你,青春短暂,还是及时行乐吧!好了,好了,反正我是忍不住要去享受青春的激情了。真不走?那你就在这儿做你的乖学生吧!(果果下)

小北懊恼地目送果果走下后,目光再次投到了书上。

旁白:时间一分一秒地过去天渐渐黑下来,可心情烦乱的小北的书始终停在同一页的位置。

小北:我好恨,我恨我生在平庸、无聊的家庭,不能像果果、梦妮那样有那么多可以炫耀的东西。他们可以随便买漂亮的衣服,可以有那么多丰富的生活和聊不完的话题。可我,什么也没有,我甚至连讨论的资格都没有,(从椅子上坐起来,拿起录音机)就这么个破录音机,还是我省吃俭用好久为了学英语买的,可是他们呢?P4,P5,iPhone手机,想要什么就有什么。可我只能依靠学习,来赢得一点可怜的尊严。然而上了大学,不管我怎么努力,中学时代学霸的状态越来越难保持了。最近心烦,思想老不集中,成绩每况愈下!我,我到底该怎么办?

旁白:窗外的风吹进寝室,小北冷了,她的心冷了!

第二场

女生宿舍。白天。

三人拿着成绩单,喊着一二一的口号走到舞台中央,拿起成绩单哗哗地抖几下,小北在舞台一侧拿着成绩单,其他三人并排站着。

梦妮:看看这学期的成绩排名!

果果:小北,这次专业课又是第一名。

赵欣:她一向如此。

果果:我这次没考好,看你俩这成绩不错,奖学金希望大大滴有。

梦妮:那是自然!(甩甩头)你也不看看我是谁。

赵欣:我呀,也就靠那点实践分来争气了。

果果:小北这次也不知道有戏没?

赵欣:她呀——

梦妮:她一天什么活动都不参加,你看,就她实践分是零分,看来是没戏!

果果:她就是一个闷葫芦。

赵欣:光成绩好有什么用,大学不是培养书呆子的地方,要综合发展。光死读书,不关注社会,不和大家打成一片,照样跟奖学金无缘啊!

  小北拿着成绩单走进门。三人看向她,齐声说:"小北,你这次又是第一呢!"

小北:(面无表情,低声回应)哦,十点半了,不早了,早点休息。(说完,径直把灯关了)

  黑暗里的三人相互看看,无奈也只好上床休息。小北均匀的呼吸声响起,定点光亮,三人坐起,看看小北,讨论"倾诉"。

梦妮:又是十点半,每天都是十点半,雷打不动的关灯。

果果:就是,还有每天早点准时五点半的闹铃。

赵欣:更恐怖的是还有闹铃响一声立马关掉就起床学习。

梦妮:这还不算最恐怖的,脱下的鞋一定要摆成一条线。

果果:地上不能有一根头发。

赵欣:毛巾必须挂得整整齐齐。

果果:镜子一定要擦五遍以上才算干净。

梦妮:她不仅自己这样,也要求别人这样。

三人(齐声):这股子强迫劲——真让人受不了!

  三人躺下,小北坐起。

小北:还以为我不知道呢!当面一个个都是客客气气的,可背地里没安什么好心,等着看我的笑话呢。我知道,他们都看不起我,烦我,嘲笑我!

第三场

女生宿舍。另一天。

旁白：果果、赵欣、梦妮三人正在宿舍讨论韩国明星，一边说一边嗑瓜子。有几颗瓜子皮没有投到垃圾桶里，掉在了地上。小北看到后，板起脸，"唰"的一声抽出一张卫生纸把瓜子皮捡起来。赵欣三人看到后有点尴尬，面面相觑，停止吃瓜子了。

果果：我们收拾吧！

小北：不用了，果果，你有这闲工夫在这儿聊天，不如把你那里的卫生打扫一下吧，看都乱成什么了。

果果：我那里很好啊，我每天都有打扫的！

小北：你打扫完还跟猪窝一样，那和不打扫有什么区别？还有，你每次接饮水机里的水能不能节省一点啊，能喝完那么多吗？

果果：（生气地）请不要——把你的生活习惯强加给别人好吗？再说，我就是爱喝水，怎么了？喝水有益健康嘛！

小北：可那是大家一起交钱买的！你喝那么多，别人还有没有水喝了？爱喝水，你可以交两份钱啊！

赵欣：小北，不要这么说，多伤大家感情。

梦妮：对呀，饮水机也没花多少钱。

小北：没花多少钱也不能浪费啊！你家人没有教过你吗？浪费是极大的犯罪！

赵欣：哎呀，都少说两句，多大点事啊？

小北：行了，你别在这儿装好人了，你当我不知道一切都是你在背后搞鬼吗？

赵欣：哎。小北，你今天吃错药了？怎么逮谁咬谁啊？我知道你今天心情不好，可你也不能红口白牙诬陷人啊！

小北：诬陷你？你也配？那个演讲比赛你就是故意让我去丢脸的是不是？还有奖学金，明明我成绩比你好那么多，为什么年年是你拿？你是给辅导员送礼了吧？

赵欣:……你,你真的误会我了。我只是,想给你个机会让你也拿奖学金。

小北:哼,你有这么好心?那你就不会在上次我妈来看我的时候当面阿姨阿姨地叫,走后却嘲笑她!

赵欣:什么?我没有!我什么时候嘲笑你妈妈了?

梦梦:对呀,小北。赵欣真的没有,你妈妈走了以后我们还羡慕你们感情好呢!

果果:且,别理她!我看是她自己心里有病,才看谁都不对劲!

　　小北一愣,直直瞪着果果。宿舍陷入了可怕的沉寂。突然小北呵呵冷笑,"嘭"一声摔门走了。

果果:(悻悻地)真触霉头!

赵欣:(向门外望了一下)行啦,你也真是的,明知道她不是故意挑刺,她就是说话不好听!

果果:我就是一下气不过嘛,她每天给人摆脸色看,这寝室真是过不下去了。

梦妮:(拿起一本诗歌全集)每天生活在没有硝烟的战场上,真叫人痛不欲生,活着便成一种罪恶。

果果:(小声地嘟囔)搞什么啊,本来就是她做得不对嘛!

第四场

旁白:女生的心思就像海底针,小北心思敏感,感情脆弱。往往争执过后,小北总是更爱胡思乱想了。你看,她又陷到她自个儿的世界无法自拔了。

　　小北的幻觉。她看见果果、梦妮、赵欣围着一把空椅子站了一圈。

果果:(指着椅子)你这个讨人厌的、自以为是的可怜虫!你以为全世界都要围着你转吗?你有什么?你家境不如我们,性格也不讨喜,学习比我们好却拿不上奖学金,整天特立独行,标榜个性。你实际上是一个彻头彻尾的讨厌的可怜虫!

赵欣:(嘲笑地)我就是故意让你出丑怎么了?你不觉得你那一口浓重的乡土普通话特搞笑吗?还整天操着这把口音对我们横加指责。你凭什么要求我们按照你的该死的规矩行事？一点儿言不合你的意，你就拉长个脸。搞笑！我们来大学是来感受美好的生活，不是来看你脸色的，好吗？

梦妮：(冷冷地)我们就是比你好！比你优秀！你这样不合群，真碍眼！你老是定规矩定得真烦人！你知不知道，你很不招人喜欢！

小北：(抱着头，大喊了一声)别说了，我知道，我知道！你们讨厌我，嫌我规矩多。可我也是为了大家好，我家里穷，我害怕被人瞧不起。我太在意别人的看法，容不下一丝的不屑。我希望宿舍一尘不染，希望我们的生活都能井然有序。我希望我们都能严谨有序，都能严格要求自己。我这样错了吗？为什么你们三个总是扎堆一起，总是有意无意显示你们的优越感，把我孤立开，难道我真的这么让人厌恶？我那么努力，奖学金也没有我的份，班干部我也沾不上边，集体活动也都想不起来我。这是为什么？这世界难道就这么容不下我吗？

第五场

　　小北的梦境。小北和舍友们身披不同颜色的斗篷。胸前各自印有不同的字。这时，她们分别代表了小北复杂的性格心理中不同的情绪面向的投射：小北——信心；赵欣——忧郁；果果——自卑；梦妮——怯懦。

　　小北——"信心"站在舞台中间，做被关起来要挣扎着出去状。赵欣——"忧郁"、果果——"自卑"、梦妮——"怯懦"，分别戴着面具散立在舞台四周。

信心：疯了，你们都疯了吗？把我关起来，我告诉你们三个，如果小北错过了这次机会，这样她就会一直消沉下去，以后很难走出来了。快把我放出去，你们这三个变态狂，你们要为此付出代价的！

自卑：(坐在椅子上)信心，别仗着你那好听的名字蛊惑众人了！如今你那套理论已经过时了，像什么我们做事要有自信啊，要充满斗志啊，这些都是狗屁。你完全是在利用别人的愚蠢来抬高你自己的地位，十足的感情骗子，现在，你在小北的心里已经没有地位了，我现在才是老大！

信心：自卑，你真是把你的本色发挥得淋漓尽致啊！（转向"怯懦"）怯懦，你把我放出去。我知道你一直在我们之间游离，拿出自信来，放了我吧。否则后果不堪设想啊！

怯懦：姐，现在自卑姐说了算，你去求她，她同意把你放出来我立刻给你开门。

信心：求她？你看她恨不得把我打入十八层地狱的样！忧郁，平时你都不愿说话，我知道你很果敢，这次你一定要帮我，快把我放出去！

忧郁：人生无常，世事难料。你沦落到今日并不是你的错！

众人：那是谁的错？

忧郁：我的错！我曾告诉主人，你们都是世间的凡夫俗子。你在黑暗的角落待上一分钟，就会知道寂寞的感觉。同样你在别人功名利禄的光环下待上一秒钟，就知道别人的幸福是什么滋味了！所以，既然无法得到，那还不如在想象中卑微地活着。我时常这样压抑着自己，所以自卑姐才能这样的嚣张！

信心：你这是虚伪的攀比，别说废话，快放我出去！

自卑：哎呀，你态度还强硬起来了，现在这是我的地盘，怯懦，忧郁，听口令！

怯懦、忧郁：是！

自卑：立正！马上跑步到我面前！（两人跑步到来）向——右——看齐！

怯懦、忧郁：（疑惑）是。

自卑：（指了下信心，两人看向她）向前看！说出你们今天的任务。

怯懦、忧郁：头可断，血可流，坚决不放信心走！

自卑：知道就好，把她放出去，以后我们就没得混了！小北很可能把我们……（做抹脖子的动作）所以，我们今天必须把她看得严严实实！

信心：你们三个疯了啊，不放我走，小北就再也没有翻身的机会了！

忧郁：放你出去，我们就没有翻身的机会了，我可能就永远消失了！

怯懦：那我们就坐在这！

自卑：对，只要把她压住，我们就胜利了。我们要警告那些苟且于世的"自信"的俘虏，别再表面上打着乐观开朗的幌子，内心里却把我们作为苦痛的遮羞布，我们再也不要做他们的遮羞布，我们要雄起！

怯懦、忧郁:雄起!

信心:(做头痛状)我头好痛!我头好痛!("信心"倒在了地上)

忧郁:她真的好像不行了。

自卑:再给她一分钟把气咽完,然后直接送火葬场!

信心:你害了小北,也害了你自己。

自卑:我没有,小北来自农村,家里生活困难,在学校里省吃俭用,吃的、喝的、穿的都比不上别人,她连普通话都说不好。我就是要告诉她,既然低人一等,就必须她注定要和我过一辈子!而不是一副穷酸样还打着自信的牌子,让别人在背后嘲笑!

信心:你……(终于倒下)

尾声

宿舍楼楼顶。

痛苦绝望的小北站在楼顶平台上,怅然若失地望着远方。

旁白:她站在楼顶俯瞰整个喧嚣的城市,一片车水马龙、灯红酒绿。世界如此之大,却没有她的容身之处。原本以为没有爱的人,也可以孤独地活下去。然而,蓦然回首,才发现一切都只是惘然。

小北的生活,失去了青春的颜色。

小北的人生,走到了十字路口。她,该何去何从呢?

舞台面光转暗。定点光启。心理咨询专家上场分析点评。

心理专家:学校的心理咨询中心常常会有强迫行为和强迫症的学生前来咨询。这些学生都是好学生,他们从小受到严格的教育和规范化的引导,因此,多是上进、积极,追求完美的学生。他们不但自己要求完美,也会以同样的标准要求或者对待周围的人。他们会认为生活规律、社会规范、群体一致的有秩序的生活环境是完美的状态。这种理念和行为习惯,常常制约着自己和别人。

小北就是这样的学生。她努力,上进,希望自己更好,希望周围的同学更规矩。然而,这极大地影响了别人的生活状态,甚至会出现冲突。尽管小北的期望是为别人着想,但世界是丰富的,这种近似苛刻的要求会使周围的人有窒息感。于是原本美好的愿望有可能就是矛盾和冲突的源头。由此,小北自己也很痛苦,不知道问题出在了哪里?

我们多数人会有一些强迫行为,但不一定是强迫症,强迫症比强迫行为走得更远,其最大的特点是存在着内心的冲突并伴有强烈的焦虑。具体诊断,需要医院的医生来确诊。如果我们学生自己有强迫行为,并没有强烈的焦虑,就没有关系,带着这种行为继续生活,顺其自然;如果伴有强烈的焦虑和内心的冲突,那就要去医院进行诊断和治疗。碰到有强迫行为的同学,如果没有妨碍自己,我们不必歧视和笑话,更不要产生冲突。选择善待与宽容,抱有求同存异的想法,才是回归丰富多彩的世界的正确途径。

光暗,剧终。

倪惠杰

女,1988年生,河南濮阳人,西北大学文学院广播电影电视系2013级MFA硕士研究生,现为安阳师范学院传媒学院教师。在校期间曾创作并主演舞台剧《坠爱》,主创拍摄纪录片《隐形人》、微电影《生尽欢,死无憾》《蝉蜕》等,荣获"微电影,青春梦"陕西高校微影联盟首届微影大赛二等奖。

3. 坠爱

场景:

舞台分:舞台前方、舞台后方(左)、舞台后方(右);

舞台前方是教室场景;

舞台后方(左)是马路场景,舞台后方(右)是操场场景。

人物:

田甜:曾患抑郁症,经治疗病情得到控制,因与前男友分手抑郁症似有反复,敏感、内向、不善交流的女孩儿。

田甜A:热恋期的田甜。

田甜B:失恋期的田甜。

李佳豪:田甜前男友,后患白血病。

小敏:田甜的宿舍闺蜜,善解人意,敢爱敢恨。

哲楠:田甜的男闺蜜,年纪小,心地善良,是个说话较为直接的爱情理论达人。

张老师:影视心理鉴赏课的主讲老师。

母亲:李佳豪的母亲。

画外陈述者。

第一幕

舞台前方,教室场景。

开场时,背景播放《大话西游》齐天大圣与紫霞仙子生死别离的片段,期间,田甜的手机一直不断的铃声迫使高老师暂停视频播放,开始找同学赏析影片。

张老师:我们今天影片先播放到这里,现在谁跟大家分享一下关于这部影片的个人感受?

张老师从开始问问题就一直盯着田甜,田甜手里握着手机怯怯地把头埋得很低,哲楠见状,马上举手,不等高老师喊他的名字,就直接站起来了。

哲楠:老师,老师,我想谈谈对齐天大圣的看法。

张老师:你说。

哲楠:叫我说,我就觉得齐天大圣根本不爱紫霞仙子。我觉得,当一个人需要凭借另一个人去证明自己爱的是第三个人的时候,对比而来的爱还能算是爱吗?对一个失去才懂珍惜的人,即使再给他一次机会,再给他一千次机会,他还是握不住美好,最终还是要落得个两手空空啊。

张老师:田甜,你怎么看?

田甜缓慢地站起来,低着头。

田甜:我,我觉得齐天大圣是爱紫霞仙子的,他有他的无奈之处……

田甜的话还没有说完,下课铃就响起了。

小敏:老师,咱们下节课再继续赏析探讨吧,回去我们都好好组织组织语言下节课再畅谈呗。

张老师:好,那下课后每人选取一个人物角度解析该人物的心理状态,课上继续讨论。下课!

一下课,小敏和哲楠就拥着田甜冲出教室,一路上都在调侃田甜,田甜默不作语。

小敏：田甜小主，上课的时候是哪家的公子找小主搭讪呐？怎么也不见小主给人家回复呢？难道小主不中意这家公子传短讯的语言手法？

　　说着，用肩膀扛了一下哲楠，给他使了个眼色，哲楠就绕到田甜另一侧。

哲楠：是啊，是啊。

田甜：没有，你们怎么那么八卦，我才不稀罕什么公子。

小敏：哟哟哟，是吗是吗？

　　小敏挠田甜的痒，哲楠趁时把田甜兜里的手机拿了出来，迅速翻阅田甜的手机短信。

哲楠：田甜，我想你，一直很想你！（大声读，并做出被酸到的样子）

小敏：哇，果然有情况，哲楠，哲楠，继续读，还有没有了？

哲楠：有，好几条呢。哈哈……

　　田甜上前去抢哲楠手里的手机，无奈，哲楠个子太高，田甜根本够不到。

哲楠：你能来北京看我吗？我很后悔，我不是有意伤害你的。我忘不了你，原谅我！

　　读到这里，语速越来越慢，哲楠和小敏大概都猜到了是谁发来的讯息，一下都安静下来。

小敏：是张家豪？

　　小敏一把拉住田甜的胳膊。

小敏：你跟他联系了？

田甜：没有，是他最近不停地在给我发讯息。

小敏：那个可恶的家伙还有脸给你发信息，怪不着你上课的时候状态那么差，那你呢？你想什么呢？

田甜：我没想什么，都分手快一年了，他都结婚成家了，我还能想什么？不想再跟他有任何感情上的纠葛。

　　田甜稍有哽咽。

哲楠：田甜，对不起哦！我不知道是张家豪那个家伙发信息，手机还你。

　　哲楠举着手机慢悠悠地往前走，递手机给田甜，此时，短信声又响起，小敏听到后，生气地直接接过田甜的手机。

小敏:不直接给他回个绝情的讯息,他还没完没了了,我给他回。(却不成想,这次是条彩信,小敏打开那条彩信,瞬间惊呆了)

小敏:田甜,田甜,他,他怎么了?怎么穿着病号服,头发还,还……(哲楠见状,接过手机看)

哲楠:(读短信)"我得了白血病,可能剩余时日不多,很想你!来北京看我。"田甜,他,他——(小敏和哲楠两人惊住了,站在那里一动不动)

田甜:怎么了你们俩?得什么病了?

　　田甜接过手机看了彩信后,瞬间崩溃,蹲在地上开始流泪。

小敏:田甜,田甜不要哭,我会一直陪着你的,还有哲楠,我们都会一直陪着你的。

哲楠:对,我们一直都在。如果你要去北京,我们陪你一起去。

小敏:你说什么呢?谁说要去北京?为什么要去北京?你忘了当初那个张家豪是怎么对咱们田甜的了?他张家豪过得幸福甜蜜的时候,关心过田甜这一年怎么过的了吗?现在生病了,又说对田甜念念不忘,知道后悔了,他不是已经按照他爸妈的安排幸福美满地结婚了吗?现在田甜去了能怎样?又算什么?

哲楠:我,我就是觉得田甜现在每天这么闷闷不乐的,与其难受,不如顺着自己的心去北京见他一面,对自己也好有个交待。

　　灯光熄灭,只剩一盏灯光打在蹲在地上哭泣的田甜身上。

田甜、小敏、哲楠:(同时)去?还是不去?在田甜的心里已经打下了一个深深的结。

画外音:她自己深知她跟佳豪不会再有以后,当初对自己那么决绝,而今他已经结婚,有了自己的家室,就像小敏说的那样,即便去了,能算什么?她不想成为别人情感的第三者,也不想让佳豪有什么情感上的出轨。结婚后就应该是全心全意的。但,她心里的另一种声音仿佛也在说话……

第二幕

　　舞台中间的田甜,缓慢走向舞台左后方,灯光亮起,灯光打在现在的田甜、当初的田甜和佳豪身上,其余灯均暗。

第一场

一年前的分手的场景,马路上。空中传来来何洁的歌曲《我多么怀念》,作为背景音乐。

田甜A:佳豪,你快点儿,不然今天又买不到《大话西游》的电影票了。

佳豪:吃着东西你就别跑那么快了,地上滑,等下摔了怎么办?

田甜A:你以为都跟你一样笨的吗?

佳豪:小心,地滑。

田甜A:小心地,滑,哈哈!

佳豪:真是拿你这个还没毕业的学生没办法。你呀,最多算是个还没出茅庐的毛丫头呢!

田甜A:公务员,怎么? 又要开始给我上课了吗?

佳豪:怎么敢呢"领导"。

田甜搂住佳豪的胳膊,依偎在佳豪肩膀。

田甜A:佳豪,那你会跟"领导"结婚的,对不对?

佳豪:当然啦,没有"领导"的领导,我哪还有什么前途可言呢。

两人依旧甜蜜地拥抱着前行。此时,追光灯下,现在的田甜开始独白。

田甜:这就是一年前甜蜜的我们,这也是为什么一年来我依旧忘不了他。想念他,已经在我心里变成一件既委屈却又无法抗拒的事。我忘不了他为我做的一切,忘不了只是因为我说了一句想他,他就偷偷坐了15个小时的车,早晨四点站在学校大门口等着我,来见我! 当时我不顾一切地拥住冰冰的他,那天的场景,至今我还记得特别的清楚。我对他说:这辈子非你不嫁,他也说:这辈子非你不娶! (热恋期的田甜和佳豪同时在现在的田甜身后表演并讲台词)而现在,我们分手了。

佳豪:田甜,我,我有件事情要跟你说。

田甜A:嗯,什么事情,你说。

佳豪：我,我,我……

田甜A：你,你,你什么你,有话快说。是不是说我还没开学走呢,你就开始想我了？我也会想你的,放心好了,很快我就会回来看你的,你放假的时候也可以去学校看我啊。

佳豪：不是,田甜,我,我,我下个月可能要结婚了。

田甜A：下个月？这么快,我还没跟我爸妈商量呢,是不是,是不是快了点儿？我还没毕业哎。

佳豪：婚期定在下个月月底,你保重！

田甜A：什么意思？你,你要跟谁结婚？她是谁？谁是新娘？告诉我！

佳豪：是我爸妈逼我的,田甜,他们也是为我好,所以……

田甜A：是谁？你告诉我是谁？

佳豪：是咱们省里一个领导家的女儿。

田甜A：领导家的女儿,领导,领导,这就是你说的会跟"领导"结婚吗？

佳豪：对不起田甜,家里给我的压力太大了,父母一天天衰老还在四处为我的今后奔波操持安排,她爸妈也替我以后打算了很多,对我以后的仕途提拔帮助很大,现在走到这一步,我也不想,但是我已经没有退路可以选了,就当是我对不起你吧。

田甜A：你爱她吗？

佳豪：我只是跟她结婚。

田甜A：不爱她为什么还要跟她结婚,没有爱怎么结婚？

佳豪：现在我已经没有力气去想这些问题了。田甜,我真的很为难,夹在你跟我爸妈之间,说实话,我不知道怎么选择才能不后悔,才是正确的。所以,拖了这么久才告诉你,我真的承受不了了。

田甜：李佳豪,我恨你,我恨你的自私,你只想到自己,那我呢？你有想过我吗？有吗？

  几乎崩溃状态的田甜,歇斯底里地喊着。

佳豪：忘记我吧！（田甜A抓住佳豪的胳膊）

  此时,剧中人物均定格不动。

田甜A：不要走,不要走……（哀求状）

  此时,舞台后方的田甜也上前拉住佳豪,情绪激动地开始对这佳豪说独白。

田甜:离这个分手场景已经快一年了,我忘记你了吗?(拿出自己的日记扔给当时的佳豪看,此时田甜和佳豪静止定格)分开后,我就开始不停地写日记,我根本不知道停不住的究竟是笔还是记忆?许多人告诉我说,忘记是件轻松的事情,只要不看、不想、不记,就可以忘记了。但我就是不能确定自己什么时候能把你忘记,因为我根本不能保证一定可以把你忘了!没有短信,没有电话,什么也没有,但我还是在这里,发疯一般地想你!我根本不知道自己在等待什么,就像不知道什么在等待着我一样。

画外音:从那之后的很长一段时间里,田甜几近崩溃地疯狂地给李佳豪打电话、发短讯,甚至可以说像乞丐一样苦苦哀求李佳豪不要把她一个人留下。李佳豪突如其来的分手决定和临近的婚期让田甜每天都停留在一个死胡同里挣扎徘徊,她不懂,她是肯定不能将自己仅有的人生慷慨赠与一个她不爱的人共度余生的,但为什么李佳豪就可以,他转身瞬间就跟另外一个陌生的人结婚了?她更接受不了的是,昨天还让你觉得自己意义非凡的人,今天就让你觉得自己可有可无。有时候面对李佳豪的突然消失,田甜甚至想把他一把拽过来问一句:"回答我,我对你到底是重要的吗?"为了排遣田甜这种积郁难消的情绪,小敏每天都硬拉着田甜去操场跑步,唯恐她憋出点儿什么病,但也只是默默地陪着,不说话,更不会聊到这个话题,直到李佳豪婚期的这一天。

第二场

学校操场。

小敏:田甜,你鞋带开了,赶紧系上,不然一会儿跑步的时候会绊倒的。

(田甜,无动于衷,跟没听到似的,依旧在慢跑)

小敏:田甜,你慢点儿跑,鞋带开了不系上,加上刚下过雨,路面滑,等下摔了怎么办?

田甜B:摔了?我为什么会摔?为什么你跟李佳豪都觉得我会摔?

小敏:田甜,你怎么了?怎么突然提起他?

田甜B:他也说我会摔,他还说他会跟"领导"结婚,现在果然都如他的愿了。

　　小敏看田甜情绪不对,又生怕自己哪句话说错再触及田甜的敏感区,便不再多说什么,只是默默拉起田甜的手,两个人开始慢跑。

田甜B:今天李佳豪结婚!(流着泪)

　　小敏停下脚步,揽住哭泣的田甜,安慰她。

小敏:都会过去的,田甜相信我!我还有哲楠都会一直陪着你。我也有过疯狂怀念一个人的时候,半夜突然哭醒,又不能联系,百爪挠心。其实,我也说不清楚到底是怀念当时我们两个人相互陪伴依偎的感觉,还是担心再也遇不到更好的人。可慢慢地等我平静下来,淡然就会多过挂念。也许某一天,当我们开始接受成长,时间就会把这一切都带走。

画外音:田甜并没有告诉过小敏,她高中的时候曾经患有抑郁症,上了大学之后在专业医生的帮助和治疗下才基本控制病情,但从小敏提醒她系鞋带时她的表现来看,她的病情好像又开始反复。

田甜:我承认,在这一年的时光里我过得一点也不好,很多时候我真的都快熬不下去了,快要崩溃了!我不知道自己在恐惧什么,我改变、我失去,我甚至不知道为什么那么多不幸的事情可以接二连三发生在我一个人身上,好多事情我真的接受不了,但也无力抗拒,只能哭完再爬起来,老老实实继续走,我除了这样还有什么可选择的?

第三幕

　　场景重回第一场静止的定格画面,教室外,舞台前方。

　　小敏、哲楠、佳豪都从舞台后方挣脱定格的时空,走向舞台前方,面对田甜说话。

小敏:田甜,你不能去北京看他,不然你这一年的苦都白受了。看到你这样,我很心疼你。但是你其实心里特别明白,过了那么久,很多人不需要再见,遗忘就是你们给彼此最好的纪念。如果你真的去了北京,李佳豪或许只是绑架你一时的感情,但你的心却会绑架你剩余的时光。挫败也好,伤害也罢,都会成为过去。好不容易熬到现在,不能就此放弃,你快好了,马上就要好起来了。

哲楠:小敏,你没看到田甜对李佳豪还没有放下吗?这样勉强自己的情感,非要在爱情面前做一个所谓的强者,有什么意义呢?田甜,如果你们两个心里还有不甘,那就肯定还没有走到最后,顺应自己的心意去做就好。

小敏:你这不是火上浇油吗?哲楠。

　　小敏瞪了哲楠一眼,便扭过头对田甜说。

小敏:李佳豪把你们俩无法走到最后都归罪于现实的无奈,可说到底这关现实什么事?分手和别离不过是不够爱或爱得不够深。他值不值得你继续这样伤心下去,其实你自己心里最清楚,为什么他能说走就走,头也不回,而你却走到尽头还要拼命回头?

　　哲楠从小敏手里揽过田甜,怜惜地看着田甜。

哲楠:看一个女孩儿渐渐长大成熟真的很感伤。田甜,你现在不要想得太多了,别给自己太大压力,随心所欲,田甜,问问自己的心到底想怎么做,然后就勇敢大胆去做,我永远支持你。

　　小敏一把推开哲楠,开始跟他理论,声音由大变小,作为背景声,田甜起身。

小敏:哲楠,你脑子进水了吗?你自己也说,通过别人来证明真爱的根本不是爱,为什么现在又支持田甜去北京看那个李佳豪?

　　哲楠拉过小敏,低声对她说。

哲楠:这在心理学上叫作哀伤疗法,田甜这一年的状态我们都看在心里,解铃还须系铃人,如果不让田甜去见李佳豪的话,这才是在她心里留下抹不去的伤疤呢。

　　两人继续争论,声音逐渐变小,变为背景声,此时,佳豪的声音打破时空逐渐盖过小敏和哲楠的声音,同时也来到田甜身后。

佳豪:田甜,你会来看我的,对不对?你也很想念我对不对?(温柔的乞求的声音)

　　著名歌手王菲的《棋子》作为背景音乐响起。此时画外音和独白交叉进行。

画外音：田甜听着小敏和哲楠都很有道理、带有不同爱情观点的争论，看着自己和佳豪甜蜜的过往场景，分明记得自己分手后所有刻骨铭心的痛苦挣扎与纠结。这些都历历在目，刻在心里那块最柔软的地方。爱情最折磨人的其实不是离别，而是感动的回忆总让她站在原地总以为还可以回得去。想一想，这一年对于她来说，这些持久的痛苦，不就是源于她对那些过往的微小幸福细节的喋喋不休，以及对一时感动的念念不忘吗？

对于李佳豪她放不下，她不甘心。不甘心曾经坚持的感情就这样结束了！舍不得这样放弃他。所以，闲来无事时，就不停地去揣测，倍感心酸、折磨、难受。

田甜：他已经把我伤成现在这个体无完肤的样子，我还在自作多情念念不忘干吗？人们总说：全心全意爱你的人把你一手擒获之后，就再也不会放你走。我们俩已经分手了，我为什么还要想去看他？小敏说的是对的，我不能去看他，绝不！

佳豪：田甜，你会来看我的，对不对？你也很想念我对不对？（温柔的乞求的声音）

田甜：可是——他现在病得那么重，也许是最后一次见他，也许我可以是他康复的一剂良药，也许我能给他一丝生的希望，帮他渡过难关，也许回来之后我也不会再想起他，也许从此我也把自己治愈了，也许也许……对，是这样的！我要去北京，我要去见他……

画外音：她明知是要放弃的，但就是不甘心就此离开；明知是煎熬，却又躲不掉；明知无前路，心却早已收不回。她驻留了这些许时日，或许是不够洒脱。只是这片天地若是由其点亮，那么总也要有个人肯留下来，躬身谢幕，感谢自己曾那么认真地对待过这一切美好。

第四幕

医院的病房里。

画外音：田甜拎着大兜小兜的水果来到病房门外，透过门上的窗户一眼便认出了佳豪,尽管他现在脸上没有一丝血色,消瘦的体型,快要掉光的头发,已经基本快要脱相了。他穿着病号服躺在那张离她只有三米远的病床上,田甜之前积郁的所有的质问与责怪都没了踪影,有的只剩田甜那颗柔软的心,泪眼婆娑地鼓起勇气推开病房门。

田甜:佳豪!

佳豪:(缓慢睁开双眼)田甜,你来了?(伸手拉起田甜的手)

佳豪母亲:是田甜啊,我是佳豪的母亲。

田甜:阿姨,您好!佳豪,他现在怎么样了?

佳豪母亲:(抹泪)情况不是很乐观,还在继续做化疗,他现在精神很脆弱,状态也不好,一直想要见你,说有话跟你说。希望你,能多给他一些鼓励。让他勇敢坚强地配合大夫的治疗,算是阿姨拜托你了!(低声说)

田甜:阿姨,您别太伤心了,我会尽力的。

佳豪:妈,我想坐起来,你把我扶起来吧。

田甜和佳豪母亲一起把他扶起来倚在枕头上,田甜此时分明感受到了佳豪的虚弱,心里一阵酸楚。

佳豪母亲:那你俩先聊,我出门给你们买些午饭去,他身体状况不好,别让他情绪太激动了。

佳豪母亲出门,田甜在佳豪病床前坐下。

佳豪:谢谢你能来看我,田甜。

为了掩饰自己马上流下的眼泪,田甜转身装作拿水果状,趁机把眼角的泪抹掉。

田甜:你吃苹果吗?我给你削一个。

房间里就这么静默着,佳豪目不转睛地看着田甜为他削苹果,然后递给他。

佳豪:坐了一夜火车,累吗?

田甜:还好,以前你不是也会坐一夜火车来看我吗,现在我也可以为你做这些。

佳豪一把抱住田甜的腰,两个人抱住痛哭。

佳豪:田甜,对不起,对不起,对不起!都是我的错!是我没有勇气,是我懦弱,是我不够坚定!是我都是我,我辜负了你!这一年来我一直很后悔,后悔错过你,错过我们的缘分。对不起,对不起田甜。你会原谅我吗?你还会在我身边吗?

田甜:我,我……

画外音:无论是谁,都最终会在某个时刻意识到时间的珍贵,并且几乎会注定因为懂事太晚而多少有些后悔。总要等到过了很久,总要等到退无可退,才知道我们曾亲手舍弃的东西,在后来的日子里,也许再也遇不到了。田甜其实心里是恨他的,恨他的自私与无情,但看到怀里这个虚弱无助的病人,叫她怎么能恨得起来?

田甜:佳豪,别说这些了,我,我已经原谅你了,现在你要好好养病,赶紧康复起来。你的情绪不能太激动,赶紧躺下休息。

佳豪躺下,稍平复下心情。

佳豪:躺在这里的这段时间里,一直不停地在回忆之前的事情,好像长大了不少,只是这次,没有多少可以让我重新来过的机会了。我的婚姻给我带来的那些身外之物,在我生命的最后一程终也成空,现在也只有对你的想念才能支撑我继续走下去,有时候我在想,即使我走了,也会因为之前的美好而没有遗憾。

田甜:我能为你做些什么?

佳豪:不,你的一个拥抱,对现在的我来说,就已经是千言万语了!你能明白我吗?(起身坐起)

田甜:我,我明白,我就是这么煎熬过来的,这一年来,我的快乐都在你转身把我扔下的一刻都一并带走了。现在,我不想记起的是你,不想忘记的也是你。有时候我半夜醒来告诉自己,一切都会过去,我经常想起过去,想起你,甚至会突然莫名其妙地冒出一种狂躁的情绪,自己都觉得可笑!

佳豪一把握住田甜的手。

田甜:佳豪,我,我恨过你,但即使是恨你,我也不希望看见你是这样子的,我希望你是健健康康的,你一定要好起来。

佳豪:我现在终于明白了,人生最深的遗憾就是轻易放弃了不该放弃的,固执坚持了不该坚持的。田甜,为了你,为了我们,我会早些好起来的。

　　佳豪拉起田甜的手,深情地望着她。此时,佳豪的母亲买了饭菜回来,三个人一起在病房里吃着午饭,在这期间,佳豪母亲看儿子开心许多,也顾着给田甜和佳豪夹菜。饭毕。

田甜:阿姨,佳豪,我晚上的火车回去,现在要出发去车站了,阿姨您多照顾佳豪,他一定会好起来的。

　　佳豪拉着田甜的手。

佳豪:你还会再来看我的对不对?

田甜:会的,学校没什么事情的话,我还可以多留几天照顾你,你一定要好起来,我们大家都会一直陪着你的。

佳豪母亲:谢谢你,田甜,你真是个好姑娘。阿姨也跟你道个歉,谢谢!

　　田甜和佳豪以及佳豪妈妈挥手道别。

　　尾声。张学友《慢慢》为背景音乐。

田甜:我向所有人隐瞒了高中时候我的抑郁症病史。因为每每回忆起这段时光,我都会觉得黑暗无比!那种感觉,就好比睁开眼睛,感受到的不再是温暖的阳光,而是肌肤划过黑暗潮湿的暗涌时无尽的撕裂和痛楚。这一年来,这种可怕的感觉好像又来了!突如其来的这一切使我又开始敏感、抑郁。有时候对于他,我甚至已经分不清是要恨还是要爱。更不知道自己是应该继续就这样联系下去,还是绝情的不再联络。我的精神已经在崩溃的边缘徘徊许久,我感觉到它正在慢慢往下沉,快要窒息。我难以放下心中对他曾有的恨,也拾不起对他曾有的炽热的爱,这一年,我早已经内耗到筋疲力尽。但看到病床上的他,我的心真的很乱,不知道是不是我太敏感而造成的错觉,我甚至感觉,我快成了他最后的精神支柱。同情、怜悯让我不能对他绝情——现在的我,到底是坠入了爱,还是我的爱就此坠落了?我,我到底该怎么办?

　　舞台面光转暗。定点光启。心理咨询专家上场分析点评。

心理专家：青春是恋爱的季节，恋爱是成长的春天。每一个热恋中的女孩都面临着情绪的多种体验，这是她们快速成长的最佳时期。然而，没有无痛的成长，加之每个孩子的个性、需求、愿望的差异，难免有人在这恋爱的春天过早地凋谢了。

抑郁症是神经症的一种，患抑郁症的人常常具有敏感、多疑、重情感体验、自我批评、消极悲观等表现。田甜曾经就是这样的女孩，经过多次心理治疗和辅导之后，她基本恢复正常。但她身上的敏感、情感体验深刻、消极的成分不可能完全消失。当生活中遭遇重大事件打击时，很容易抑郁发作。然而，不幸的是她遭遇了一次不一般的恋爱，功利的男孩迫于世俗和家庭的压力，离她而去。沉重的情感受伤，又一次唤起她抑郁的伤疤。但我们看到，最终，在朋友和老师的支持和帮助下，她不是重复旧病，而是成长、成熟了。她敢于面对曾经的伤痛，并坚强地做出了合理的选择。

抑郁不可怕，是人都会有抑郁情绪，抑郁症也不可怕，抑郁症患者的人群中不少都是杰出人士。关键是自己要有积极治疗的态度。生活中有不少抑郁症患者都是边治疗边工作、学习，在变化节奏如此之快的中国，我们树立科学的心理健康意识对适应社会的变革非常重要。

光暗，剧终。

王伟

男,1987年生,陕西宝鸡人,西北大学文学院广播电影电视系2013级MFA硕士研究生,现为陕西中医药大学信息化建设管理处和校网络电视台教师。在校期间参加小黑戏剧节和"黑美人"艺术节,参演话剧《武贰》《暗恋桃花源》《两只狗的生活意见》《青春作伴》《沉迷》等多部作品,获得过第二十七届"黑美人"艺术节最受欢迎演员奖。在影视方面,主创《为钻狂奔》等十几部微电影作品,曾获第二届广州汕头微电影节"最佳编剧奖","第二届丝绸之路国际电影节最具探索奖"等多项重要奖项。

4. 沉迷

人物

林宇:广电系的大一新生,沉迷于网络游戏而不能自拔。
李亦萧:舍友,爱好摇滚。
刘悦扬:舍友,拍微电影的导演。
韩子晨:舍友,相对而言,善解人意,比较能够理解林宇。

第一场

男生宿舍里。

林宇:我叫林宇,从小我就品学兼优,按照着大人们想要的样子,刻画着我的人生印记。其实,我也不知道除了学习我还需要,或者说能做些什么。是轰轰烈烈地去恋爱,还是肆无忌惮地去漂泊?好像,这样的生活都不曾打扰我。我在千篇一律的赞扬声中结束了我的中学生涯,来到了这里,度过了我六个月的大学生活。如果,那也算生活的话……呵呵。这就是我的大学,我曾期盼过的生活。

  李亦萧在宿舍怒吼着摇滚,韩子晨戴耳机看着电影,刘悦扬在聊手机。林宇坐着床上,一动不动地看着他们。

刘悦扬:快看,这个妹子,正不正?新传院的,身高168,条超顺。

李亦萧:(看了一眼说)赞!(然后继续唱歌)

  刘悦扬又去找韩子晨让他看。

韩子晨:(摆摆手,没回头,继续盯着电脑屏幕说)你刚开学就准备祸害人家小姑娘呀!

刘悦扬:去,咱不是马上要拍短片了吗?我这是在给咱找女主角啊,这把我挑的,眼都花了。

韩子晨:那演员交给你了,上点心,当回事啊!

刘悦扬:你帮我看看这几个哪个正?

韩子晨:呀,你自己看,我这美剧马上到高潮了。

  刘悦扬看了林宇一眼,欲说还休,然后坐回去了。李亦萧开始唱摇滚版单身情歌。

林宇:小声点,OK?

  大家没听到,一切喧嚣照旧。

林宇:(大吼)李亦萧,你羊痫风犯了是吧?抽风抽几个月,该吃药了吧?

李亦萧:大晚上的,你吃炸药了!好好说不行吗?

林宇:你也知道大晚上呀,发情期的猫,都没你嚎叫得那么勤快。

李亦萧:(放下吉他)我招你惹你了?你——

韩子晨:(摘掉耳机打圆场)猫叫得勤不勤我不知道,但是你嚎叫得真的,不怎么悦耳。

李亦萧:不会吧?难道我音色不准?

韩子萧:不是音色问题,是时间问题。

李亦萧:你意思我还得花时间练练?咱们下周可就开拍了,我这流浪歌手的角色,怎么也得练到位呀。

韩子萧:(凑过去小声地)时间问题,时间!你看几点了,怨不得林宇骂你。

李亦萧:(耸耸肩,放下吉他)看来晚上在宿舍,就只能拿手机约妹子喽。

韩子晨:大家晚上也安静点,11点多还不休息,伤肝!睡了睡了!

刘悦扬:只要不伤肾,啥都无所谓。

韩子萧:哎哟,刘公子,别贫了,关灯啦。

  定点光中,林宇走向前台独白。

林宇:很多个夜晚,我就是这么度过的,烦躁,甚至失眠。今天晚上也是,我依旧想了很多事情,我在想,上帝是不是故意的,总会选择让一个正常人和一群疯子住在一起,看最后他们究竟是变回正常还是都成了疯子。也许这是上帝最爱玩的无聊游戏吧。呵呵呵,反正睡不着,那我就跟你们聊聊这些疯子吧。(指向舞台后部,刘悦扬耍帅跳舞片刻,定格)刘悦扬。很多人会问我同一个问题,"你有刘悦扬电话或者微信吗?"我后来才知道,原来他是学校街舞社团的红人,而且还是个不折不扣的富二代,他应该还是个衣冠禽兽,对!一定是!穿着他嘴里的乔治阿玛尼、CK到处勾搭。我相信很多无知的花季少女已经被他蒙骗了,也许有姑娘为他失了身,然后还骄傲地高呼,这是爱情,所以我愿意为他付出一切。他就是个骗子。(舞台后部,李亦萧开始表演舞台歌唱,摇滚片刻,定格)李亦萧,呵呵,典型的白羊座,无脑,冲动,极度自我,成天摆个明星架子,别人不听他唱歌,就是别人不懂得欣赏艺术。觉得世界都该为他而转,自己却跟在刘悦杨屁股后面转,自认为校园里的姑娘,甚至就连拉拉都得喜欢他。其实,他就是一个屌丝!(舞台后部,韩子晨做沉思状,定格)韩子晨……好吧,宿舍好歹还有个正常的。

  韩子晨走过来,拍拍林宇的肩头,林宇转过身看着韩子晨,没有说话。

光暗。

第二场

  宿舍里,林宇在看书,刘悦扬在琢磨研究他的单反相机。

李亦萧:(风风火火跑进来)喂喂喂,奖学金名单下来了,刘悦扬,你综合得分咱班第四,二等奖学金。韩子晨,哇,他第一!一等,我勒个去,咱宿舍还有俩学霸呀!你俩可得请客吃饭。哎,我上学期期末平均分78呢,居然还没评到奖学金。哎,林宇,你平均分得多少呀?

林宇:(放下了书)寒窗苦读,却最终敌不过袖间藏污纳垢呀。

刘悦扬:你这话什么意思?

林宇:人话都听不明白,还好意思拿奖学金?凭真本事,你考得了这么高么?

李亦萧:你意思悦扬是作弊的?林宇,话可别乱说!

林宇:是不是作弊,试一试就清楚了。请听题,视听语言最后一道,什么是越轴?避免越轴的方法有哪些?

刘悦扬:(尴尬,支吾)哈哈,你还跟我较上真了,可我没必要回答你,清者自清,你既然不相信,那你就当我作弊吧。

李亦萧:林宇,一个宿舍的,你说这话,太不厚道了!说实话,我真想抽你!

  李亦萧一拉刘悦扬,"哼"了一声,摔门而去。林宇一人,呆立在宿舍里。韩子晨匆匆进来。

韩子晨:悦扬跟我打电话了,我们拿了奖学金,准备大家一起去庆祝,宿舍这么久了也没好好聚聚,一起吧,算是给我们拍片子之前鼓鼓气。

林宇:你们拿奖学金,我庆祝什么?

  韩子晨一把揽过林宇,想跟林宇套近乎。

韩子晨:你平时比我们都刻苦,下学期肯定是你拿,下学期我们给你庆祝。你看,一个宿舍的,别老是孤家寡人,众叛亲离的,独乐乐,不如众乐乐,是吧?

林宇:(哂笑)你觉得刘悦扬,他真能考第四?

韩子晨:哎呀,奖学金不光是看成绩,还有参加学校各种活动,都是会加分的。悦扬不是迎新晚会,还有文苑华章都跳街舞了么,都加分了嘛!再说他本身成绩也不低,拿到奖学金很正常。

林宇:且,就那些充满着各种性暗示的龌龊动作?那也配叫舞蹈?

韩子晨:哈哈,其实我也不喜欢,男的女的在台上扭来扭去,蹭来蹭去的,没什么好看的。

林宇：兴许人家现在都爱看男女蹭来蹭去的那种。要不，他怎么那么受欢迎？

韩子晨：哈哈，不爱看归不爱看。一个宿舍，大家在一起和睦开心才好，管他跳什么呢，跳大神都行，反正又跳不到你床上。那林宇，你喜欢什么活动？

林宇：我？好像没什么特别喜欢的，就看看书吧。

韩子晨：看书好哇，好男人曾小贤不都说了么，多读书多看报，少吃零食多睡觉。哈哈，不过，你也得多出去活动活动，玩玩什么的。学校同慧影视社团要不要参加？学我们这个专业，多拍拍片子挺好的么！

林宇：唉，拍什么呢？书都念不好，不瞎折腾了！我就想不通，我也下了功夫复习，可咋就考得那么差呢？书我也没少背呀！

韩子晨：别纠结这事了，三年河东三年河西。这老师改卷子，还分心情好坏呢！说不定，改到你的时候，估计他老婆催他回家做饭呢！心情郁闷，随手给你给低了。

林宇：凭什么就该老子，真倒霉！

韩子晨：所以啊，一块聚聚，周五下午，大家聚餐，放松心情，去去晦气！说定了啊，一定来啊！（拍了拍林宇肩膀）开心点，有事给我打电话，我打球去了。

林宇：（走向前台，独白）从小别人都叫我天才。这样的称谓，现在终于被终结了。我真是没用！什么都不会——我不会唱歌，不会跳舞，不会阿谀奉承拉关系。我还不喜欢热闹，就爱一个人安安静静地看看书。可是我现在，就连念书也开始念不好！我到底，还能干什么？真是没用！没意思，一切都没意思！

第三场

小餐馆。韩子晨、刘悦扬、李亦萧碰杯喝酒。

韩子晨：每个生命体，都是独特的存在，我看到了悦扬的乐观、阳光，看到了亦萧的潇洒、自由。可是林宇，哎，我看到的是孤独和脆弱。

（对刘悦扬和李亦萧上）二位,我希望你们明白,林宇就是比较内向,加上咱们拿了奖学金,他内心有点失衡,我们平时多关心和谦让下他。

悦扬、亦萧:好吧……他今天到底来不来？你打电话问问。

　　林宇上,低着头,看上去没有情绪。

韩子晨:（拉他坐下）来,就等你了！来,我们先干一杯！衷心祝愿,我们322宿舍友谊天长地久,来,干！

林宇:我不喝酒。（李亦萧、刘悦扬愣住,心有不悦,暂时忍住,林宇不管不顾地）我酒精过敏。

李亦萧:（小声嘀咕）毛病！

韩子晨:那这样,你以茶代酒,来,干！

韩子晨:来吃菜,林宇你多吃点,看你瘦的。

　　四个人吃饭说笑,林宇较沉默。

刘悦扬:拍片那个事,我搞定了。我爸帮我拉了个赞助,是东风汽车的。咱随便拍,钱问题不大,反正就是练练手。

李亦萧:赞啊！

第四场

　　校外,微电影拍摄现场,大家正在拍片。

刘悦扬:亦萧,我跟你说,我想要一个从上到下,然后跟过去的镜头。

李亦萧:刘导,跟焦不好把握,略难点儿。

刘悦扬:我信你,你来把握。

　　女演员在卖弄风骚。

女演员:刘导,我这样上镜好看么？

刘悦扬:美赞死！就是有点骚,收收收。

林宇:大姐,正常点好么？你演的是有钱人家的小姐,不是那个小姐！

　　女演员没好气地白了林宇一眼。

刘悦扬:子晨,你看这个镜头,这么运动下来行不行？

韩子晨:应该可以。

刘悦扬:各单位注意,第五场第四镜,开始!
　　　　林宇和女演员开始按剧情演戏。
女演员:我走了。
林宇:他到底有什么好?!
女演员:他不像你,他温柔,体贴,还会哄我开心。
林宇:你也知道那是哄你,他那么善于花言巧语,是因为他从众多女人身
　　　上练出来的,你也不过是他猎艳的一个目标而已。
女演员:你别把别人想得那么阴暗。跟他在一起,至少我很开心,两个人
　　　　在一起开心就好。
林宇:两个人在一起不该是要相互包容,走到一起么?
女演员:(出戏)我包不住了。导演,这词儿不对呀。
刘悦扬:宇哥,你这台词没按本子来呀!她说他温柔体贴,你就该转身就
　　　走了。
林宇:但是那样你不觉得奇怪么?恋人分手,一句话完了。
刘悦扬:我们就是要做出电影那种质感,对话越少越好。
林宇:电影的质感不是靠对话的多少表现出来的。这个剧本人物设定本
　　　身都有问题,富家小姐脑残么?一定得喜欢一个要啥没啥的穷鬼,
　　　作为导演你是怎么审核通过的?
刘悦扬:怎么不能?屌丝还没逆袭的时候?
林宇:逆袭是靠他个人行动去驱动的。不是乱七八糟巧合营造的。还有,
　　　你那个从屋檐上运动下来的镜头有什么意义?前后都是不规则运
　　　动镜头,你怎么剪辑到一起?再说了,一个对话镜头你能拍出花啊!
刘悦扬:哎,我就能拍出花?咋好看咋拍!我看这剧本人物设定没问题,
　　　是你有问题!
李亦萧:能不能拍了?不然讨论完了——明天再拍,行么?
　　　　韩子晨半天插不上话,终于抢到话头了。
韩子晨:这都准备半天了,先这么拍吧!回去跟老师再反映下剧本,有问
　　　题咱再改,没问题就按这个拍。好吧?
林宇:这本子我演不了。
李亦萧:你倒能演个啥,演神经病差不多。

韩子晨:李亦萧你闭嘴行不?

刘悦扬:行,他不演刚好,子晨你去找隔壁班的来演,咱赶紧拍,这会先把你的戏拍了,你先赶紧去换衣服。这设备租一天500块钱呢!

  韩子晨看了看林宇无奈地摇摇头,走了。

林宇:刘悦扬,你是不是一直以来就针对我?

刘悦扬:我针对你干吗?你又不是我老婆。

林宇:这学期开学,你给他们一人带了一套漫画,你给我带了什么?《性格决定成败》,你觉得我性格不好?我惹到你了是吧,刘公子。

刘悦扬:我没见你看过漫画,我们聊漫画的时候,也没见你有什么兴趣。话说你有兴趣你也不会跟我们聊吧?

林宇:上学期选预备党员——你以为我不知道,你跟别人怎么说的?说我性格不好,孤僻!你怎么不问问,你在我眼里是什么?可我,有在你背后说你么?

刘悦扬:别人问我,我就是如实反映,我说错了么?

林宇:你是不是就想整我?觉得这样看着我过得不自在,你特开心,特满足?你就跟上帝一样,这就是你玩的一个游戏!

李亦萧:你是不是嗑药了,瞎喷什么玩意儿?

刘悦扬:哎?这就是我的游戏,玩的就是你,你来啊,来咬我呀!

  林宇冲过去想打悦扬,被亦萧推开。

李亦萧:是你羊痫风犯了吧?要不是看一个宿舍的,早抽你了!悦扬自己花钱让咱拍,你还在这唧唧歪歪,也没见你干个啥正事。看一学期书,考得还不如我!自己脑子不好使,就诬陷别人作弊。要不是子晨让我们关心你,让着你,我们早骂死你了!真事儿!

  林宇呵呵呵地冷笑,傻笑,苦笑。

林宇:(愤懑不平)对,我事儿!你有钱,你是导演,是大爷。你们会唱会跳,你们是人才!我只会看书,我书呆子。

刘悦扬:傻×,疯了一样。

林宇:你才傻×,你俩一对傻×,靠!

李亦萧:你骂谁呢?!

  李亦萧一把把林宇推倒在地上,准备揍他,刘悦扬拉开亦萧。

刘悦扬:行了,别理他!他不知道受啥刺激了。不拍了不拍了!明天再拍,大伙别看了,回去吧。

  所有人离场,只剩林宇一个人站在台上。

林宇:我就是那个可怜的穷书生,永远输给那些花言巧语的说客。何尝不是呀?真正用心读书的人,却不及那些整日朝三暮四,显弄富贵的人受尊重。友谊靠酒精印证,爱情受金钱庇佑,青春在忠言面前也不得安静地生存,呵呵,可笑!

第五场

  舞台中后部还是宿舍。前侧靠副表演区是林宇梦中的场景:男人和女人吵架;小孩看着他们发呆;男人摔门走了;女人对着小孩哭。

小孩说,爸爸呢?女人说,爸爸觉得我们是多余的,不要我们了!(哭)我们?我们是多余的?

  林宇惊醒。原来他趴在电脑跟前睡着了。

林宇:这个世界对我充满敌意,我也不知道在这个世界我能做什么。作为学生,我却连书也念不好!我承认,他们都很优秀!可我过去也优秀,甚至超过他们。可现在——(冷笑)我就是嫉妒他们,我讨厌他们!我,也想变成他们。但是,我永远就只能是这样可笑的我——我不能融入到那些欢乐当中!看到他们的笑容,我只会想到我是多么的可怜。我苦恼,可我不知道该怎么办!我也渴望友谊,渴望爱情,可我讨厌我自己。呵呵。还不如到虚拟的世界逃避吧!哈哈。

  林宇睡醒后,又开始玩游戏。

韩子晨:(走上前,递给他一罐饮料)一个大清早,又被这样你睡过去了!

林宇:别管我。

韩子晨:你已经一周没去上课了。老师又点你名了。我说,你每天通宵地玩,很伤身体。

林宇:你忙你的吧,别烦我!

韩子晨:哎!

  林宇在疯狂地玩游戏,沉迷不知归路。

刘悦扬和李亦萧回来了,他们在做自己的事情。林宇依然在疯狂地玩游戏。韩子晨一直看着他,无可奈何。刘悦扬和李亦萧睡了。子晨依然是看着林宇,林宇玩得很兴奋。

韩子晨:我从他的身体里看到了空虚和孤独,或许他命里就是天煞孤星。不知道从哪天开始,他对什么都开始不感兴趣,电脑荧幕背后的那个世界,开始成为他的中心。我知道,他一定不开心。虽然此刻他如此的狂热和兴奋,如此的强大——他挥舞着大刀,在那个世界里横冲直撞,春风得意,可那一切毕竟都是虚拟的。在现实中,我看到的他,分明就是一个碎了的玻璃杯。

韩子晨:开心是一天,不开心也是一天,何不让自己开开心心地度过每一天呢?

林宇:这么老掉牙的段子,想说服我?别了,我很开心!

韩子晨:晚上还不睡么?

林宇:睡不着。

韩子晨:明天还去上课么?

林宇:不去,没意思!

韩子晨:好吧,看来我确实不擅长和你交流。

林宇:别烦,我忙着呢!

韩子晨:你这样会把自己毁了的……

　　林宇继续打游戏,没有搭理韩子晨。韩子晨长叹了一口气,悻悻离开了。

第六场

　　宿舍里。刘悦扬、李亦萧在边讨论边剪辑影片。

刘悦扬:子辰,你看看这个镜头怎么样,赞不赞?

韩子辰:我看看……赞!

刘悦扬:看看亦萧这镜头——端得多稳,跟轨滑滑出来的一样!

李亦萧:鄙人天生自带滑轨摇臂。怎么样,任何片子由我出手,必属精品!

韩子晨:林宇,你也来看看,看这拍得咋样?咱一块剪。你不是经常看剪辑方面的书么？这个，交给你肯定没问题！

　　韩子晨拍了拍刘悦扬和李亦萧的肩膀，回头看着林宇。林宇在继续玩着游戏，并且和游戏里面的人互相辱骂。韩子晨又叫了林宇两声，林宇不高兴地大吼了一声。

林宇：别烦我，行不?！没看我忙着呢，你们都是艺术大咖，还不会弄？（说完继续关心他的游戏）

　　韩子晨叹了口气，只好作罢。刘悦扬他们继续讨论剪片子，林宇继续玩游戏。静默，持续了一阵。

刘悦扬：(上前劝慰)林宇，别玩了。如果，之前有得罪你，让你觉得不爽的地方，那我道歉，我没别的意思。

李亦萧：(叹了口气)我先睡了，林宇，麻烦小声点！

林宇：(梗着脖子，一撇嘴)我当初睡觉的时候，也没见你小声点！

李亦萧：哎？什么当初？当初我也没这么晚好吧？你没看现在几点了？凌晨一点了！你天天通宵，吵吵几个晚上了，还不能说你一句你，是不？

刘悦扬：大家相互包容一下，最近快期中考试了。你这样，大家都休息不好，上课学习都犯困！

林宇：(冷笑)刘大老板，您这算是——求我吗？

刘悦扬：我跟你好好说话呢，你别得寸进尺！你自己不上课，别人还要上，还要学呢。

林宇：呵呵，你还学习呢？你除了跳舞泡妞，你学辣子呢！

韩子晨：(指着林宇)林宇，你别蹬鼻子上脸！大家都是关心你，你别不识好歹——你这么自私，我行我素，从不考虑别人感受。难道非得这样你才有存在感？不听人劝，油盐不进，你这是非要和别人对着干是不是？

林宇：韩子晨呀韩子晨，原来你们不过是一丘之貉！

　　韩子晨一肚子火，无处宣泄，狠狠踢了桌子一脚。

韩子晨：你真有病！（对着刘悦扬和李亦萧）走，去隔壁宿舍打地铺睡去，让他好好玩，美美玩，玩死去！

　　韩子晨和刘悦扬、李亦萧他们离开。

第七场

宿舍里。林宇一个人坐在电脑前发呆。

韩子晨:(推门进屋,迟疑片刻,鼓起勇气)昨天晚上,对不起!

林宇没吭气,没有任何反应。

韩子晨:(像是跟林宇说,也像是自言自语)你太内向,太封闭了!你好像是觉得外面的世界很危险!其他人都很险恶。但是,大家真的都是为你好!

林宇回头,看了看韩子晨。

韩子晨:这是咱们学校心理老师的名片。我觉得,可能对你有帮助!说实话,我们都想帮却没有什么办法帮你。如果,你再这样下去,我们,也许,就只好,申请换宿舍了。

韩子晨把名片递到林宇手上。林宇没有接,只是看着名片,韩子辰把名片放林宇的书桌上。

韩子晨:我还是希望,我们在一个宿舍。我希望咱们322宿舍,不单单是同学,更是一辈子的好朋友!

韩子晨:少玩点游戏吧!对眼睛、对身体都不好。有时间,还是跟大家一起,参加参加活动。好了,我得去讨论剧本了,我们准备拍短片,冲着拿奖去的。随时欢迎你参与!

韩子晨拍了拍林宇肩膀,惆怅地离开。

林宇漠然地拿起了名片,看了一眼。不懈地撕碎,雪花一样向空中抛洒。旋即又投入到打游戏的虚拟世界。游戏的音响逐渐加强。

舞台面光转暗。定点光启。心理咨询专家上场分析点评。

心理专家:每一个考上大学的学生都有属于自己的成长经历和个性特点,一群来自四面八方的学子,怀揣着自己的期望和追求聚集到一个共同的空间(宿舍),大家会因为价值观、个性、愿望、需求、动机等因素的不同,呈现出各自的色彩。"和而不同",是我们期望的理想状态,但现实却往往差强人意!但每个个体的意念过分焦灼于自我,放大不同,不能很好调适相互的关系时,种种矛盾甚至激烈的冲突,就在所难免了。

本剧的主人公林宇,是一个具有独特个性的学生。他好强、不服输,曾是那么努力、上进、执着。但在人才济济、丰富多彩的大学生活中,却难以适应新的生活。他看不惯别人,原有的执着观念常常使他狭隘、排斥,表现出与周围环境的种种不适应。他在执着的追求中失去了方向,一度迷茫,情绪失控,孤独,以致迷恋网络不能自拔;他封闭自己,孤僻、排斥,远离和拒绝与同学的交往,最终使自己陷入自我否定和难以自拔的境地。

林宇的自我否定和交往障碍,主要与他个人的成长环境有关,贫困的家境会给他带来成长的动力也会给他注入仇视的种子。要从沉迷的泥沼中挣脱出来,林宇自己首先应该积极反省,并尽快调整去适应现实社会和周围环境。尽管这个过程有痛苦和挣扎,但这些他必须去面对。其次,作为构成他人际环境的他周围的同学,看到这样的学生,绝对不能冷漠和歧视。因为,没有人会愿意成为有障碍的学生。或许他们没有其他学生幸运,或许早年的环境不容他们有选择成长条件的权利和机会。所以,从心理科学的角度理解他们,从道德情谊上善待和宽容他们,才是对他们最好的帮助!

光暗,剧终。

> 读者剧场

高字民　王瑞雄

　　王瑞雄,男,陕西延安人,1994年生,西北大学文学院中文系2013级本科生,2015年进入创意写作班学习。曾担任小说《逆杀》创作组组长,剧本《抉择(第一版)》(演出时曾用名《重生》)创作组负责人。实验短剧《莎剧撷英》曾获西北大学第二十九届"黑美人"艺术节最佳编剧奖(第二作者)。

莎 剧 撷 英

人物：
叙述者1
叙述者2
叙述者3
罗密欧
朱丽叶
哈姆雷特
麦克白
李尔王
奥赛罗

　　光启。叙述者1、2、3,哈姆雷特、罗密欧、朱丽叶、麦克白、李尔王、奥赛罗肃立在场上。叙述者1、2在左,3在右。哈姆雷特、罗密欧等在中间偏后。但当其中某一位念独白时,他可以上前两步,进入戏剧情境,以角色的身份进行表演,和其他角色区别开来。

叙述者1：公元2016年4月23日，我们在西安音乐厅，以读者剧场的形式来纪念一位伟大的戏剧家。

叙述者2：452年前的今天，他诞生于英格兰沃里克郡艾文河畔的斯特拉特福镇。

叙述者3：400年前的今天，他走完了自己的人生旅程，留下了一系列彪炳史册，永耀光彩的经典佳作。

叙述者1：他是文艺复兴时代的文化巨人。

叙述者2：他是享誉全球的诗人和剧作家。

叙述者3：他，就是伟大的莎士比亚。

众角色：Shake—Shake—ShakeShake—speare！

叙述者1：他的朋友，他同时代的剧作家本·琼生说，"莎士比亚是时代的灵魂。他不属于一个时代，而属于所有的时代。"

众角色：Shake—Shake—ShakeShake—speare！

叙述者2：大作家歌德说，"作为文学史上一颗璀璨的明星，莎士比亚恰好在收获的季节到来。"

众角色：Shake—Shake—ShakeShake—speare！

叙述者3：2011年，在英国智库"狄莫斯"进行的一项关于最能让英国人感到自豪的"英国符号"的民意调查显示，威廉·莎士比亚以绝对的优势，高居榜首。

叙述者1：Shakespeare，莎士比亚！他是讲故事的高手，是语言的大师，是人性的探索者和真善美的歌颂者。

叙述者2：他才华横溢，叙写了多少曲折离奇、感人至深的戏剧情节？他妙笔生花，塑造了多少生动丰富、令人难忘的典型人物？（举手向中间众角色示意）他们当中有——

众角色：（依次"自报家门"，念出自己的名字）哈姆雷特，罗密欧，朱丽叶，奥赛罗，麦克白，李尔王。

叙述者2：莎翁几乎是西方戏剧的代言人。他的戏剧，迄今还在世界各地上演，他的大名，被一代又一代人传颂。

叙述者3：他越来越像一个传说——街谈巷议他的人不断增多，令人遗憾的是，认真研究他和研读作品的人，却为数不多。

叙述者1：但是,喜欢他的人、爱他的人——对他却始终不渝,热情从未减退。

叙述者2：是的,我记得,那位复仇的丹麦王子——他永恒的疑问,至今没有得到满意的解答。

哈姆雷特：(上前)生存还是毁灭?这是一个值得考虑的问题!是默默忍受命运的暴虐的毒箭,还是挺身反抗人世的无涯的苦难,在奋斗中扫除这一切——这两种行为,哪一种更高贵?

叙述者3：是他,就是他!高贵的,多疑的,理想的,彷徨的,为杀父之仇和复仇计划而困扰、忧郁和迟疑的王子——哈姆雷特。

哈姆雷特：我的叔父杀了我的父王,谋害了他的生命,窃取了他的王冠,玷污他的王后。我的母亲——(痛不欲生,悲愤掩面)噢!脆弱啊,你的名字叫作女人!我的母后,竟然嫁给杀死她丈夫的凶手——我的叔父克劳迪斯!这是多么令人悲伤绝望的事情啊!父亲的亡魂,将残酷的前情向我据实相告。我必须复仇!对,我必须复仇!啊,这是一个混乱颠倒的时代!唉,倒霉的我,却要负起这重整乾坤的责任!

叙述者1：多么完美的王子,又多么忧郁的王子!他相信了先父亡魂的叙说,除了最后的一丁点怀疑!

叙述者2：于是,哈姆雷特邀请新国王——他的叔父和自己的母亲一同看戏。他和自己的朋友霍拉旭则从旁窥探,专门观察叔父的反应,同时质问自己的母亲。最终,他洞悉了真相,确定了元凶。然而却在一次次的犹豫和迟疑中,他也一次次丧失复仇的时机!

叙述者3：哈姆雷特曾和王后发生激烈的争执。在稀里糊涂的莽撞中误杀了自己恋人的父亲——御前大臣波洛涅斯。后来,他被新国王安排,离开丹麦。他与奥菲利亚的爱情之花,也令人遗憾地枯萎凋零了。可怜的奥菲利亚,精神失常,不幸失足,溺水而亡!

哈姆雷特：哪一个人的心里装载得下这样沉重的悲伤?哪一个人的哀恸的辞章,可以使天上的星辰惊疑流亡?那就是我,可怜的王

　　　　子——哈姆雷特！

叙述者1：御前大臣的儿子雷欧提斯为报杀父之仇，平息丧妹之痛，决定和哈姆雷特比剑决斗。观战的王后一时兴奋，误饮了毒酒，毙命而亡。哈姆雷特和雷欧提斯两人格斗时，分别被涂满毒药的剑锋所伤，双双毙命。患有严重拖延症的哈姆雷特，终于在临终之前刺死他的叔父——新国王克劳迪斯！

叙述者2：一颗高贵的心就这样破碎了！他放纵自己的悲愤，他抱怨不公的命运！他从迷茫变得坚定，他向生活奋起反抗！安息吧，亲爱的王子！愿成群的天使与你同在，伴你歌唱！

叙述者3：嘘，你们听！在这静谧的夜里，那是谁在说着醉人的悄悄话？

朱丽叶：温柔的罗密欧啊！你要是真的爱我，就请你诚意地告诉我。你是嫌我太容易降心相从吗？那么，我也会堆起怒容，装出倔强的神气，拒绝你的好意，好让你向我婉转求情！否则，我是无论如何都不会拒绝你的。俊秀的蒙太古啊，我真的太痴心了！也许，你会觉得我的举动有点轻浮，可是请相信我，亲爱的朋友，总有一天，你会知道我的忠心远胜于那些善于矜持作态的人！我必须承认，倘不是你乘我不备的时候偷听去了我的真情的表白，我一定会更加矜持一点。所以，请原谅我吧！是黑夜泄露了我心底的秘密——请不要把我的允诺，看作无耻的轻狂！

罗密欧：亲爱的朱丽叶，凭着这一轮皎洁的月亮——它的银光涂染着这些果树的梢端，我发誓——

朱丽叶：啊！不要指着月亮起誓，它是变化无常的，每个月都有盈亏圆缺。你要是指着它起誓，也许你的爱情，也会像它一样无法预知，不可信赖！

罗密欧：那么，我指着什么起誓呢？

朱丽叶：不用起誓了吧！或者，如果你愿意的话，就凭着你优美的自身起誓吧！那是我崇拜的偶像，那是我灵魂的信仰！

罗密欧：要是我的出自深心的爱情——

朱丽叶：好，别起誓啦！我虽然喜欢你，却不喜欢今天晚上的密约。它太仓促、太轻率、太出人意料了！正像一闪电光，等不及人家开一声口,已经消隐下去。再会吧,亲爱的! 这一朵爱的蓓蕾,靠着夏天暖风的吹拂,也许会在我们下次相见的时候开出鲜艳的花来,让浓浓的爱意翩然绽放! 晚安,我的心上人儿! 但愿恬静的安息能同时降临到你我两人的心头上!

叙述者1:噢,天呐! 这是一对多么让人羡慕却又令人心生感伤的恋人啊!

叙述者2:他们俩虽然一见钟情,但却分别属于两个有着经年世仇、相互对立的家族。痴情的一对情侣,最终去寻求神父的帮助。仁慈的神父,答应让罗密欧和朱丽叶来修道院,秘密结婚。

叙述者3:可是当天中午,罗密欧为了替朋友报仇,一怒之下杀死了朱丽叶的堂兄提伯尔特! 结果,罗密欧要么以死抵命,要么活着被驱逐。不可避免,不能停留!

朱丽叶:罗密欧,你就这样走了吗? 我的夫君,我的爱人,我的朋友! 我必须在每一小时内的每一天里听到你的消息,因为每一分钟就等于许多天! 啊,照这样计算起来,等我再看见我的罗密欧的时候,我不知道已经衰老成什么样了?

罗密欧:再会! 我决不放弃任何的机会! 爱人,请允许我向你传达我的忠诚。再会吧! 再会!

朱丽叶:命运啊,命运! 谁说你反复无常? 要是你真的反复无常,那么你将怎样对待一个忠贞不贰的人呢? 但愿你不要改变你的轻浮天性。因为这样,也许你会早早打发他回来。

叙述者1:可惜的是,罗密欧刚刚走,朱丽叶的父母就答应了出身高贵的伯爵向朱丽叶的求婚。朱丽叶求告于神父,神父悄悄给了她一瓶神药。那药服下去后就会像死去一样。但四十二小时后还能苏醒过来。神父答应朱丽叶,会派人叫回罗密欧。那样,罗密欧会很快掘开墓穴,带朱丽叶一道远走高飞。

叙述者2:朱丽叶依计行事。她在婚礼的头天晚上服了药。于是,第二天婚礼就变成了葬礼。神父马上派人去通知罗密欧。然而,可惜的是,罗密欧在此之前,已经得知了错误的消息。他深更半夜赶到朱丽叶的墓穴旁,杀死了阻拦他的伯爵,掘开了朱丽叶的墓穴。

罗密欧：啊，我的爱人！我的妻子！虽然死神已经吸去了你呼吸中的芳蜜，却还没有力量摧残你的美貌！你还没有被他征服。你的嘴唇上、面庞上，依然显得红润、美艳，不曾让灰白的死亡霸占。为了我的爱人，我要干了这一杯！我要在这一吻中销魂地死去。

叙述者3：罗密欧死后不久，朱丽叶苏醒过来。当他发现身旁已经死去的罗密欧，悲痛万分。

叙述者1：因为无法忍受独自一人存活在人间的痛苦。朱丽叶决定殉情，却没有找到毒药，于是就拔出罗密欧的剑，刺向自己，追随心爱的人儿去往了自由的爱情天堂。

叙述者2：两家的父母都来了，神父向他们讲述了罗密欧和朱丽叶的故事。直到真的失去儿女之后，两家的父母才醒悟过来——可惜为时已晚！在经历了这场悲剧之后，两个家族消除了积怨，并在城中为罗密欧和朱丽叶分别铸造了一座金像。

叙述者3：是的，闪耀着爱情光芒的金像！你们看，战功赫赫的麦克白将军，他听信了女巫的预言，开始觊觎国王的皇冠，一心想登上至高无上的黄金宝座！权力的欲望、野心的膨胀，让他在恐惧悔恨和嗜血疯狂之间摇摆不定，煎熬、彷徨！

麦克白：星星啊，收起你们的光焰吧！不要让光亮照见我的黑暗、幽深的欲望。那实在令人疯狂！当我平定了叛乱，离开了战场，三个女巫预言——我是未来的君王！我的夫人也怂恿我，举起刀剑，把国王送葬，好去接管他华贵的冠冕与灿烂的荣光！

叙述者1：女巫的预言，让麦克白辗转反侧，夜不能寐！他会成为新的君王，然而，王位却朝不保夕，因为他同僚的子孙，将要成为新的君王！

叙述者2：命运的魔咒，从天而降。为掩人耳目和防止他人夺位，麦克白又杀死了同僚，也杀死了自己的正义、理性与善良！

叙述者3：野心与罪恶侵蚀了良知，迷信与幻觉带来了恐惧。麦克白再次寻访女巫，得到了隐晦的警示。暴君麦克白挥起了残忍的屠刀，开始铲除一切威胁的影子。

麦克白：我已经两足深陷于血泊之中，要是不再涉血而前，那么回头的路也是同样让人恐惧，使人厌倦！女巫让我提防逃亡的贵族麦克德夫，又说任何被女人赋予生命的人，都不能把我伤害！除非，勃南森林向邓西嫩城堡移来，我才会落败！

叙述者1：老国王的儿子领导复仇的大军逐渐逼近，他们砍下勃南森林的树枝作为掩护，宛若一座森林在前进。

叙述者2：王后不停地在空气中洗手，却怎么也洗不掉双手的血腥和心头的惊恐。最终，她神智错乱而死！麦克白召集军队在城外交战，他面对麦克德夫，拔出了宝剑——

麦克白：我的王后已经死亡，可这天地间谁不是这样！熄灭了吧，短促的烛光！森林移动了，可是那又怎样？我的生命——有魔法相帮！没有一个妇人所生的人，能让我死亡！

叙述者3：麦克德夫说出了真相——他没有足月，便被从母亲的腹中剖出。就这样，命运的预言神奇地兑现了。他用长剑收割麦克白的生命。众人拥护大军的首领，成为了新王。

叙述者1：新王也会老朽，喜悦也将哀伤，一切都会过去，拥有只是流光！你们看，那边的李尔王也已经老了，却仍然充满悲伤。他的虚荣，他的欲望，他的疯狂，他的灭亡！

叙述者2：年迈的国王李尔想要退位，希望按照三个女儿表达的对自己爱戴的深浅来分封国土。大女儿和二女儿都极尽阿谀奉承之能事，竭尽全力赞美老国王。小女儿考迪莉娅，只是真实地表达了自己朴实而真挚的感情，但却惹怒了李尔，被无情地剥夺了财产的继承权。

李尔王：好，那么让你的忠实做你的嫁妆吧！凭着太阳神圣的光辉，凭着黑夜的神秘，凭着主宰人类生死的星球的运行，我发誓，从现在起，永远和你断绝一切父女之情和亲属关系，把你当作一个路人来看待！啖食自己儿女的野蛮人，比起你，我旧日的女儿来，也不会更加令我憎恨！

叙述者3：但是小女儿的诚实，赢得了法国国王的欢心，最终被迎娶到法国，成为了王后。刚愎自用的李尔王，在把国土分封之后，却被不孝的大女儿和二女儿赶出家门!

叙述者1:李尔和他的随从,在风雨中碰到了一个可怜人,那就是被同父异母兄弟设计诬陷,被糊涂的父亲驱逐的葛罗斯特的私生子埃德加。从埃德加的处境,李尔才了解了小女儿考迪莉娅的真情与真相。他懊悔自己的昏聩和对考迪莉娅的残酷无情。他认为,大女儿和二女儿对自己的背叛、羞辱,是上天的惩罚,是活该的报应。

李尔王:我的小女儿心怀最纯真的爱,深深地藏在心底。真正的爱,无需饶舌多言,无需虚张声势。但我当时,却因为不解而失望,以至于驱逐了她!直到有一天,当她死去,我才明白,原来不说出口的爱,才是最真挚最强烈的呀!权力啊,虚荣啊,你这害人的魔鬼!

叙述者2:后来,李尔和其他人分开。一个圣徒走过来安慰他说,你的小女儿一直深爱着你啊!其实,这个圣徒正是李尔的小女儿考狄利娅装扮的!当她得知父亲处于困境时,立刻组织军队秘密登陆。因为放心不下,便特地在开战前来探望。而与此同时,李尔的另外两个女儿,竟然双双爱上了为了得到王位而陷害自己父亲与哥哥的埃德蒙。

叙述者3:然而,考狄利娅的军队大败。她和李尔都被抓起来了,虽然李尔杀死了前来的暗杀者,但小女儿却难逃厄运,一命呜呼了!

李尔王:哀号吧,哀号吧,哀号吧!啊!你们都是些石头一样的人!要是我有了你们的舌头和眼睛,我要用我的眼泪和哭声震撼苍穹。她是一去不回的了!一个人死了还是活着,我是知道的,她,已经——像泥土一样死去了!

叙述者2:埃德加找到了埃德蒙并与他决斗,将其杀死。而当李尔王抱着小女儿去寻找大伙时,他的大女儿与二女儿也悲惨地死去。年迈的李尔王,由于悲伤过度,彻底崩溃!

叙述者3:那么奥赛罗呢?他也已经死了,谁还记得他吗?他又是为什么而死呢?他的嫉妒扼杀了甜美的爱情,他的轻信摧毁了高贵的自身!

叙述者1:他原本拥有最高贵的出身,最光彩的实力,最温柔的爱和最真诚的信任。可是在旗官伊阿古的挑唆与设计下,奥赛罗迷失了本性,让猜疑、嫉妒和疯狂的仇恨充斥了头脑,弥漫了全身。

叙述者2:复仇的心理,一旦占据了头脑,就再舍不得离开!而且还会在延缓实施的过程中变得越来越强烈!奥赛罗因此,怀疑妻子与下属的不正当关系。他放纵了自己的自负和高傲,他憎恨对方的欺瞒和背叛。他爱得决绝而痛苦,他失去了冷静和理智!

奥赛罗:啊,我的妻子。让我熄灭了这一盏灯!然后,我就熄灭你生命的火焰!我要杀死你,然后再去爱你!再来一个吻吧,这是最后的一吻了!如此的销魂,却又是如此的惨痛!我必须哭泣!然而,这些全都是无情的眼泪。这阵阵悲伤,是神圣的,因为他惩罚的,正是他的最爱!

叙述者3:奥赛罗最终,杀死了自己深爱的妻子。

叙述者1:可是伊阿古的妻子,却说出了真相!"没有永远的秘密,只剩无尽的悔恨!"一切都是陷阱,万物都是叹息!伊阿古死不死,又有什么意义,情不知所起,何时终了?

奥赛罗:苔丝狄蒙娜,我的妻子。我在杀死你以前,曾经用一吻和你诀别。而现在,我自己的生命也将在这一吻里终结!

叙述者2:奥赛罗死了,可是爱情的故事永远在人世间传唱!

叙述者3:没有生命是不死的。愿生命之花,永远翩然绽放!

叙述者1:戏剧,是反映人生的一面镜子。

叙述者2:伟大的悲剧,让人恐惧与怜悯。

叙述者3:伟大的悲剧,让人疏泄和净化!

哈姆雷特:今天,既是莎翁诞辰的纪念日,也是他逝世的纪念日。很庆幸,我们拥有他,也很庆幸,大家没有忘记他。

罗密欧:莎士比亚在艾文河畔斯特拉特福出生长大,18岁时与安妮·海瑟薇结婚,两人共生育了三个孩子:苏珊娜、双胞胎哈姆雷特和朱迪思。

朱丽叶:16世纪末到17世纪初的20多年期间,莎士比亚在伦敦开始了成功的职业生涯。他不仅是演员、剧作家,还是宫内大臣剧团的合伙人之一。后来改名为国王剧团。1613年左右,莎士比亚退休回到艾文河畔斯特拉特福,三年后逝世。

麦克白:1590年到1613年,是莎翁创作的关键时代。他的早期剧本,主要是喜剧和历史剧,在16世纪末期达到了深度和艺术性的高峰。接下来到1608年,他主要创作悲剧。莎翁崇尚高贵情操和激烈的情感。他常常描写牺牲与复仇的故事,例如《奥赛罗》《哈姆雷特》《李尔王》和《麦克白》。他的剧本和诗歌,被认为是英国语言最佳的范例。在他人生最后阶段,他开始创作悲喜剧,又称为传奇剧。

李尔王:莎翁的一生流传下来的作品包括37部戏剧、154首十四行诗、两首长叙事诗。他的戏剧,在世界各种主要语言中都有译本,而且表演的次数,远远超过其他任何时代的戏剧家。

奥赛罗:我们纪念他。因为他有一颗通灵之心,能够了解一切人物和激情。他使我们的双眼看到了光明,他赐予我们智慧和真情。

叙述者1:我们纪念他。因为他能把握我们的生活,讲述我们的生活,指导我们的生活,改变我们的生活,创造我们的生活。

叙述者2:我们纪念他。因为他是时代的灵魂,像风吹绿草原,像雨润泽大地,像星河点亮虚空,他的光辉,照耀着全人类!

叙述者3:我们纪念他。是想通过了他灵感的天眼,看到宇宙脉搏的跃动和世道人心的变化。

全体:我们纪念他,伟大的戏剧家——莎士比亚。他不属于一个时代,而属于所有的时代!他的每一部剧,都是一个世界的缩影,包含着过去,折射着现在,昭示者未来!

Shake—Shake—ShakeShake—speare!

Shake—Shake—ShakeShake—speare!

剧终。

*本剧首演于2016年4月23日于莎士比亚诞辰日和逝世日。为纪念莎翁去世400周年,西北大学现代戏剧研究中心和西安音乐厅联合策划、举办了戏剧沙龙纪念活动。活动包括读者剧场《莎剧撷英》演出和

"戏说莎剧"专题三人谈。《莎剧撷英》由西北大学师生共同完成。2016参加第29节"黑美人"艺术节竞赛,获得最佳编剧奖。

编后记

作为一所有着百余年历史的综合性高等学府，西北大学在文化育人方面有着悠久的历史和优良的传统。校园戏剧，作为文化育人的重要途径，在西北大学的发展，不仅蓬蓬勃勃，而且形成了鲜明的自我特色。早在20世纪30年代西北联合大学时期，学校的戏剧教育就与校园文化实践紧密结合，著名话剧导演、后来曾任北京人民艺术剧院第一副院长和总导演的焦菊隐先生，就曾为学生授课且指导学生剧社演剧活动。40年代，话剧队为宣传抗日曾演出活报剧《放下你的鞭子！》。新中国成立后的50年代，西北大学共有八大社团，其中仅戏剧就有话剧、京剧、秦腔等三个团，其他的合唱团、舞蹈团，也可辅助戏剧演出。当时的校园文艺，真可谓百花齐放，盛况空前。抗美援朝时期，西北大学话剧团曾在西大街面向社会公开"义演"，戏票钱款所得，捐给前方的志愿军，支援前方的战士"保家卫国"，成就一段光荣的历史佳话。

改革开放后，在时任校长张岂之先生的倡导下，西北大学高度重视校园文化建设，学校自由、开放，充满青春活力，艺术氛围浓郁。在此背景中，1987年，由中文系一群钟爱戏剧的师生积极倡议，西北大学设立了"黑美人"戏剧节。这是一个师生自发设立的校园文化节庆。近30年来，除了"非典"等特殊事件影响，这个艺术节代代传承，不绝如缕，一直没有间断过。每年5、6月，由学生自编、自导、自演的剧目集中上演，竞赛角逐，成为西北大学一道靓丽的风景。这一特别的文化现象，在整个当代中国高等教育的公共艺术教育和校园文化史上，恐怕也是独树一帜，绝无仅有的。

经过多年努力，"黑美人"戏剧节不断吸纳多元艺术元素，丰富文化内涵和活动形式，逐步把剧目竞赛、特别展演、艺术讲座和工作坊沙龙有机结合。2007年，"黑美人"戏剧节升格为以戏剧活动为主体的"黑美人"

艺术节。作为文化育人的有效途径,艺术节不仅提高了参赛学生的人文审美素质和公共艺术修养,培养出一批热爱戏剧的"准专业"人才,催生出一批产生了广泛影响的校园戏剧作品,而且也极大地丰富了全校的业余文化生活,使广大师生在思想激荡和艺术审美中得到了文化的感染和艺术的熏陶。几十年来,这位"黑黑的美人",一直深受师生的欢迎和各界的好评。2012年、2007年,以"黑美人"艺术节为主题的校园戏剧文化实践活动,享誉全国,分别荣获了全国高校校园文化建设优秀成果一等奖和二等奖。

在"黑美人"艺术节审美文化实践的影响下,一群热爱戏剧的青年学生,于2007年成立了小黑戏剧工作室。此后,校园文化节庆和学生艺术社团"双轮驱动",使得西北大学的校园戏剧从群众性转向了群众性与精英性交织融汇的新格局。在新格局的激发下,热爱戏剧的孩子们迸发出更高的艺术热情和更强的创意能量。近年来,一批经过"黑美人"舞台历练的优秀学生,先后考入中央戏剧学院、上海戏剧学院、北京电影学院的导演、表演和编剧的研究生;还有一些学生,就职于国家大剧院、北京大道喜剧院等国内顶尖的戏剧院团,从事专业创作与制作。另有学生,或留学国外著名戏剧学院进一步深造,或自主创业开办了自己的教育戏剧工作室,投入了儿童戏剧的探索。2016年10月,两位毕业生郑欣和王俊婷,联合创作的话剧《朋友总在黄昏时重逢》入围上海戏剧"青年创想周",并在北京演出多场。她们二位,当年就是"黑美人"舞台上的"风云人物",在校期间曾获得多届的最佳编剧和最佳导演。她们联合创作剧目,还曾入围国际大学生易卜生戏剧节。从校园文化的小天地,迈向专业戏剧的大舞台,"黑美人"艺术节以鲜活的个案,生动诠释了学校美育和文化育人的丰富内涵。

本剧作集锦,是"黑美人"艺术节多年来的历史积淀。集中所选剧本,全部为原创,且都曾在舞台上公演和获奖。换言之,这些剧本,都不是"案头"之作,而是"立体"的作品。其中不少剧目,还参加了国际、国家或省市等各级各类戏剧节的竞赛,斩获了不少殊荣。如果和戏剧学院编剧专业的师生作品相比,本剧作集中的剧本还稍显青涩和稚嫩。然而,作为校园文化质朴的艺术结晶,西北大学的剧作集锦呈现出了以下几个特点:

1. 深切的现实关注、深入的文化思考。

校园戏剧不同于职业戏剧。由于较少现实功利性考量,所以作品能有更为自由、开放的艺术表达。现代戏剧理论家陈大悲将校园戏剧称作"爱美的戏剧"(Amateur 的音译,意为"业余的"),认为它"爱艺术而不借以糊口"。纵观"黑美人"艺术节的舞台上,从初创时期的先锋实验剧,到后来的历史文化剧、浪漫青春剧以及最近几年的探索型应用戏剧,深切的现实关注和深入的文化思考是一直未变的主旋律。换言之,这方舞台,不仅为艺术的园地,同时也是思想的阵地。学生们在悲欢离合、嬉笑怒骂的舞台叙事和粉墨演绎中,真切表达着对社会人生的体验与思考,热情抒发了对理想现实的追问和感悟。"五四"新文化运动的旗手陈独秀说,"戏园乃天下之大学堂",德国戏剧家莱辛,则把剧院称作"人类社会道德教育的公共机构"。正是在此意义上,我们可以说,"黑美人"艺术节所积淀的戏剧文化,是西北大学一笔不可多得的精神财富。

2. 样态丰富,功能多元,拓展了文化育人的新天地。

"黑美人"是西北大学师生自发创设的艺术节庆,天生就有一种自由、浪漫、开拓创新的气质。本剧作集所收集的作品,只是"黑美人"三十年历程中的一小部分。比较遗憾的是,早年的不少作品,由于手稿没有保存,不少"经典"已经难睹"芳容"了。近年的一些获奖作品,由于书稿容量限制,也只好"忍痛割爱"了。

值得一提的是,西北大学校园戏剧的样态丰富和功能多元,恐怕是别的高校无法比拟的。艺术形式上,先锋剧、现实剧、历史剧、实验剧、教育剧、心理剧,形式多样,锐意求新;文化功能上,又和学校美育、思想政治、心理健康、文化传承、社会应用等多维诉求有机结合,拓展了文化育人的新天地。尤其是近年来的音乐情景剧、心理情景剧、读者剧场等方面的大胆探索和创意实践,广受关注和好评,彰显了校园戏剧质朴而卓越的美学境界和文化自觉。

3. 师生互动、教学相长,理论与实践相结合,丰富了艺术教育的实践探索。

从创设伊始,"黑美人"艺术节就是师生互动、教学相长、多元综合、集体协作,理论与实践有机结合。本剧作集的剧本,有学生之作,亦有教师的手笔；有本科生的，也有研究生的；有师生各自独立的创作，也有师生联合的作品；还有教师策划、学生集体参与的"项目制作品"。而就剧目排演和制作而言，除了戏剧影视学的专业教师的指导外，学生辅导员、学院领导、团委、学工部、心理健康中心等多个部门教师、干部的积极参与和大力支持，也至关重要。

  戏剧是实践的艺术、集体的艺术！设若没有西北大学学校多方面的"合力"支持，本剧作集，可能只是一本"静默"的案头之作。然而，有以西北大学独特的文化氛围，这本集子注定不会"寂默"。当你翻看这部书时，不少剧本会频频"蹿出"一些关于音乐和灯光设定的舞台提示。从阅读习惯而言，这些提示难免有干扰之嫌。从专业舞台设计的角度看，这些提示也是粗糙而拙朴的。但是，作为一种难得的"时代印痕"，我们在编辑时有意保留了这种稚嫩的设计提示。因为，正是这种粗粝的"印痕"，才保持一种瓦尔特·本雅明所谓的艺术"灵韵"（Aura）。它以一种难能可贵的历史质感，让读者重回当年的语境，重温西北大学"质朴戏剧"独特的文化魅力。

高字民
（西北大学现代戏剧研究中心主任，"黑美人"艺术节、小黑戏剧工作室艺术指导）
2016 年 11 月 15 日